Niklas Frost

Extra Tour

Emons Verlag Köln

Umschlaggestaltung: Atelier Schaller, Köln
Umschlagzeichnung: Heribert Stragholz
Druck und Bindung: Clausen & Bosse GmbH, Leck
Printed in Germany 1998
ISBN 3-89705-117-6

Für
Maike Großmann

Prolog

Der Rhein brachte kein Lüftchen zustande. Mitternacht, und die Hitze staute sich. Der Geschäftsmann auf der Treppe sah den Rücklichtern des Taxis hinterher, das die beiden Japaner in den Club Cartier, ins Römerbad oder zur Rethel 69 bringen würde, je nachdem, wo dem Fahrer die höhere Provision winkte. Auf dem Parkplatz vor Düsseldorfs angesagtestem Fischrestaurant wurde es still. Der Geschäftsmann schälte sich aus seinem lindgrünen Sakko, mußte es von den schweißnassen Unterarmen mühsam abstreifen. Er riß sich die rotgrün gefleckte Krawatte vom Hals, massierte sich kurz den Nacken und stopfte den Schlips in die Sakkotasche. Als er die Hand wieder hervorholte, hielt sie eine flache Holzschachtel. Er zündete sich eine dünne Davidoff an und steckte Schachtel und Feuerzeug in die Hemdtasche. Zügigen Schritts ging er zu seinem Mercedes, zielte mit dem Schlüssel auf das Lenkrad. Die Zentralverriegelung sprang mit einem dezenten Klacken auf. Er öffnete zuerst die Tür zum Fond und hängte das Sakko an den Haken. Dann öffnete er auch die Fahrertür weit, wartete ein paar Sekunden, zog noch zweimal genüßlich an seinem Zigarillo, bevor er der hinteren Tür einen Schubs gab und sich hinter das Lenkrad klemmte.

Die Beifahrertür wurde aufgerissen, bevor er den Motor anlassen konnte.

»Wurde allmählich auch Zeit«, sagte der Eindringling, ließ sich in den Beifahrersitz sinken und zog die Tür zu. »Ich habe auch noch anderes zu tun.«

Der Geschäftsmann überstand die Schrecksekunde, ohne sich eine Blöße zu geben.

»Ich auch«, sagte er schneidend und zog den Aschenbecher heraus. »Jetzt würde ich zum Beispiel gern nach Hause fahren.« Er fixierte seinen ungebetenen Fahrgast. Der hatte die Vierzig knapp erreicht. Sein dünnes Haar klebte an den Schläfen. Zur Jeans trug er ein schwarzes T-Shirt, auf dem ein strahlend lächelnder Saddam Hussein im khakifarbenen Kampfanzug abgebildet war, wie er sich gegen einen phallischen Marschflugkörper lehnt, unterlegt mit dem Schriftzug »Power Wear«.

»Wir können uns auch während der Fahrt unterhalten«, sagte Saddam.

»Ich verspüre nicht das geringste Bedürfnis danach. Steigen Sie bitte aus!« Und als Saddam nicht reagierte: »Oder soll ich die Polizei rufen?« Er griff zum Autotelefon.

Saddam lachte dröhnend.

»Nur zu!« feixte er.

Der Geschäftsmann ließ die Hand noch einige Sekunden auf dem Telefon, dann zog er sie zurück. Die Restauranttür ging auf, zwei Paare kamen lachend heraus. Er ließ den Motor an und schaltete die Klimaanlage ein.

»Das ist gut«, sagte Saddam. »In einer kühlen Atmosphäre läßt sich so ein Geschäftsgespräch viel besser an.« Der Mercedes rollte vom Parkplatz nach rechts in die Holzstraße. Saddam schwieg einige Zeit abwartend. Dann sagte er: »Sie fahren in den Hafen.«

»Geschäfte macht man besser in Ruhe«, erwiderte der Geschäftsmann. Der Zigarillo tanzte zwischen seinen Lippen auf und ab. Als er in die Hamburger Straße abbog, nahm er die Davidoff aus dem Mund.

»Sie haben mich übers Ohr gehauen.«

»Wieso?« fragte Saddam. Sein Erstaunen klang aufgesetzt. »Ich habe doch pünktlich geliefert.«

»Ja. Nur ist die... Ware inzwischen völlig wertlos.«

»Geschäftsrisiko«, grinste Saddam. »Die Konkurrenz schläft nicht.«

»Affenscheiße«, blaffte der Geschäftsmann. »Glauben Sie, ich wüßte nicht, daß Sie doppelt kassiert haben? Sie haben Nerven, mir noch einmal unter die Augen zu kommen!« Er bog in die Bremer Straße ab, drehte am Ende der Straße im Wendehammer und blieb stehen. Den Motor ließ er laufen. »Also, was wollen Sie?«

»Zweihundertfünfzigtausend«, sagte Saddam tonlos und ergänzte nach einer kurzen Pause: »Deutschmark. Zahlbar in bar.«

Der Geschäftsmann ließ die Summe einige Augenblicke auf sich wirken, dann lächelte er süffisant. »Sie sind verrückter, als ich dachte. Soll ich Sie nach Grafenberg fahren? Da können Sie Ihren Übermut an den Gummiwänden abreagieren.«

Saddam blieb ernst.

»Schluß mit dem Scheiß!« sagte er humorlos. »Ich könnte mir vorstellen, daß ich das Interesse der Staatsanwaltschaft auf die Fudrex lenke. Übrigens ein blitzsauberer Name.« Er lachte kurz auf. »Ich wette, Sie haben versucht, alle Verbindungen zu verwischen. Ich aber kenne sie... Es wird Ihnen doch wohl eine läppische Viertelmillion wert sein, wenn das unter uns bleibt.«

Den Zigarillo zwischen die Lippen gepreßt, starrte der Geschäftsmann Saddam an. Der hielt seinem Blick lächelnd stand.

Qualm kroch ihm in die Augen. Saddams Gesicht verdoppelte sich. Als der Geschäftsmann die Davidoff aus dem Mund nahm, fiel ihm Asche auf die sandfarbene Baumwollhose. Reflexartig wischte er sie weg und zog einen grauen Strich auf den Oberschenkel. Als er wieder aufblickte, wurde ihm bewußt, daß das zweite Gesicht nicht lächelte und sich die Nase an der Scheibe plattdrückte. Hektisch schaltete er die Automatik auf D und fuhr in dem Moment los, als der Mann, der aus dem Nichts aufgetaucht war, an die Scheibe klopfte. Saddam zuckte beim Klopfen neben seinem Kopf zusammen.

Schweigend fuhren sie den Weg, den sie gekommen waren, zurück. Dann bog er vor dem letzten Hafenbecken in die Kesselstraße ein. Er ließ die Fensterscheibe hinuntergleiten und schnippte den Zigarillo weg.

»Wohin fahren wir?« fragte Saddam.

»Ich muß nachdenken... Irgendwohin, wo wir ungestört sind.« Er klang zerstreut. Leise rollten sie zwischen den Schrottbergen hindurch. Am Ende der Landzunge stoppte er den Benz. Diesmal schaltete er den Motor aus.

»Woher wissen Sie von der Fudrex?« fragte er.

Saddam lachte auf und konnte sich gar nicht mehr beruhigen.

»Vom KGB«, gluckste er und fand die Idee so bestechend, daß er ihr gleich noch etwas Nachdruck verlieh: »Genau, der KGB hat mir das zugeflüstert. Kontakte sind einfach alles. Heutzutage –«

»Entschuldigen Sie«, unterbrach der Geschäftsmann Saddams Redefluß, »ich brauche frische Luft.« Er öffnete die Tür und torkelte hinaus. Saddam sah ihm amüsiert hinterher und rutschte tief in den Sitz.

Draußen machte der Geschäftsmann ein paar unsichere Schritte, bis er das Heck des Wagens erreicht hatte. Dann wurden seine Bewegungen entschlossen. Er öffnete den Kofferraum, hob die Matte hoch und kramte zwischen Werkzeugtasche und Wagenheber herum. Als er den Kofferraumdeckel wieder zuschlug, stand Saddam neben ihm und beobachtete ihn. Der Geschäftsmann hob den Arm und zielte mit der Pistole auf das Gesicht seines Erpressers. Der wich langsam zurück. Der Geschäftsmann folgte ihm mit der Pistole im Anschlag.

»Glauben Sie, Sie können mich damit einschüchtern?« Saddam versuchte, seiner Stimme einen überlegenen Klang zu geben, aber sie versagte zweimal, so daß er sich räuspern mußte. Der Geschäftsmann machte schweigend zwei weitere Schritte nach vorn. Saddam wich zurück. Er stand jetzt am Rand des Hafenbeckens. Noch einen Schritt weiter, und er würde hineinfallen.

»Das wäre sehr unvernünftig«, japste Saddam. »Der Typ da vorhin... der hat Ihren Wagen gesehen... Er hat sich die Nummer gemerkt.«

»Warum sollte er?« Entschlossen hob der Geschäftsmann den Arm noch ein paar Zentimeter.

»Sie gehen ein hohes Risiko ein!« rief Saddam panisch. »Ich habe mich abgesichert. Was ich weiß, habe ich bei meinem Anwalt deponiert. Wenn mir was passiert...«

»Ich glaube Ihnen nicht. Das größte Risiko sind Sie.« Er schoß. Der Knall war noch nicht verhallt, als Saddams Körper aufs Wasser klatschte. »Zweimal lasse ich mich von dir nicht übers Ohr hauen, du kleine Ratte«, murmelte der Geschäftsmann.

1

Sonntag

Stamm träumte schlecht. Er stand im Kaufhaus, und alle Leute starrten ihn an. Er war selbstkritisch genug, einzusehen, daß er ihnen deswegen keinen Vorwurf machen konnte. Denn Stamm war nackt. Dann sprach ihn auch noch einer an. Woher kannte er seinen Namen? Stamm schämte sich. Plötzlich löste sich das Kaufhaus auf, noch im Traum wurde ihm klar, daß er träumte. Erleichtert entspannte er sich.

»Hans!« flüsterte die Stimme wieder.

Stamm riß die Augen auf. Er brauchte einige Augenblicke, um sich in dem fremden Raum zu orientieren, dann hatte er die Stimme geortet. In der Tür stand der leicht gestörte Ulf, der so charaktervolle Köpfe in Granitblöcke meißeln konnte.

»Telefon«, wisperte ihm Ulf zu, ohne ihn anzusehen. Sein Blick klebte auf der anderen Seite des Bettes. Stamm beugte sich schnell vor und zog das Laken über sich und Eva. Die Konturen ihrer nackten Körper zeichneten sich unter dem dünnen Stoff ab. Trotz des offenen Fensters stand die Hitze im Zimmer.

»Ich komme«, sagte Stamm mit so viel Nachdruck, wie man in ein Flüstern legen kann. Ulf kam zu sich, nickte zerstreut und ging aus dem Zimmer.

Stamm stand auf und warf einen Blick auf seine Uhr auf dem Nachttisch. 6.15 Uhr. Er kniff die Augen zusammen und schüttelte zweimal heftig den Kopf. Dann griff er sich Evas Bademantel vom Fußboden.

Es war totenstill in dem ehemaligen Bauernhaus. Das leichte Knarren der Holzstufen hatte die Wirkung einer Fehlzündung. Auf Zehenspitzen schlich er durchs Wohnzimmer in die Küche. Von Ulf keine Spur. Er zog die Tür hinter sich zu und nahm den Hörer, der neben dem Telefon lag.

»Ja?« meldete er sich betont mißmutig.

»Ich hoffe, ich störe nicht allzu sehr«, hörte er die provozierend wache Stimme seiner Chefin.

»Mach dir keine Sorgen«, giftete er, »wir hatten schon geschlafen.« Sie lachte kurz auf, wurde aber sofort wieder ernst.

»Ich fürchte, ich muß eure Wiedersehensfeier abkürzen.« Stamm setzte sich.

»Wer ist gestorben?«

»Pfaff.«

Stamm brauchte einige Sekunden, um die nicht sehr redundante Antwort zu begreifen.

»Rainer Pfaff?« fragte er.

»So ist es. Sie haben ihn gestern abend aus dem Rhein gefischt.«

»Kein Badeunfall, nehme ich an.«

»Kopfschuß«, sagte Hanne Lohmeyer. »Gestern abend kam ein Fax von der Polizei über Pfaff, beziehungsweise über einen Toten im Rhein. Ich habe aus Langeweile ein wenig herumtelefoniert und erfahren, daß es sich um Pfaff handelt.«

Die Leitung blieb einige Augenblicke still.

»Scheiße«, sagte Stamm schließlich. Und nach einer weiteren Pause: »Vielleicht hätte ich mich doch mit ihm treffen sollen.«

»Hast du aber nicht, und das war auch richtig so – aus damaliger Sicht. Aber ich denke, wir sollten uns mal anhören, was genau passiert ist. Um zwei ist Pressekonferenz im Präsidium.« Stamms Frage blieb unausgesprochen. Hanne beantwortete sie trotzdem: »Ich kann nicht. Alle erwarten, daß sich heute was bei der Agger tut. Krisensitzung beim Ministerpräsidenten. Ich darf mir wahrscheinlich den Tag in der Staatskanzlei um die Ohren hauen.«

»Was glaubst du?« fragte Stamm.

»Ich denke, sie ist nicht zu halten. Eine Ministerin mit einem Sexskandal, der womöglich strafrechtliche Folgen hat, wer will denn so was haben? Das kann sie nicht durchstehen, und sie ist intelligent genug, es zu wissen. Zumindest kann sie sich die Nachfolge unseres Landesvaters abschminken. Das ist schon ein heftiger Schlag ins Kontor. Ich bin nur gespannt, wie es die Genossen verkaufen. Ich möchte ihnen dabei in die Augen sehen. Tut mir leid, Hans, aber ich schaffe diese Mordsache wirklich nicht. Und auf Werner werden wir mindestens noch zwei Wochen verzichten müssen. Er hat sich bei seinem

Sohn die Masern geholt. Einen erwachsenen Mann haut das richtig um. Wie geht es Eva?«

»Prima«, sagte Stamm, »die reine Landluft, diese Natur im Emsland, die geballte Kreativität in der Künstlerkolonie ... genau die Idylle, die sie haben wollte.«

Hanne ließ seine Worte einwirken.

»Klingt, als käme sie bald zurück«, sagte sie schließlich.

Stamm lächelte melancholisch.

»Sie hält es keinen Monat mehr aus«, murmelte er. »Ich hoffe nur, daß sie dann nach Düsseldorf kommt. Aber ich werde den Teufel tun und sie darauf ansprechen.«

»Grüß sie von mir. Ich würde mich freuen, sie wiederzusehen.« Hannes Stimme bekam wieder einen dienstlichen Rhythmus. »Okay, Hans, hau dich noch eine Stunde aufs Ohr. Ich habe so früh angerufen, um dich auch bestimmt zu erwischen. Wir sehen uns dann morgen. Wenn was Wichtiges ist, ruf mich heute noch an.«

»Wäre drei Uhr nachts in Ordnung?« fragte Stamm.

»Bis dann«, sagte Hanne und legte auf.

Stamm blieb noch einige Minuten sitzen und betrachtete durchs Fenster das platte Land. Im Schatten der alten Kastanie entdeckte er Ulf beim Schattenboxen. Dann stand er auf und schlich sich wieder die Treppe hinauf. Er öffnete die Tür zu Evas Zimmer so leise er konnte und zog sie vorsichtig wieder zu. Es half nichts.

»Was zum Teufel machst du mit meinem Bademantel?« fragte Eva verschlafen. Stamm fuhr herum. Ihr weicher Gesichtsausdruck widersprach den strengen Worten.

»Entschuldige, ich hätte dich selbstverständlich wecken und um Erlaubnis bitten müssen«, sagte Stamm. Sie nickte nachdrücklich.

»Zieh ihn sofort aus!« befahl sie und warf das Laken von sich.

Eva lag im Bett und rauchte. Diesmal zog Stamm ihren Bademantel von allein aus und setzte sich auf die Bettkante.

»Duschen bringt überhaupt nichts«, sagte er. Auf seiner Stirn hatte sich schon wieder ein Schweißfilm gebildet. Eva fuhr ihm mit der Hand über den Rücken.

»Ein bißchen schon«, sagte sie, »vorhin warst du glitschig wie ein Aal.«

Er beugte sich zu ihr und küßte sie. Dann richtete er sich wieder auf und betrachtete sie eingehend. Den silbernen Knopf in der Nase trug sie immer noch, aber ihre Haare waren lang gewachsen. In den letzten Monaten hatte sie wohl gerade mal die Spitzen abgeschnitten. Die Locken waren fast weg, leicht gewellte schwarze Strähnen fielen ihr ins Gesicht. Sein Blick wanderte an ihrem nackten Körper entlang. Sie wirkte athletischer als früher.

»Hast du zugenommen?« fragte er. Sie ließ sich nicht aus der Fassung bringen. Betont langsam setzte sie sich auf, schob ihn zur Seite und glitt geschmeidig aus dem Bett. Sie stellte sich vor die Wand und machte ein paar Dehnübungen. Dann streckte sie das linke Bein schnurgerade in die Höhe und stützte es einen halben Meter über dem Kopf an der Wand ab. Nach einigen Sekunden ließ sie sich nach hinten in die Brücke fallen, blieb kurz in der Position und stieß sich dann mit dem rechten Bein ab, machte einen Überschlag rückwärts und kam sicher in den Stand. Sie lächelte ihn überlegen an.

»Ich hab mich wohl verguckt«, sagte Stamm.

»Täglich Gymnastik, dreimal in der Woche joggen, freitags Krafttraining in Meppen«, zählte sie auf.

»Was ist das hier, eine Gesundheitsfarm?« fragte Stamm. »Was ist bloß aus unseren Künstlern geworden?«

»Hier lebt man bewußt, mein Lieber«, sagte sie und kroch wieder ins Bett. »Ein gesunder Körper stärkt die Kreativität und befruchtet die Schaffenskraft. Na, ich glaube, es ist wohl eher umgekehrt. Aber ganz so konsequent ist es auch wieder nicht. Zweimal im Monat holt einer Stoff aus Holland. Wir haben da jemanden, der Cannabis ökologisch anbaut. Bewußtseinserweiterung im Einklang mit der Natur. Und einmal die Woche ist Orgie, montags um einundzwanzig Uhr. Wir haben die Erfahrung gemacht, daß uns das ziemlich weiterbringt.« Stamm starrte sie mit offenem Mund an. Sie blieb todernst.

»Mit Ulf?« fragte Stamm.

Eva prustete los. Dann wurde sie wieder ernst.

»Mach dich nicht über Ulf lustig«, sagte sie, »er ist wirklich nett. Und ein großer Bildhauer.«

Stamm nickte vor sich hin und schwieg eine Weile. Dann sagte er: »Du solltest demnächst nachts deine Tür abschließen. Du hättest sehen sollen, wie er dich angestarrt hat. Da muß immer noch eine Pfütze sein von dem Wasser, das ihm aus dem Mund gelaufen ist.« Sie sah ihn verständnislos an. »Er hat mich vorhin ans Telefon gerufen. Und er hat die prächtige Aussicht sehr genossen, bevor ich dich zugedeckt habe.«

»Wer hat dich denn angerufen?« fragte Eva am Thema vorbei.

»Hanne. Ich soll dich schön grüßen.« Sie nickte leicht, und Stamm machte eine kurze Pause. »Ich muß leider gleich fahren. Es ist ein Mord passiert, und um zwei ist Pressekonferenz in Düsseldorf.«

»Seit wann interessiert sich das große ›Magazin‹ für einen simplen Mord in Düsseldorf?« fragte Eva mit leichtem Ärger in der Stimme. »Und wieso kann sich die blöde Hanne nicht darum kümmern? Muß sie ihrem Mann beim Kartoffelverkaufen helfen?«

»Du bist auf den ökologischen Landbau wohl nicht mehr gut zu sprechen«, lächelte Stamm. Dann wurde er wieder ernst. »Es ist jemand, den wir kennen. In gewisser Weise ein Kollege. Hat frei gearbeitet. Er wollte sich vor zwei Wochen mit mir treffen. Machte ein ziemliches Geheimnis draus. Ich habe ihm gesagt, er soll sich noch mal melden, ich war damals im Streß. Aber dann habe ich nichts mehr von ihm gehört. Und Hanne muß sich um die große Politik kümmern. Vielleicht tritt die Agger heute zurück.

»Ach ja, die angeblich sexbesessene Superministerin«, machte Eva, »ich muß schon sagen, eure Branche ist ganz schön auf den Hund gekommen. Das war ja wohl ein ganz mieser Abschuß.« Stamm zuckte die Schultern.

»Immerhin soll sie Mitarbeiter sexuell belästigt haben«, sagte er lahm.

Eva winkte ab. »Ich weiß nicht, das kommt mir so vor, als benutze man das als Feigenblatt, um die eigentliche Nachricht bringen zu können, nämlich daß sie in ihrem fortgeschrittenen Alter von... fünfzig?«

»Achtundvierzig«, half Stamm.

»... von achtundvierzig Jahren noch läufig ist. Pfui Deibel. Sind doch irgendwie unheimlich und unappetitlich, diese Karrierefrauen... Haben wir doch immer schon geahnt, daß mit denen was nicht stimmt. Und das mit einer Story, mit der sich ein Minister als toller Hecht positionieren würde. Ein bißchen kriegen wir auch hier in der Wallachei mit. Da soll es zwei superknackige Ministerialbeamte geben, die aber offenbar niemand kennt, die aber mal irgendwem angedeutet haben, daß die Agger sie geil angeguckt hat. Na, wenn das reicht, jemanden öffentlich an den Pranger zu stellen, dann gute Nacht. Und guck dir doch die dicken Schlagzeilen an. ›Die sexhungrige Ministerin‹ oder was habe ich die Tage am Kiosk gesehen. Wen interessiert es da noch, ob sie tatsächlich ihre Machtposition ausgenutzt und irgendwen belästigt hat. Wer ist überhaupt zuerst damit rausgekommen? Die ›Sun‹?« Stamm mußte lächeln.

»Bingo!« sagte Stamm. »Nein, mal im Ernst. Natürlich nicht die ›Sun‹. Wer interessiert sich schon in England für eine deutsche Landesministerin? Aber du liegst nah dran. Zuerst hat es ›Extra‹ gebracht, dieses Revolverblatt, mit dem der große Murray auf den deutschen Markt drängt. Bei der Bildzeitung haben sie deshalb schon den Ausnahmezustand ausgerufen. Aber sie scheinen sich recht schnell den neuen rauhen Sitten anzupassen.«

»Herzlichen Glückwunsch«, sagte Eva, »dann müßt ihr ja demnächst auch härtere Bandagen anlegen, um da noch mitzuhalten.« Stamm sagte nichts. »Zumindest könnt ihr das Thema nicht totschweigen. Schließlich will jeder wissen, wie es weitergeht, und wenn man schreibt, daß sie zurückgetreten ist, dann muß man ja wohl auch erklären, warum. Und schon habt ihr den Schund auch im Blatt. Ihr könnt euch gar nicht dagegen wehren.«

»Man kann immerhin versuchen, die Zusammenhänge seriös darzustellen, und man kann sich mit dieser Art der Berichterstattung kritisch auseinandersetzen. Wenn es miese Demontage war, dann kann man es auch miese Demontage nennen. Man kann auch mit einem solchen Thema verantwortungsvoll umgehen. Und Hanne dürfte bestimmt die Richtige dafür sein.«

»Ich lasse mich überraschen«, sagte Eva und sprang aus dem Bett. »Wann mußt du fahren?« fragte sie, während sie ein T-Shirt mit der Aufschrift »Schaun mer mal« überzog.

»Elf Uhr müßte reichen«, sagte Stamm. Eva sah auf den Radiowecker. Die Leuchtschrift zeigte 8.10 Uhr.

»Dann können wir ja noch Vögel beobachten gehen.« Stamm sah sie belustigt an.

»Ich hoffte, daß du das sagen würdest«, sagte er und legte sich auf den Rücken.

»Aufstehen!« befahl Eva, »je früher wir gehen, desto größer sind unsere Chancen, was zu sehen. Hier gibt es Klappergrasmücken.«

»Is' nicht wahr!« rief Stamm. Doch dann meinte er, in Evas Augen eine flüchtige Warnung entdeckt zu haben. Er stand auf.

2

Sonntags sind auch die meisten Polizisten mit ihren Kindern im Zoo, spielen Fußball in der Kreisliga oder sitzen im Biergarten. Auf dem großen Parkplatz vor dem Düsseldorfer Polizeipräsidium war nicht einmal jeder zweite Platz besetzt, als Stamm seinen Peugeot 205 kurz vor vierzehn Uhr an einem einsamen Taxi vorbei auf das Gelände steuerte. Mit der Einladung zur Pressekonferenz in der Hand betrat er die riesige Eingangshalle. An der Pforte widerstand er dem Impuls, strammzustehen. Früher hatten es die Architekten noch verstanden, den kleinen und großen Sündern Respekt vor der Obrigkeit einzuflößen. Stamm ließ sich den Weg zu dem Sitzungszimmer erklären, in dem die Pressekonferenz stattfinden sollte. Als er auf der ausladenden Treppe ins zweite Obergeschoß stieg, hatte er das unangenehme Gefühl, mit seinen auf dem Linoleumboden quietschenden Gummisohlen Aufsehen zu erregen.

Stamm betrat den Sitzungssaal und blieb kurz hinter der Tür stehen, um sich zu orientieren. Ungefähr zehn Tische waren zu einem Rechteck zusammengeschoben, fast alle Plätze waren besetzt. Stamm erkannte einige Kollegen von den Tageszeitungen, dem Lokalradiosender Antenne Düsseldorf und dem WDR. Die Hälfte der Gesichter war ihm aber unbekannt. Am Kopfende waren zwei Mittvierziger ins Gespräch vertieft, die sich kaum gegensätzlicher geben konnten. Einer akkurat im dunkelbraunen Anzug mit grünorange gepunktetem Schlips, strengem Kurzhaarschnitt und perfekt gestutztem Schnurrbart, der andere in heller Jeans und einem grellen Hawaiihemd, das aber nicht von seinem müden Blick ablenken konnte. Sein strähniges Haar wirkte ungekämmt. Stamm hatte zu wenig mit Sex and Crime zu tun, um die Herren zu kennen. Ein junger Schnurrbartträger mit einem Clipboard in der Hand löste sich von der Wand und kam auf Stamm zu.

»Guten Tag, Fink, Presseabteilung, dürfte ich nach Ihrem Namen und Ihrem Medium fragen?« Stamm gab beides an, nickte einigen seiner Bekannten zu und suchte die Runde nach einem Platz ab. Neben

Rüttger von der Bildzeitung waren gleich zwei Stühle frei. Das junge Ding von Antenne Düsseldorf hatte sich wohl nicht näher an den alten Aasgeier herangetraut. Stamm setzte sich neben sie. Das Sommerloch hatte mehr als zwanzig Journalisten ins Präsidium gespült. Sogar die WAZ, die in Düsseldorf gar nicht erschien, hatte ihren Chefreporter Robert Fuchs geschickt. Stamm kannte ihn noch aus seiner Dortmunder Zeit, als sie beide in gnadenloser Konkurrenz kleine lokale Brötchen gebacken hatten. Dann hatte der neue Chefredakteur der WAZ einen Narren an Fuchs' manierierten Ellipsen gefressen, und seitdem fiel er die Treppe jährlich eine Stufe hinauf. Stamm suchte kurz den Blickkontakt, doch Fuchs ignorierte ihn, und er gab es wieder auf.

Die beiden ungleichen Hauptdarsteller vorne hatten ihre Manöverbesprechung beendet und setzten sich. Der Anzugträger lehnte sich lässig zurück, während Hawaiihemd seine Haltung straffte und einen letzten prüfenden Blick in die Runde warf. Das Geflüster verstummte, Hawaiihemd konnte loslegen:

»Meine Damen und Herren, ich begrüße Sie zu unserer Pressekonferenz, die wie immer keinen erfreulichen Anlaß hat.« Die Eloquenz, mit der er diese Formalität erledigte, ließ sein zerknittertes Aussehen vergessen. »Ich darf Ihnen zunächst Herrn Hauptkommissar Walter Korn vorstellen, den Leiter der Mordkommission.« Er wies auf den Anzugträger, der keine Miene verzog. »Mein Name ist Richard Dobermann, Staatsanwalt.« Hier und da war Gekicher zu hören. Stamm blickte in grinsende Gesichter. Der Staatsanwalt machte eine Pause, die er eingeplant hatte, wie seinem leicht resignierten Lächeln zu entnehmen war. Als sich die Gemüter wieder beruhigt hatten, fuhr er in gekonnt vertraulichem Tonfall fort: »Wissen Sie, es hat für mich immer wieder etwas Beruhigendes, daß man auf bestimmte Reaktionen der Presse praktisch sein Eigenheim verwetten kann. Nun gut, nachdem wir alle herzlich gelacht haben, kommen wir zur Sache. Wie Sie aus unserer ersten Mitteilung wissen, wurde gestern in den Abendstunden eine männliche Leiche im Rhein entdeckt. Sie wurde etwa in Höhe der Kniebrücke ans Ufer gespült und gegen zwanzig Uhr von Spaziergängern gefunden. Der Tote wies eine Schußverletzung im Kopf auf, nach ersten Erkenntnissen war dies auch die Todesursache. Der Schuß wurde aus nächster Nähe frontal abgefeuert, war aber nicht aufgesetzt. Es handelt sich um eine Kleinkaliberwaffe. Über den Ort des Verbrechens sind wir uns noch nicht hundertprozentig im klaren, aber es dürfte irgendwo im Hafen gewesen sein. Auch die Todeszeit konnte noch nicht genau ermittelt werden, auch da warten wir noch auf das Ergebnis der Obduktion. Sie kann jedoch auf zwölf bis vierundzwanzig Stunden vor dem Auffinden der Leiche festgelegt werden. Das heißt, daß der tödliche Schuß möglicherweise, ja sogar wahrscheinlich in der Nacht von Freitag auf Samstag fiel. Hier sind wir auf Ihre Mitarbeit angewiesen, meine Damen und Herren. Vielleicht finden sich Zeugen, die in jener Nacht im Hafen etwas gehört oder beobachtet haben. Die Identität des Toten konnte inzwischen zweifelsfrei geklärt werden. Es handelt sich um Rainer Pfaff, neununddreißig Jahre alt, wohnhaft in Düsseldorf-Grafenberg. Noch in der letzten Nacht wurde eine Mordkommission unter der Leitung von Herrn Hauptkommissar Korn vom KK 11 gebildet. Leider konnten wir bisher aber, wie gesagt, den Ort der Tat noch nicht ermitteln. Das Hafengebiet wurde abgesucht, doch haben wir bisher weder die Tatwaffe noch eine andere Spur gefunden.« Dobermann machte eine Pause und ließ seinen Blick über die Journalistenrunde schweifen. »Selbstmord können wir aufgrund der Schußbahn und der Tatsache, daß die Waffe nicht auffindbar ist, so gut wie ausschließen. Wenn Sie weitere Fragen haben...?« Die meisten Reporter sahen geschäftig ihre Notizen durch. Stamm schielte zu Rüttger hinüber, der die ganze Zeit zurückgelehnt dagesessen hatte. Sein Block war leer.

»Stimmt es, daß der Tote von einem kleinen Jungen entdeckt wurde?« fragte der Bild-Mann. Dobermann sah Hauptkommissar Korn fragend an.

»Nein«, sagte der.

»Das habe ich aber gehört«, insistierte Rüttger.

»Dann haben Sie was Falsches gehört«, entgegnete Korn kurz angebunden. Dobermann ging dazwischen:

»Natürlich läßt es sich bei so einer Sache nicht vermeiden, daß sich... äh... Schaulustige ansammeln. Es war schließlich Samstagabend und praktisch mitten in der Innenstadt. Der Fundort wurde aber sofort großräumig abgeriegelt, als unsere Beamten vor Ort waren.«

Wieder legte sich ein kurzes Schweigen über das Sitzungszimmer. Dann fragte der WAZ-Fuchs: »Schon irgendwelche Erkenntnisse über ein mögliches Motiv?«

»Nun, wir verfolgen natürlich einige Spuren, aber zum gegenwärtigen Zeitpunkt kann noch nicht abgeschätzt werden, ob sich etwas Heißes darunter befindet«, entgegnete Dobermann routiniert.

Ein Hauch von Chanel Nr. 5 kroch Stamm in die Nase, er drehte sich überrascht zur Antenne-Düsseldorf-Maus neben ihm. Von dort kam der Duft jedoch nicht. Der Stuhl zu seiner Linken wurde gerückt. Während er den Kopf wieder wendete, glaubte er einen Moment, daß die Männer gegenüber ihn fixierten. Dann wurde ihm klar, daß die allgemeine Aufmerksamkeit nicht ihm galt, sondern der Frau, die sich gerade neben ihm niederließ. Sie konnte mit Männerblicken umgehen. Sie ignorierte sie ohne jede Anstrengung, holte einen Notizblock aus ihrer Handtasche, ohne sich darauf zu konzentrieren. Sie hatte es nicht nötig, Geschäftigkeit vorzutäuschen. Sie ließ ihren Blick ausdruckslos über die Runde schweifen, ohne jemanden anzusehen. Sie wußte, daß sie Dobermann und Korn die Schau stahl, und nahm es als selbstverständlich hin. Wer aussieht wie eine blonde Cindy Crawford und bei einer Mordpressekonferenz zu Khaki-Bermudas von Lagerfeld ein blutrotes enges Top trägt, muß auch mit den Reaktionen darauf umgehen können. Plötzlich fixierte sie Dobermann und startete mit einer direkten Frage:

»Heißt das, daß Sie uns nichts sagen wollen oder daß Sie bis jetzt noch nichts erreicht haben?«

Stamm lächelte in sich hinein. Dobermann ließ sich nicht überrumpeln.

»Darf ich fragen, wer Sie sind?« fragte er zurück. »Wir hatten bisher noch nicht das Vergnügen.«

»Ich bin sicher, daß Sie mich noch kennenlernen werden«, sagte sie. »Mein Name ist Nadja Winter. Ich schreibe für ›Extra‹.«

Dobermann nickte vor sich hin. Stamm zog die Augenbrauen hoch.

»Ich glaube, ich habe von dieser Zeitung gehört«, sagte der Staatsanwalt. »Es ist doch so eine Art Zeitung, oder? Nach dem, was mir unser Freund Rüttger erzählt hat, war ich nicht ganz sicher.«

»Woher soll der auch wissen, was 'ne Zeitung ist?« murmelte

Stamm laut genug, daß ihn alle verstanden. Das Gekicher, das schon bei Dobermanns Worten eingesetzt hatte, schwoll zum Gelächter an. Stamm verzog keine Miene, auch nicht, als Nadja Winter ihn mit einem neugierigen Blick streifte. Rüttgers Gesicht verfärbte sich dunkelrot. Stamm machte sich Sorgen, der Choleriker könnte bei der Hitze einen Schlaganfall kriegen. Er wechselte das Thema.

»Sie haben die Frage der Kollegin noch nicht beantwortet, Herr Staatsanwalt.«

»Ich glaube, die Frage war eher rhetorischer Natur, nicht wahr, Frau Winter«, sagte Dobermann.

»Ganz und gar nicht«, sagte sie kühl, »sagten Sie nicht, Sie verfolgen einige Spuren? Was sollen wir denn mit einer solchen Banalität anfangen?« Dobermann schürzte die Lippen und legte die Stirn in Falten, entspannte sich aber gleich wieder und entschloß sich zu einem Friedensangebot.

»Bedenken Sie, meine Damen und Herren, daß wir praktisch nur einen Sonntagvormittag Zeit hatten zu ermitteln. Hinzu kommt, daß es schwierig zu sein scheint, etwas über Herrn Pfaff zu erfahren. Herr Korn«, wandte er sich an den adretten Bullen, »vielleicht zählen Sie mal auf, was wir bisher haben.«

Korn lehnte sich zurück. Was er zu sagen hatte, wußte er aus dem Kopf.

»Das Opfer lebte in Grafenberg, und zwar offenbar allein und ziemlich zurückgezogen. Seine Nachbarn wußten jedenfalls nicht viel über ihn, genau genommen nicht mehr als seinen Namen. Er hat auch keine Verwandten in Düsseldorf. Seine Mutter lebt in einem Altenheim in Neumünster, ansonsten scheint es keine Familienangehörigen zu geben.« Hauptkommissar Korn lächelte fein. »Ich könnte mir fast vorstellen, daß wir gleich hier unsere Ermittlungen fortsetzen können. Der Tote war von Beruf nämlich Journalist, irgend jemand von Ihnen müßte den Kollegen doch gekannt haben.« Einige Reporter sahen überrascht auf, andere suchten nach Reaktionen in Gesichtern.

»Ich glaube, er hat mal für uns gearbeitet«, durchbrach Rüttger das Schweigen, »aber das muß mindestens fünf Jahre her sein, und bestimmt nicht in der Düsseldorfer Redaktion. Ich bin ihm jedenfalls nie begegnet. Für wen hat er denn jetzt geschrieben?«

Korn zuckte die Schultern. »Das wissen wir nicht. Wir haben keinerlei Hinweise gefunden. Er hat aber ein Gewerbe als freier Journalist angemeldet. Sie sehen, bisher wäre jede Vermutung über ein mögliches Motiv reine Spekulation. Vielleicht liegt es im privaten Bereich, vielleicht im beruflichen, vielleicht war es ein Raubmord. Er hatte kein Geld bei sich. Es kann aber durchaus sein, daß seine Brieftasche im Rhein schwimmt. Wir konnten ihn nur anhand seines Führerscheins identifizieren, der in seiner Hosentasche steckte. Wir möchten Sie in dieser Situation um Ihre Kooperation bitten. Vielleicht können Sie das Foto abdrucken, das wir jetzt gleich verteilen werden. Jeder, der irgend etwas über den Toten weiß, soll sich bei uns melden, zum gegenwärtigen Zeitpunkt kann jeder Hinweis von Bedeutung sein, auch wenn er noch so unwichtig erscheint. Vor allem aber suchen wir Zeugen, die den Mann in der Nacht von Freitag auf Samstag gesehen haben – ob im Hafen oder anderswo. Möglicherweise befand er sich in Begleitung seines Mörders.« Er nickte dem PR-Bullen zu, der sogleich seine Runde begann und jedem Journalisten ein Foto mit einem kurzen Text, in dem eine Telefonnummer fett hervorgehoben war, überreichte. Stamm betrachtete das Bild. Die Schußwunde war offenbar wegretuschiert worden, Pfaffs tote Augen und der hilflos halboffene Mund ließen nichts von seinen beiden Standardgesichtsausdrücken zu Lebzeiten erahnen. Stamm hatte Rainer Pfaff entweder unter Strom oder verschlagen erlebt.

»Wer soll ihn denn darauf erkennen?« fragte er. »Haben Sie denn keins, auf dem er noch lebt?«

Nadja Winter sah Stamm wieder direkt an. Damit stand es zwei zu null für ihn gegen die gesamte Runde. Er zwinkerte ihr zu. Gleichzeitig hatte er aber auch die volle Aufmerksamkeit der Herren Dobermann und Korn.

»Es gab in seiner Wohnung kein einziges«, sagte der Kommissar, »und das im Führerschein ist zwanzig Jahre alt. Sie kannten ihn?«

»Flüchtig«, sagte Stamm. »Ich stehe Ihnen aber gleich selbstverständlich zur Verfügung – auch wenn das, was ich Ihnen sagen kann, nicht besonders viel ist.«

Korn registrierte es mit einem leichten Nicken. Stamms Kollegen betrachteten das Foto, hier und da wurden Stühle gerückt. Dobermann ergriff die Gelegenheit beim Schopf.

»Wenn Sie keine Fragen mehr haben, danke ich Ihnen für Ihre Aufmerksamkeit.«

Unterlagen und Notizblöcke wurden eingepackt, wie auf Kommando brandete Stimmengewirr auf, nach und nach verließen die Journalisten den Raum. Nadja Winter gehörte zu den letzten. Sie ging, ohne jemanden eines Blickes zu würdigen. Auf ihrer Hälfte des Tisches blieb eine Visitenkarte liegen. Stamm sah ihr nach, auf der Suche nach einem Zeichen, ob sie das Kärtchen vergessen oder absichtlich dorthin gelegt hatte. Als sie aus der Tür war, nahm er die Karte an sich. Das ›Extra‹-Logo links oben, in der Mitte nur der Name in sachlicher Arial-Schrift: Nadja Winter. Unten eine Düsseldorfer Telefonnummer.

Außer Stamm waren nur das Mädel von Antenne Düsseldorf und eine Reporterin vom WDR geblieben. Sie gingen auf den Staatsanwalt und den Kommissar zu, um ihnen ihre wenig aussagekräftigen Mitteilungen im O-Ton zu entlocken. Stamm wartete. Schließlich waren die Interviews auf Band, die beiden Frauen bedankten und verabschiedeten sich. Dobermann und Korn erhoben sich und kamen zu ihm. Der Staatsanwalt setzte sich auf Nadja Winters Stuhl, Korn plazierte sich auf der Tischkante.

»Wie gesagt«, begann Stamm, ohne eine Frage abzuwarten, »ich bin Pfaff ein paarmal begegnet, zum erstenmal vor... na, ich glaube, so vor zwei Jahren. Er wollte uns eine Geschichte verkaufen, die Demontage eines Showstars der ARD, der sich hier im Düsseldorfer Nachtleben ganz anders aufführt, als er es seinem Bildschirm-Image schuldig wäre. Er dachte, weil wir zu einem Verlag gehören, der seine Finger auch bei zwei, drei privaten Fernsehsendern im Spiel hat, müßten wir uns dankbar darauf stürzen. Aber das war der reine Klatsch, wir hätten uns damit lächerlich gemacht. Paßte einfach nicht zu unserer Ausrichtung. Er ist dann seine Story bei ›Frau aktuell‹ oder ›Frauenbilder‹ oder so einer Illustrierten losgeworden.«

»Okay«, sagte Dobermann, »vielleicht sagen Sie uns zunächst, bei welcher Zeitschrift Sie arbeiten. Ich glaube nicht, daß ich Sie schon einmal hier gesehen habe.«

»Das Magazin«, antwortete Stamm. »Ich bin Redakteur im Düsseldorfer Büro. Mein Name ist Hans Stamm.«

Korn holte einen Notizblock aus seinem Sakko und notierte.

»Okay«, sagte Dobermann wieder, »Sie sagten, Sie seien ihm ein paarmal begegnet. Was waren das für Gelegenheiten?«

»Wir sind uns manchmal abends über den Weg gelaufen. Er verkehrte in einer Kneipe, in der ich auch schon mal bin, die ›Marktwirtschaft‹ am Karlplatz. Außerdem war Pfaff auch nicht der Typ, der sich von einem Mißerfolg entmutigen läßt. Vor einigen Monaten hat er wieder versucht, uns eine Story anzudrehen. Diesmal fing er es geschickter an, wollte uns weismachen, da wäre politische Brisanz drin, Ausländerfeindlichkeit in einem Fußballbundesligaklub im Ruhrgebiet. Wir haben uns sogar mit seinem Zeugen unterhalten, aber der hatte so wenig zu bieten, daß wir auch diesmal die Finger davon gelassen haben.« Dobermann und Korn spitzten die Ohren. Stamm winkte ab. »Auch diese Geschichte ist dann erschienen. Sie hat der Bildzeitung zwei Schlagzeilen eingebracht und ist dann sang- und klanglos versickert.«

Korn machte sich ein paar Notizen, Dobermann sinnierte.

»Kann es sein, daß er es nicht direkt darauf abgesehen hat, sich viele Freunde zu machen?« fragte der Staatsanwalt.

Stamm schüttelte lächelnd den Kopf.

»Nein, das hat er nicht.«

»Haben Sie damals das letztemal von ihm gehört?« fragte Korn.

»Gesehen habe ich ihn zum letzten Mal. Gesprochen habe ich ihn vor knapp zwei Wochen. Er hatte wieder etwas anzubieten. Er meinte, diesmal müßten wir anspringen, er hätte einen richtigen Hammer. Da das aber seine gewohnte Art war, seine Geschichten anzupreisen, habe ich ihn zunächst vertröstet. Vielleicht hätte ich mich noch mit ihm getroffen, man kann ja nie wissen... Aber dazu ist es dann nicht mehr gekommen. Leider habe ich nicht die geringste Ahnung, um was es ging. Er wollte nicht einmal eine Andeutung machen.«

»Wissen Sie sonst noch etwas über ihn?« fragte Korn.

Stamm dachte kurz nach und sagte dann: »Er trat immer forsch auf, wirkte in seiner Zielstrebigkeit immer hektisch. Er war alles andere als ein Zauderer, wenn er sich irgendwo festgebissen hatte, ließ er nicht mehr los. Ein Terrier.« Stamm lächelte. »Aber solche Typen sind in unserer Branche ja keine Seltenheit.« Er spürte Korns Desinteresse und fügte hinzu: »Fakten kann ich Ihnen leider keine liefern. Ich meine, er wäre in der ›Marktwirtschaft‹ mit einer Frau gewesen, aber ich könnte Ihnen nicht einmal sagen, ob es immer dieselbe war.« Korn klappte sein Notizbuch zu und sah Dobermann fragend an.

Der nickte und sagte: »Vielen Dank, Herr Stamm, wenn wir noch Fragen haben sollten, melden wir uns.«

»Dito«, sagte Stamm und stand auf.

3

Stamm fuhr in die Redaktion. Hanne Lohmeyer war nicht da. Der Abschied der Wirtschafts- und Verkehrsministerin Dr. Sigrun Agger schien lang zu werden. Oder Hanne war direkt nach Hause auf ihren Bauernhof in Viersen gefahren. Was sollte sie auch an einem Sonntag in der Redaktion? Sie hatte den ganzen Montag, um den Artikel zu schreiben. Wenn es überhaupt etwas zu schreiben gab. Was hatte er eigentlich in der Redaktion verloren, wo es zu Hause immerhin einen Fernseher gab? Stamm suchte die Wände des Büros ab, aber dort stand die Antwort auch nicht.

Er zog die oberste Schublade seines Schreibtisches auf und nahm den Stapel Visitenkarten heraus. Er durchsuchte ihn. Eins der untersten Kärtchen war Pfaffs. Der Namenszug Rainer G. Pfaff in Kapitälchen in der Mitte, darunter etwas kleiner »Chefredakteur«. Oben links stand der Name der Klitsche, als deren Chef sich Pfaff bezeichnet hatte: BPA Journalistenbüro. Keine Adresse, nur eine Düsseldorfer Telefonnummer. Stamm versuchte, sich daran zu erinnern, welche Erklärung ihm Pfaff für die drei Buchstaben gegeben hatte. Das P stand jedenfalls für Pfaff, das B für den Namen eines angeblichen Partners. Das A gab es nur deshalb, damit das Ganze am Telefon wie dpa klang. Eine solche Empfehlung öffnete Ohren und Lippen, was ein Pfaff von einem Journalistenbüro Pfaff nur mit mühseligem Zureden schaffte. Wie hieß Pfaffs B-Partner? Stamm suchte sein Gedächtnis ab, aber B hatte, wenn überhaupt, nur eine ganz schwache Fährte hinterlassen. Dabei hatte Stamm das sichere Gefühl, daß der Name leicht zu merken war. Er wählte die Nummer auf der Visitenkarte. Während er auf das erste Piepsen wartete, fiel es ihm ein: Bracks. Stamm ließ es trotzdem sechsmal läuten, bevor er wieder auflegte. Er holte das Düsseldorfer Telefonbuch und sah zunächst unter Pfaff, Rainer nach, um die Spannung zu erhöhen. Er fand ihn mit der Adresse Limburgstraße, eine Wohngegend in Grafenberg. Die Nummer war identisch mit derjenigen auf der Visitenkarte. Von wegen Journalistenbüro. Ohne große Hoffnung suchte er nach Bracks. Er fand natürlich keinen. Stamm schloß das Telefonbuch, öffnete es aber gleich wieder und sah unter »Brachs« nach. Wieder nichts. Nun ja, Bracks mußte nicht in Düsseldorf wohnen. Es gab in den Vorstädten einige zigtausend Pendler. Er holte ein Telefonbuch des Kreises Mettmann aus dem Schrank der Redaktionssekretärin und begann seufzend zu blättern. Schließlich hatte er auch Wülfrath durch und war so schlau wie zuvor.

»Nix Bracks«, sagte er laut und stutzte. Er fing wieder bei Erkrath an und suchte nach »Brax«. Bei der achten Stadt wurde er fündig. Brax, Hans-Jürgen, Journalist, wohnte in der Erfurter Straße 22 in Ratingen. Irgendwie war Stamm erleichtert, daß Herr und Frau Brax ihren Sohn nicht Maximilian genannt hatten. Er hatte die Vorwahl schon eingetippt, als er wieder auflegte. Er notierte die Adresse und verließ die Redaktion.

Er verfuhr sich in der Satellitenstadt Ratingen-West. Die Erfurter Straße lag im Herzen von Klein-Manhattan, wie die Mitte von West, deren Skyline jeder Autofahrer von der A 52 aus bewundern konnte, euphemistisch genannt wurde. Die Hochhäuser rund um den Berliner Platz hatten nichts von der Eleganz mancher Wolkenkratzer in Manhattan, und sie kamen auch nicht über das siebzehnte Stockwerk hinaus. Von der Berliner Straße konnte Stamm nur bis zu den nördlichen Parkplätzen am Berliner Platz vordringen. Er zog es vor, dort zu parken, bevor er eine Runde durch den halben Stadtteil drehen mußte, um schließlich am anderen Ende des Platzes zu stehen.

Die Erfurter Straße mündete von Süden in den trist plattierten Berliner Platz. Ein paar kümmerliche Pflanzen in Kästen kämpften vergeblich gegen den Beton an. Ein Kneipier, der seinem Lokal den originellen Namen West-Point gegeben hatte, versuchte ebenso vergeblich, mit etwas Efeu an den Stützen seines Vordaches Biergartenatmosphäre herbeizuzaubern. Zwei Jugendliche, die drinnen beim Billard schwitzten, waren die einzigen Seelen, die Stamm auf dem großen Platz erspähen konnte. Nach einigem Suchen fand er den Durchgang zur Erfurter Straße. Die Nummer 22 hatte bescheidene fünf Stockwerke und befand sich zum Glück nicht allzu weit, gleich gegenüber der städtischen Gesamtschule, wie ein Schild am Eingang des Schulhofes mitteilte.

Stamm klingelte bei Brax. Nach kurzer Zeit meldete sich eine männliche Stimme über die Sprechanlage.

»Ja?«

»Mein Name ist Stamm vom Magazin«, sagte Stamm, »ich komme wegen Rainer Pfaff.«

Es blieb einige Sekunden still, dann sagte Brax: »Er hat mir nichts davon gesagt. Wo ist er überhaupt, ich habe seit drei Tagen nichts von ihm gehört.«

Stamm bückte sich wieder zum Lautsprecher.

»Genau darum geht es. Ich hab da was für Sie.«

Wieder blieb es einige Zeit still, dann ertönte der Summer. Stamm drückte die Tür auf und warf noch einen Blick auf die Klingel. Brax mußte in der zweiten Etage wohnen.

Er erwartete Stamm in der Tür, der Prototyp eines schmierigen Lokaljournalisten. Strähniges Haar, das übers halbe Ohr hing, ungepflegter Vollbart, rote Nase mit großen Poren, Bierbauch. Er trug eine weite kurze Jeans und ein abgewetztes dunkelblaues Polohemd mit Krokodil.

»Wo ist der Sack?« begrüßte er Stamm. »Ich hab gestern den ganzen Tag auf ihn gewartet. Sogar die Heimpremiere von Fortuna hab ich verpaßt, und dann kommt er nicht.«

»Er konnte nicht«, sagte Stamm und wartete darauf, daß Brax ihn einließ. Als der keine Anstalten machte, sah sich Stamm im Treppenhaus um und bestand auf Einhaltung der Höflichkeitsregeln: »Es ist besser, wenn ich Sie drin aufkläre. Es muß nicht jeder hören ...«

Brax musterte ihn und machte dann brummend Platz. Stamm ging durch die Diele in ein Wohnzimmer, dessen Inhaber es egal war, wie er wohnte. Die schmucklose Sperrholzschrankwand, der unempfindliche Schlingenteppichboden, die hellbraune Sitzecke hätten auch in einem Apartment in einer x-beliebigen Feriensiedlung stehen können. Im Fernsehen lief ein Formel-1-Rennen. Der RTL-Kommentator kriegte sich vor lauter Begeisterung über ein halsbrecherisches Überholmanöver von Schumi Schumacher nicht mehr ein. Stamm setzte sich, ohne aufgefordert zu werden, aufs Sofa und drückte den roten Knopf der Fernbedienung, die auf dem Glastisch lag.

»He ...« protestierte Brax, aber Stamm schnitt ihm das Wort ab.

»Sie wissen es noch gar nicht, oder?«

Jetzt hatte er Brax' ungeteilte Aufmerksamkeit. Sein Blick sagte ihm, daß er es noch nicht wußte.

»Pfaff ist tot.«

Brax starrte ihn mit offenem Mund an.

»Willst du mich verarschen?« fragte er, als er die Sprache wiedergefunden hatte. Stamm musterte ihn schweigend. Dann erklärte er es ihm.

»Sie haben ihn gestern abend aus dem Rhein gezogen. Mit einem häßlichen Loch in der Stirn ...«

Brax ließ sich in einen Sessel fallen. Obwohl er sich an der Lehne festkrallte, zitterte er zum Gotterbarmen. Stamm sah sich im Zimmer um und entdeckte die Flaschen in der Ablage des Fernsehtisches. Er stand auf und ging durch eine Tür, von der er vermutete, daß sie in die Küche führte. Unter dem schmutzigen Geschirr in der Spüle gab es auch ein ehemaliges Senfglas. Stamm spülte es aus, ging zurück ins Zimmer, füllte es zur Hälfte mit Asbach und hielt es Brax hin. Brax nahm es mit beiden Händen und trank gierig zwei Schlucke. Danach ging es wieder.

»Sie wissen nicht zufällig, wer ihn umgebracht hat?« fragte Stamm.

Das plötzliche Mißtrauen in Brax' Augen sagte Stamm, daß die Überrumpelung gescheitert war. Brax war wieder voll da.

»Du bist 'n Klugscheißer, wa?« stellte er fest.

Stamm lachte ihn an.

»Ist das jetzt der Dank dafür, daß ich Sie auf den Besuch der Bullen vorbereite? Verarschen, Klugscheißer? Was kommt als Nächstes? Für die Bullen werden Sie sich schon was Besseres einfallen lassen müssen.« Er machte eine kurze Pause und fuhr dann fort: »Woran habt ihr denn zuletzt gearbeitet?«

Brax grinste ihn schlau an.

»Du bist vom Magazin, ja? Pfaff wollte euch doch die Geschichte verkaufen, oder seh ich das falsch?«

»Wir sind nicht dazu gekommen, uns zu treffen«, sagte Stamm.

»Pech für euch.« Brax trank sein Glas aus. »Aber ich kann dich beruhigen. Es ist noch nicht zu spät.«

Stamm sah ihn abwartend an. Brax grinste und schwieg.

»Ich höre«, munterte ihn Stamm auf.

»Euer Verlag stinkt doch vor Geld«, sagte Brax, »mit fünfzigtausend kämen wir ins Geschäft. Dieses Sonderangebot gilt aber nur, wenn bis morgen bar gezahlt wird.«

»Ich glaube, der Schock war doch ein bißchen groß. Am besten Sie schlafen eine Nacht drüber.« Stamm stand auf.

Brax blieb cool. Er griff nach der HB-Packung, die auf dem Tisch lag, und zündete sich eine an.

»Okay, ich will dir entgegenkommen«, sagte er und blies den Rauch seines ersten Zuges mit den Worten aus, »ich wäre auch mit einem Scheck zufrieden.« Stamm mußte lachen. Er schüttelte ungläubig den Kopf. »Ich sag dir, das Material ist viel mehr wert. Von Preisen versteh ich was, da hatte ich den besten Lehrmeister.«

Stamm zog die Schultern hoch und fragte:

»Woher soll ich wissen, daß es wirklich was taugt?«

»Ein Mensch ist dafür gestorben«, sagte Brax pathetisch. Das Klingeln des Telefons störte den großen Moment.

»Ja?« meldete sich Brax, um nach kurzem Zuhören ein zweites »Ja« nachzuschieben. Unterbrochen von mehr oder weniger langen Pausen folgten »Ich hab's gehört – Vielleicht – Das könnte tatsächlich sein – Warum nicht? – Das müßten wir in aller Ruhe besprechen – Muß ich mal sehen – Ich melde mich gleich wieder, geben Sie mir Ihre Nummer!« und »Bis gleich«. Brax legte auf und grinste Stamm an.

»Die Konkurrenz«, vermeldete er. »Entscheide dich! Du hast immer noch das Vorkaufsrecht.«

Stamm schüttelte den Kopf.

»Sie haben 'ne Meise, Brax«, sagte er. »Passen Sie gut auf sich auf!« Im Gehen kriegte er mit, daß Brax sein Glas wieder füllte.

Stamm schlenderte in Richtung Berliner Platz. Als er hinter dem Freizeithaus verschwand, beschleunigte er seine Schritte. Im Auto studierte er den Stadtplan, legte ihn aufgeschlagen auf den Beifahrersitz und drehte seine Runde über die Berliner und die Brandenburger Straße in die Erfurter Straße. Es war doch nicht so weit, wie er geglaubt hatte. Nach fünf Minuten war er vor dem Schulzentrum und hatte Brax' Wohnhaus im Blick. An Parkplätzen herrschte am Sonntagnachmittag kein Mangel. Er setzte in eine Lücke, drehte die Rückenlehne nach hinten und machte es sich bequem.

Beinahe hätte er Brax verpaßt. Er hatte nicht damit gerechnet, daß Pfaffs Partner die Wohnung verlassen würde. Brax ging in Richtung Berliner Platz.

»Scheiße«, fluchte Stamm, stieg dann aber doch aus und versuchte das Unmögliche: Brax auf der menschenleeren Straße unauffällig zu verfolgen. Er fing an zu laufen, als Brax hinter dem Freizeithaus verschwunden war. Dann lugte er vorsichtig um die Ecke und bekam einen ausgestorbenen Platz zu sehen. In diesem Stilleben fiel nur die Bewegung hinter den großen Scheiben des West-Point auf. Die beiden Billardspieler hatten zwei Zuschauerinnen bekommen. Der Kellner verließ seinen Platz hinter der Theke und ging in die hintere Ecke des Lokals, wo er eine dunkelblaue Silhouette ansprach. Brax hatte sich so weit entfernt wie möglich von den Billardspielern niedergelassen. Stamm sah sich nach einem diskreten Beobachtungsposten um, aber für solche Operationen war der Berliner Platz nicht gebaut worden. Er blieb, wo er war, im Schutz des Freizeithauses. Als er den Kellner mit einem kühlen Pils zu Brax gehen sah, spürte er die Sonne noch brennender auf dem Rücken.

Brax hatte sein Bier noch nicht ausgetrunken, als von der gegenüberliegenden Seite Farbe ins Grau des Platzes kam: leuchtend blondes Haar, rotes Top, weiße Leinentasche, Khaki-Shorts. Nadja Winter orientierte sich kurz, entdeckte das West-Point und ging darauf zu. Stamm suchte den Platz noch einmal genau ab, aber die Architektur hatte sich in den letzten zehn Minuten nicht verändert. Von seinem Posten waren nur Schemen zu erkennen, und näher konnte er nicht heran, ohne gesehen zu werden. Plötzlich schnippte er mit den Fingern und lief zurück zur Erfurter Straße. Er schloß seinen Peugeot auf der Beifahrerseite auf, öffnete das Handschuhfach und holte das kleine Nikon-Fernglas heraus, das Eva nach ihrer Vogelbeobachtung dort vergessen hatte. Er rannte zurück und bezog wieder seinen Posten.

Er setzte das Fernglas an, nahm es wieder herunter, wischte sich den Schweiß mit dem schlabbrigen Ärmel seines T-Shirts aus den Augen und versuchte es erneut. Nach einer kurzen Einstellung sah er die Winter und Brax viel deutlicher als die angeblichen Goldammern im Emsland. Brax leistete Überzeugungsarbeit. Die schöne Nadja hörte zu und führte nur zweimal ihr Espresso-Täßchen zum Mund. Als Brax sein Pulver verschossen hatte, dachte sie kurz nach, dann wechselten sie die Rollen. Sie unterbreitete Brax ihr Angebot, das er gelegentlich ein wenig nachzubessern versuchte. Schließlich nahm sie ihre

Tasche auf den Schoß und suchte darin herum. Sie schob die Tasse zur Seite, breitete Papier auf dem Tisch aus und begann zu schreiben. Dann schob sie Brax das Ergebnis zu. Er nickte, faltete das Blatt zusammen und legte es vor sich auf den Tisch. Die Winter öffnete ihr Notizbüchlein, und Brax diktierte ihr etwas. Es war nicht viel. Nach zehn Sekunden klappte sie es wieder zu und steckte es ein. Wenn Brax gehofft haben sollte, daß auf den geschäftlichen noch ein gemütlicher Teil folgte, wurde er enttäuscht. Nadja Winter stand auf, nickte ihm zu und verließ das West-Point und den Berliner Platz schneller, als sie gekommen war.

Stamm rannte so schnell er konnte zu seinem Wagen, riskierte einen Hitzeschlag, als er hineinsprang, ohne vorher alle Fenster heruntergekurbelt zu haben, und startete durch. Er ignorierte die Schwellen und die Tempo-30-Schilder auf der Brandenburger Straße und raste zur Berliner Straße. Er sah sich alle Fahrer der wenigen ihm begegnenden Autos genau an, bog auf den Parkplatz ein, auf dem er schon einmal gestanden hatte, drehte drei Runden zwischen den abgestellten Wagen und mußte schließlich einsehen, daß Nadja Winter zu schnell gewesen war.

Er fuhr über die Autobahn nach Düsseldorf zurück. Auf der Brehmstraße hielt er an einer Telefonzelle und suchte im Buch nach Nadja Winter. Sie war nicht eingetragen, auch nicht unter N. Winter. Es gab einmal Winter ohne alles. Die Telefonnummer fing mit einer 5 an, war also linksrheinisch. Er schob seine Telefonkarte ein und wählte die Nummer der Redaktion.

»Lohmeyer, Magazin«, meldete sich Hanne.

»Hast du Krach mit Wolfgang, oder ist unsere Arbeitszeit flexibilisiert worden?« fragte Stamm.

»Wer spricht da bitte?« fragte Hanne ungerührt zurück.

»Wie geht es Frau Doktor Agger?«

Hanne verlegte sich aufs Antworten: »Sie steht. Sie habe, selbstverständlich, die volle Solidarität des Ministerpräsidenten und ihrer Kabinettskollegen, der Partei sowieso. Es wurde eine bisher in diesem Lande nicht gekannte Stufe der diffamierenden Berichterstattung konstatiert. Doch davon werde man sich nicht erpressen lassen. Wer so leichtfertig und aus durchsichtigen Motiven den Ruf einer untadeligen Ministerin und Dame beschmutze, dürfe damit nicht auch noch

Erfolg haben. Das sei ein besorgniserregender Anschlag auf die politische Streitkultur. Amen.«

Stamm lächelte.

»Ja, da trifft unser aller Landesvater wieder genau den Punkt. Ich kann doch davon ausgehen, daß er die Übeltäter tadelnd angeguckt hat?«

»Leider verpuffte die Wirkung ein wenig. Die Hauptschurkin war gar nicht da. Die Kollegen waren untröstlich. Ich glaube, viele von ihnen kommen nur noch wegen dem blonden Gift zu den Pressekonferenzen.«

»Sie kann nicht überall gleichzeitig sein«, sagte Stamm. »Und bis vor einer Viertelstunde war sie in Ratingen.«

»Was machst du in Ratingen?« fragte Hanne.

»Spuren verfolgen.«

»Und?« fragte sie ungeduldig, als er nicht weiterredete.

»Wir sollten unseren Job aufgeben«, sagte Stamm. »Es sei denn, wir bekommen Kontovollmacht. Für das mit den sechsstelligen Summen. Frag doch mal beim Verlag nach. Rein prinzipiell natürlich, denn in diesem Fall ist der Zug abgefahren.«

»Wie wär's, wenn du eine Idee deutlicher würdest«, sagte Hanne.

»Ich war bei Pfaffs Partner. Ein gewisser Brax. Er wohnt in Ratingen. Wollte mal hören, was der gute Pfaff uns diesmal andrehen wollte. Brax hätte es mir auch beinahe erzählt, aber dann fiel ihm ein, daß er die Story auch verscherbeln könnte – für schlappe Fünfzigtausend. Tja, und damit hatte sich die Recherche vorläufig erledigt. Kurz danach hat er sich mit Nadja Winter in einer Kneipe getroffen, und ich will auf der Stelle tot umfallen, wenn sie ihm nicht ad hoc einen Scheck ausgestellt hat. Ich schlage vor, wir warten einfach auf die nächsten paar Ausgaben von ›Extra‹, dann wissen wir, wer Pfaff umgelegt hat. Und bis dahin machen wir uns einen lauen Lenz.«

Eine Zeitlang war es still in der Leitung, dann sagte Hanne »Scheiße«, worauf sie die Telekom wieder verdienen ließen, ohne sich dafür Kommunikation einzukaufen.

»Was weißt du von… dem blonden Gift?« fragte Stamm schließlich, um wenigstens so zu tun, als würde er nicht sinnlos das Geld des Verlages verpulvern. »Sie hat auch den Staatsanwalt schon in Angst und Schrecken versetzt.« Er erzählte ihr kurz von der Pressekonferenz.

»Tja«, sinnierte Hanne, »was habe ich gehört? Sie soll im Osten bei dieser ›Super‹-Zeitung angefangen haben. Dann hat Freimuth sie für viel Geld zu ›Extra‹ geholt, und jetzt versucht sie, die Rendite für diese Investition einzufahren. Ich glaube, sie macht das gar nicht ungeschickt. Sie hält wohl öfter mal Hof in einer Kneipe in Oberkassel. Gibt's dort ein ›Preminger‹?« Stamm bejahte. »Dann ist es das. Ich habe keine Ahnung, wie sie es gestreut hat, jedenfalls pilgern deine Kollegen da regelmäßig hin und hoffen, wenigstens einen flüchtigen Seitenblick von ihr zu erhaschen. Das hat mir jedenfalls Eichholz vom WDR erzählt. Wir konnten ja heute in der Staatskanzlei ausgiebig plaudern. Ist der eigentlich schwul? Na wie auch immer«, fuhr sie fort, als Stamm nicht antwortete, »jedenfalls hat die Winter offensichtlich einen Schnellkurs in Landespolitik gemacht, wie er effektiver nicht sein konnte. Gar nicht dumm, was?«

»Nee«, sagte Stamm.

Beide schwiegen eine Weile.

»Laß uns morgen weiterreden«, sagte Hanne schließlich, »Mein Sohn ist heute nach Hause gekommen. Ich wollte ihm wenigstens noch einen schönen Abend wünschen, bevor er loszieht.«

»Hat er sein Jura-Studium immer noch nicht geschmissen?« fragte Stamm.

»Ach ja«, seufzte Hanne. »Ich weiß doch auch nicht, von wem der Junge das hat.«

4

In Oberkassel entspricht Düsseldorf am ehesten seinem geliebten Image der rheinischen Geldmetropole. Und Geld zu haben bedeutet in Düsseldorf, es auch zu zeigen. Welchen Wert hat schon eine Villa, die sich zwischen den Bäumen eines weitläufigen Parks versteckt? Dafür gibt es in Oberkassel ohnehin keinen Platz. Wo jeder Meter Boden Bauland über tausend Mark wert ist und jeder Quadratmeter Wohnfläche fünfundzwanzig Mark im Monat bringt, da verschwendet man nichts an überdimensionierte Gärten. Vom Rheinufer der Altstadt aus hat man einen prächtigen Blick auf die geschlossene Häuserfront am Kaiser-Wilhelm-Ring. Zufall oder nicht, der Straßenname ist ein Hinweis darauf, wann die meisten Häuser gebaut worden sind. Der schöne Schein verblaßt aber immer mehr, je weiter man vom Rhein ins Oberkasseler Hinterland vorstößt. Nicht daß man sich plötzlich in einem Slum wiederfände, aber je versteckter die Häuser liegen, desto weniger Wert wird auf Äußerlichkeiten gelegt. Um so größer wird die Notwendigkeit, die Visitenkarte mit dem Namen des Stadtteils zu schmücken. »Oberkassel« flößt Achtung ein. Oberkassel ist so sehr im Herzen der Stadt, daß es selbst alteingesessene Düsseldorfer nicht stört, daß es am falschen (linken) Rheinufer liegt. Die geographische Bezeichnung »schäle Sick« ist für die Neusser reserviert und manifestiert sich im Autokennzeichen NE. Den Oberkasselern will dagegen niemand das D streitig machen.

Stamm fuhr über die Oberkasseler Brücke. Die glitzernde Kirmes auf den Rheinwiesen gab der dahinter liegenden Gründerzeitfassade des Kaiser-Wilhelm-Rings einen Hauch von Disneyland. Stamm rollte im Schrittempo durch das Tor zwischen Kaiser-Wilhelm- und Kaiser-Friedrich-Ring auf die Luegallee. Am Sonntagabend machte es sich normalerweise nicht bemerkbar, daß die rot-grüne Mehrheit im Rat die wichtigste Verkehrsader Oberkassels auf eine Spur verengt hatte. Aber während der Kirmes wurde in Oberkassel der Ausnahmezustand ausgerufen. Im Stau verfluchte sich Stamm, daß er nicht daran gedacht hatte.

Seit einigen Wochen quälten sich die linksrheinischen Autofahrer allmorgendlich im Schrittempo in die Stadt, verzweifelten dort bei der Parkplatzsuche und brauchten dann eine Stunde ihrer Dienstzeit, um ihren Blutdruck wieder einigermaßen in den Griff zu bekommen. Abends schlichen sie im gleichen Tempo zurück. Stamm fragte sich, wann sie wohl die vielen Leserbriefe formulierten, mit denen die Rheinische Post eine ganze Samstagsausgabe hätte füllen können. Dabei hatte Oberkassel die beste Straßenbahnverbindung aller Düsseldorfer Stadtteile in die Innenstadt. Sie auch zu nutzen, kam aber aus zwei Gründen nicht in Frage: Erstens konnte man sich ein Auto leisten, und zweitens würde man dann ja das tun, was der Stadtrat mit der Straßenverengung bezweckt hatte.

In Oberkassel gehörte schon an normalen Tagen Glück dazu, einen Parkplatz zu finden. Heute war es unmöglich, da die Seitenstraßen der Luegallee gesperrt waren. Stamm mußte bis zur Hansaallee fahren, von wo aus er einen Kilometer-Marsch zurück zum Preminger antrat. Er war in seiner Jugend einmal hier gewesen, als man es sich schuldig gewesen war, jede Kneipe, die halbwegs in war, zu kennen, um beim Fachsimpeln qualifiziert abfällige Bemerkungen anbringen zu können. Inzwischen hatte sich sein Kritikpotential so weit abgebaut, daß er es sich nicht mehr leisten konnte, es an Kneipen zu verschwenden. Gleichgültig registrierte er die verstaubte feuilletonistische Langeweile und nickte erfreut, als er die Jever-Bierdeckel entdeckte. Er drehte eine Runde durch das mäßig besuchte Lokal. Nadja Winter war nicht da. An einem Tisch saßen der Politikredakteur der Rheinischen Post und – da schau her – der Düsseldorfer Sportchef der Bildzeitung beisammen. Der Bild-Mann mußte Urlaub haben, wenn er am Sonntagabend in der Kneipe sitzen konnte. Stamm kannte ihn nur vom Sehen, und den geleckten Hasselfeld von der RP konnte er nicht leiden. Deshalb nickte er ihnen nur kurz zu und setzte sich an einen anderen Tisch, von dem aus er den Eingang im Blick hatte.

Er bestellte ein Pils, und als der Kellner es brachte, einen angeblichen griechischen Hirtensalat. Er aß ihn, während er bei der Lektüre der gastronomischen Rubrik im Düsseldorfer Stadtmagazin von echtem kulinarischen Genuß träumte. Er spülte das Essen mit einem zweiten Pils hinunter und nahm sich vor, sich nur noch ein drittes zu gönnen. Als er seinen Vorsatz in die Tat umgesetzt hatte, winkte er den Kellner heran, um zu zahlen. Mit dem sicheren Instinkt seiner Branche hatte der schon den Block gezückt, um die Rechnung zu schreiben, als Stamm kurzfristig umdisponierte und noch ein Pils bestellte.

Das kurze schwarze Stretch-Kleid zerstreute Stamms letzte Zweifel, daß die schöne Nadja auch mit makellosen Beinen aufwarten konnte. Sie machte ein paar Schritte durch das Lokal und sah sich um. Das nervöse Winken des RP-Mannes konnte sie unmöglich ignorieren. Während sie langsam auf den Tisch der beiden Journalisten zuging, schwirrte ihr Blick unruhig durch den Raum. Ihre Augen blieben eine Sekunde auf Stamm haften und wandten sich dann wieder ab. Sie blieb am Tisch der beiden stehen. Der RP-Mann sprang auf, trat heraus, um ihr den Weg auf die Sitzbank zu öffnen. Sie hob jedoch abwehrend die Hände und gab mit einem entschuldigenden Lächeln eine Erklärung ab. Die Haltung des RP-Mannes verwandelte sich von einladend in unbeholfen. Er blieb aber stehen und plauderte hastig drauflos, immer wieder hilfesuchende Blicke auf seinen Bild-Kollegen werfend. Doch der war vollauf damit beschäftigt, auf Nadjas Beine zu starren. Sie antwortete zwei-, dreimal, bevor sie das Rückzugsgefecht antrat.

Sie ging weiter und blieb vor Stamm stehen.

»Hast du Lust, eine gute Tat zu vollbringen?« fragte sie.

»Klar«, erwiderte Stamm.

»Dann steh auf, gib mir einen Kuß und laß mich auf die Bank.«

Stamm stand auf, küßte sie auf die Wange und machte eine einladende Handbewegung. Sie rutschte weit nach hinten, Stamm grinste dem schockierten RP-Mann freundlich zu und setzte sich auch. Er rückte weiter durch als vorher, so daß die Trennwand ihn fast vollständig vor den Blicken des RP-Mannes schützte.

»Morgen wird die halbe Stadt wissen, daß wir was miteinander haben«, sagte Stamm.

»Ist dir das peinlich?« fragte sie.

»Irgendwie schon. Ich schmücke mich nicht gern mit falschen Verdiensten.«

Sie sah ihn forschend an. Der Kellner kam. Nadja bestellte ein Glas Sekt und einen Salat Niçoise.

»Kennst du Hasselfeld?« fragte sie, als der Kellner wieder gegangen war.

»Wir sind nicht das, was man enge Freunde nennen würde«, sagte Stamm.

»Von mir aus kannst du ruhig schmieriges Arschloch sagen. Ich werde dir weder widersprechen noch in Ohnmacht fallen.«

»So weit würde ich nicht gehen«, wehrte Stamm ab. »Er ist nur ein wenig zu überzeugt von seinen Fähigkeiten, mit denen es aber leider nicht weit her ist. Ansonsten kann ich nicht viel gegen ihn vorbringen.«

»Du bist halt keine Frau.«

»Das ist wahr«, sagte er.

Es entstand eine kurze Pause. Dann sagte sie:

»So ein Zufall übrigens. Erst sitzen wir heute mittag bei der Pressekonferenz nebeneinander, und dann treffe ich dich abends hier. Ich kann mich nicht erinnern, dich hier schon mal gesehen zu haben.«

»Bisher habe ich ja auch nicht gewußt, daß du im Preminger deine Abende verbringst«, erwiderte Stamm. Er bemühte sich, mit seinem Lächeln eine Spur von Spott zu transportieren. Als er glaubte, aus ihrer Miene eine gewisse Befriedigung darüber herauszulesen, in seinen Augen etwas entdeckt zu haben, was er zu verbergen suchte, baute er sein Lächeln zu einem Grinsen aus, das er nicht ohne Erfolg von Burt Lancaster abgekupfert hatte.

»Und wer hat es dir erzählt?« fragte sie.

»Meine Chefin. Sie meinte, hier treffe sich neuerdings die Creme der Düsseldorfer Journaille. In einer solchen Kontaktbörse müßten wir unbedingt auch repräsentieren. Und dafür sei ihr bester Mann gerade gut genug. Mit solchen Tricks arbeitet man in unserem Hause. Wie hätte ich da nein sagen können?« Er winkte dem Kellner und bestellte noch ein Jever und ein Glas Sekt. Sie knabberte an einem Salatblatt und betrachtete ihn nachdenklich. »Aber ehrlich gesagt bin ich ein bißchen enttäuscht«, fuhr er fort. »Wo sind die Jungs alle? Ich hatte Mottenschwärme erwartet.«

»Sie schwirren wahrscheinlich im ›Op de Eck‹ herum«, sagte Nadja.

»Wieso das denn?«

»Ich habe gestreut, ich wäre heute abend dort«, sagte sie ohne falsche Bescheidenheit.

»Verstehe«, lachte Stamm. »Einmal in Ruhe einen Salat essen hat auch was für sich.«

Sie warf einen finsteren Blick in Richtung RP und Bild.

»Leider habe ich die Länge von Hasselfelds Leitung unterschätzt«, sagte sie. »Um zu erfahren, daß ich ins ›Op de Eck‹ gehen will, hätte er nicht einmal recherchieren müssen. Aber er hat's trotzdem verpaßt. Kein Wunder, daß er alle heißen Storys mit einem Tag Verspätung bringt.«

»Mindestens«, sagte Stamm. »Manchmal sind sogar wir schneller.« Sie sah ihn irritiert an. »Wir erscheinen wöchentlich«, erklärte er. Sie fixierte ihn weiter mit einem Fragezeichen im Blick. Er gab seinen letzten Vorteil preis: »Magazin. Hans Stamm.«

Sie nahm die Vorstellung nickend zur Kenntnis.

»Ich habe deine FDP-Geschichte gelesen. War nicht schlecht, vielleicht ein bißchen lang. Ich hätte sie in fünfzig Zeilen abgehandelt … Außerdem hätte ich sie nicht so geschont.«

Stamm zog die Stirn kraus.

»Geschont?«

Sie schob den leeren Teller weg, stützte sich mit den Ellbogen auf den Tisch und beugte sich vor.

»Als ich den Artikel gelesen habe, habe ich mich die ganze Zeit gefragt: Wann spricht er endlich aus, was er meint? Wann kommt das Wort, auf das alles hinausläuft?«

Stamm sah sie ratlos an. Als sie nicht weitersprach, entschloß er sich zu fragen:

»Welches Wort?«

»Schmarotzer«, sagte sie. »Was sind diese verlogenen Typen denn sonst? Predigen ständig vom schlanken Staat, aber wenn sie von ihren gepolsterten Landtagssesseln runterfliegen, nehmen sie ganz ungeniert das Versorgungswerk für abgehalfterte Politiker in Anspruch. Nur weil sie zu faul sind, richtig zu arbeiten, darf der Steuerzahler ihre überflüssigen Jobs bezahlen.«

Stamm lächelte.

»Die Botschaft scheint aber doch angekommen zu sein.«

Sie sah ihn mit einem triumphierenden Lächeln an.

»Bei mir vielleicht. Aber ich wette, daß in ganz Deutschland keine einzige Tante Erna mit ihrem Friseur darüber gesprochen hat.

Aber stell dir nur eine Headline vor wie... FDP – Partei der Schmarotzer! Zum Beispiel.«

»Die liberalen Schmarotzer«, korrigierte er.

»Du könntest bei uns anfangen«, sagte sie ernsthaft. »Soll ich ein gutes Wort für dich einlegen?«

»Klar«, sagte er. »Wie zahlt Murray denn? Tarif?«

»Gutes Geld für gute Leistungen«, antwortete sie.

»Gibt es Abschußprämien für Minister?« Er sah ihr lange in die Augen. Sie bestand die Kraftprobe mit Leichtigkeit.

»Das gehört zum Job«, antwortete sie schließlich. Nach einer kurzen Pause fügte sie hinzu: »Außerdem hätte ich mir die Prämie noch gar nicht verdient. Die Agger ist schließlich noch im Amt.«

Der Kellner kam und räumte ab. Mit einem Blick auf die leeren Gläser fragte er, ob es noch was sein dürfe. Sie verneinte und verlangte nach der Rechnung. Stamm schloß sich an.

»Ich muß noch auf die Kirmes«, entschuldigte sie sich, als der Kellner weg war.

»Du mußt?« fragte Stamm.

»Ich höre überall, eure Kirmes soll so eine große Nummer sein, das muß man doch mal gesehen haben.«

»Die größte Kirmes am Rhein«, bestätigte er, »da kommt nur Herne-Crange mit.«

»Na siehst du, so ein Ereignis kann man doch nicht einfach ignorieren. Ich bin mit meinem Fotografen verabredet.« Er sah sie ungläubig an.

»Du willst darüber schreiben?« Sie nickte amüsiert. »Und ich dachte, du wärst so 'ne Art Starreporterin«, fuhr Stamm fort. »Habt ihr keine Volontäre?«

»Doch, einen, aber dem kann ich so eine bedeutende Geschichte nicht anvertrauen.«

Stamm musterte sie, konnte aber nicht herausfinden, wie ernst es ihr war. Sie stand auf und schulterte ihre Leinentasche. Stamm erhob sich ebenfalls. Während er sich am Tisch vorbeizwängte, fragte er beiläufig:

»Hoffst du, daß die Achterbahn abstürzt?«

Sie hielt inne und starrte ihn an. Dann lachte sie auf.

»Vielleicht haben wir ja einen Tip bekommen, daß genau das passiert.«

»Habt ihr?« fragte er.

Sie zuckte die Schultern und ging auf den Ausgang zu. Er folgte ihr. Kurz vor der Tür erinnerte er sich an Hasselfeld, drehte sich um und warf ihm noch schnell einen hämischen Blick zu. Selbst auf die Entfernung konnte er den Haß der RP-Pfeife spüren.

Draußen war es fast noch drückender als in der Kneipe. Weit weg hörte man schwachen Donner. Aber das war wohl wieder nur ein leeres Versprechen.

»Komm doch mit!« forderte sie ihn auf, bevor er eine Abschiedsarie anstimmen konnte. »Ich bin mit dem Knipser am Riesenrad verabredet. Du könntest mich lotsen.«

Er ließ sich doch ein wenig aus der Fassung bringen.

»Ich soll dir zeigen, wo das Riesenrad ist? Ja, weißt du, so ein Riesenrad ist ein ziemlich großes...«

»Ohne Brille bin ich etwas kurzsichtig«, unterbrach sie ihn.

»Na dann...« sagte er.

Sie fanden das Riesenrad mit Leichtigkeit. Allerdings dauerte es seine Zeit, bis sie sich von der Oberkasseler Brücke aus durch die Menschenmassen in den Kirmesgassen bis zur Kniebrücke durchgekämpft hatten. Als sie ankamen, war Nadja eine Dreiviertelstunde zu spät dran. Trotzdem wünschte sie dem Fotografen die Pest an den Hals, weil er nicht gewartet hatte. Sie standen zwei Minuten herum, dann meldete Stamm Durst und pries das Schlösser-Zelt an. Sie erfreuten sich an dem Panoptikum in der traditionsreichsten Trinkstätte der Kirmes, schütteten einige Biere hinunter, zogen weiter, und weil Stamm ihr weder eine Fahrt auf der Achterbahn noch in der Geisterbahn, geschweige denn auf dem Riesenrad schmackhaft machen konnte, sie sich auch nicht fürs Dosenwerfen oder Kamelrennen erwärmen wollte und man aber schlecht über eine Kirmes wandern kann, ohne Geld rauszuschmeißen, landeten sie immer wieder an Theken. Gegen Mitternacht behauptete Nadja, betrunken zu sein, kicherte dazu und forderte Stamm auf, sie nach Hause zu bringen.

Je näher sie ihrer Wohnung in der Leostraße kamen, desto lauter donnerte es und desto mehr torkelte Stamm. Nadja hing an seinem Arm und machte jeden Schlenker mit. Mit etwas Glück schafften sie es bis zur Leostraße, ohne überfahren zu werden. Ohne Warnung begann es zu schütten. Sofort etwas ernüchtert, rannten sie los, aber trotzdem bekam jeder auf den letzten hundert Metern zwei Eimer voll ab.

»Also dann«, murmelte er, während sie in ihrer Tasche nach dem Hausschlüssel wühlte. Sie hielt inne und sah ihn an.

»Was hasse vor?« fragte sie und schob sich eine nasse Haarsträhne aus den Augen.

»Na ja«, kicherte er, »ich werd jetz' zu meinem Wagen robben – ich glaub, der steht an der Hansaallee, und dann ...«

Sie tippte sich an die Stirn und suchte wieder nach ihrem Schlüssel. Als sie ihn gefunden hatte, hielt sie ihn triumphierend hoch. Dann zeigte sie am Haus empor und sagte:

»Ich hab Telefon, damit kann man 'n Taxi bestellen.« Sie versuchte, mit dem Schlüssel das Schloß zu finden. Als sie die Tür endlich aufhatte, sagte sie: »Ist sogar Kaffee da... glaub ich wenigstens.«

»Ist denn schon Frühstückszeit?« fragte er. Sie ging vor und drehte sich nicht mehr nach ihm um. Er ließ ihr etwas Vorsprung, aber das Stretchkleid war zu eng, um ihr unter den Rock schielen zu können. Ihre Wohnung war natürlich im Dachgeschoß, aber es waren keine zehn Stockwerke, wie Stamm meinte, sondern nur drei.

In der Diele pfefferte Nadja die Leinentasche in eine Ecke, streifte ihre Pumps ab und ging ins Bad. Er brauchte etwas länger, um die eingeweichten Turnschuhe von den Füßen zu schälen. Als sie wieder aus dem Bad kam, trug sie statt des Stretchkleidchens ein Handtuch um den Körper. Sie warf ihm ein zweites zu und huschte durch eine Tür. Stamm ging ins Bad, zog sich das T-Shirt über den Kopf und rubbelte sich trocken.

»Kommst du mal?« hörte er Nadja rufen.

Er ging langsam durch die Tür, durch die sie vorhin verschwunden war. Das Schlafzimmer. Sie hatte einen Haufen Sachen hineingestopft. Schränke und Regale bedeckten die Wände, in der Mitte ein großes Bett. Es war bedeckt mit einem roten Laken, auf dem ein schwarz-bunter Kimono lag. Von Nadja war nichts zu sehen. Sie mußte sich hinter einer geöffneten Schranktür zu schaffen machen, die Stamm den Blick versperrte.

»Du brauchst auch was Trockenes zum Anziehen«, sagte sie und kam mit einem weiten Sweatshirt in der Hand zum Vorschein. Sie ließ es an einem Finger neben ihren Beinen herabbaumeln. Ihr Körper schimmerte in dem seidigen Braunton blonder Menschen, die keine empfindliche Haut haben. Sie lächelte ihn an und wartete. Stamm nahm die Einladung an und betrachtete sie lange. Sie hätte jedes Hochglanztitelblatt schmücken können. Dann ging er langsam auf sie zu und blieb zwei Schritte vor ihr stehen.

»Ein Sweatshirt wäre ganz prima«, sagte er. Für zwei Sekunden verschwand ihr Lächeln, dann hatte sie sich wieder in der Gewalt. Sie brach in übermütiges Lachen aus und drückte ihm das Sweatshirt in die Hand. Mit einem schnellen Handgriff ließ sie den Kimono hochfliegen, und einen Augenblick später war sie hineingeschlüpft. Stamm streifte den Pullover über.

Sie gingen ins Wohnzimmer. Modernisierter Altbau, hohe Wände, großzügig ausgebaute Gauben, Parkett, ein Raum, in dem man Basketball spielen konnte. Man müßte den Ball nur um die ovale Couch, den Glastisch und den dreieckigen Sessel in der Mitte manövrieren und an einer Wand auf die Stereoanlage und den Flachbildfernseher achtgeben. Um die großformatigen Farbspielereien an den Wänden wäre es nicht schade gewesen.

In der Mitte einer Längswand hing ein schwarzer Theatervorhang. Stamm wies auf die leere Seite des Salons.

»Hier muß ein Flügel hin«, empfahl er.

Sie ließ sich die Idee durch den Kopf gehen.

»Stimmt«, sagte sie. Dann wanderte sie zur Stereoanlage und schaltete sie ein. Whitney Houston begann zu singen. »I Will Always Love You«.

»Sekt oder Kaffee?« fragte Nadja.

»Sekt«, erwiderte Stamm. Sie nickte und verschwand durch eine Türöffnung ohne Tür, hinter der Stamm die Küche vermutete. Als sie das Licht einschaltete, sah Stamm, daß sie groß genug für einen runden Tisch mit drei Stühlen war. Während sie sich am Kühlschrank zu schaffen machte, warf Stamm durchs Fenster einen Blick auf die Baumkrone, die den kleinen Garten hinter dem Haus verschattete. In der Küche klirrte Glas. Stamm ließ Nadja fluchen und schob den schwarzen Vorhang beiseite. Eine Nische von drei mal drei Metern, ein blanker Schreibtisch ohne eine Spur von Arbeit, daneben der PC. In den Regalen Disketten, Ordner und Lexika.

Nadja kam aus der Küche und balancierte ein Tablett mit einer Flasche Freixenet Brut und zwei Sektschalen. Sie stellte alles auf dem Glastisch ab und sagte:

»Du kannst dich ruhig setzen.«

Er sah skeptisch auf seine nasse Jeans hinunter. Sie warf sich auf die Couch und lachte spöttisch.

»So kalt ist es nicht«, sagte sie.

Er nickte, ging ins Bad, zog die Jeans aus und hängte sie neben sein T-Shirt über den Wannenrand. In Boxer-Shorts ging er zurück und setzte sich neben sie auf die Couch. Nadja zeigte auf die noch geschlossene Flasche.

»Das ist dein Job.«

Er ließ den Korken leise herauszischen und füllte die Schalen. Er reichte ihr eine und hob seine hoch.

»Worauf trinken wir?«

»Darauf, daß wir noch leben«, erwiderte sie. »Wir haben anscheinend einen brandgefährlichen Beruf.«

»Wir müssen ja nicht nachts in den Hafen gehen«, sagte er und trank den ersten Schluck.

»Macht dir das nicht trotzdem Angst? Vor allem, wo du Pfaff kanntest?« fragte sie.

Er zuckte die Schultern.

»So gut kannte ich ihn auch wieder nicht. Außerdem kann er doch auch von einem Saufkumpan umgelegt worden sein. Man soll ja nichts Schlechtes über Tote reden, aber Pfaff war nunmal eine schmierige Type, weiß der Teufel, mit wem er zu schaffen hatte. Und wenn sein Tod... äh... berufsbedingt war, dann betrifft mich das auch kaum. Wir waren in verschiedenen Branchen tätig.« Er nahm sein Glas wieder auf und trank einen großen Schluck. Sie wollte nicht ins Hintertreffen geraten und zog nach. Sie blickte eine Zeitlang ins Leere und sagte dann:

»Mich läßt das irgendwie nicht los. Ich weiß nicht warum, aber ich habe das sichere Gefühl, daß Pfaff einer fetten Sache auf der Spur war. Ich weiß nur nicht, ob es vernünftig ist, weiterzumachen.«

Stamm bemühte sich, unbeteiligt zu wirken. Er füllte die Gläser neu und lachte leichthin:

»Ich wüßte noch nicht mal, wo ich weitermachen sollte.«

Sie starrte weiter gedankenverloren den schwarzen Vorhang an. Dann sah sie ihm in die Augen und sagte leise:

»Komisch, ich dachte, er hätte euch eine Story angeboten. Oder soll ich sagen: *die* Story?«

»Wie kommst du darauf?« frage Stamm. »Wir haben ihm noch nie was abgekauft.« Nach einer kurzen Pause fuhr er mit einem maliziösen Lächeln fort: »Wenn ich dich vorher gekannt hätte, hätte ich ihn an dich verwiesen.« Sie zeigte keine Reaktion. »Aber vielleicht hat er den Weg ja auch allein gefunden«, murmelte er. Sie regte sich immer noch nicht. Er schwieg lange, dann lehnte er sich zurück, stützte seinen Hinterkopf auf die Couchlehne und schloß die Augen.

Nach langer Zeit hörte er ihre schläfrige Stimme: »Machst du schlapp?«

»Mhmm«, machte er. »Hast du K.o.-Tropfen in den Sekt gemischt?«

»Wer hat die Flasche denn aufgemacht?« fragte sie zurück. Sie klang schon wieder wacher. »Ich kann ja versuchen, dich wieder aufzupäppeln.«

Er schüttelte langsam den Kopf, ohne seine Position zu verändern.

»Mir ist nicht besonders gut. Es würde deprimierend enden.« Durch seine fast geschlossenen Augenlider nahm er ein überlegenes Lächeln wahr.

Sie stand auf, ging zur Stereoanlage und drehte Whitney Houston den Saft ab. Dann hörte Stamm sie aus dem Zimmer gehen. Er öffnete die Augen. Nach kurzer Zeit kam sie wieder und warf ein Kissen und zwei Laken auf die Couch.

»Dann mußt du halt krumm liegen«, sagte sie. Er lächelte sie dankbar an, stand auf und breitete eines der Laken auf der Couch aus. Dann legte er sich hin und wickelte sich in das andere. Nadja verließ das Wohnzimmer und schaltete das Licht aus. Stamm hörte sie im Bad, registrierte, wie sie ins Schlafzimmer ging, und blickte nachdenklich auf die großen Gaubenfenster. Er setzte sich auf, hob die Sektflasche leise vom Tisch und nahm einen tiefen Schluck. Er wartete eine halbe Ewigkeit, dann stand er leise auf, ging in die Diele, tastete sich zu Nadjas Leinentasche vor und ging damit ins Bad. Er brauchte nach dem Notizbüchlein nicht lange zu suchen. Er blätterte es durch, fand viele Aufzeichnungen, die ihn nicht interessierten, und auf der letzten beschriebenen Seite unter der Überschrift »Vertrag« eine Adresse. Ina Mittelstraß, Strümpellstraße 13. Sonst nichts. Er prägte sich den Namen der Frau und die Hausnummer ein, die Straße, in der die Studentenwohnheime lagen, würde er nicht vergessen. Er steckte das Notizbuch wieder in die Tasche und legte sie leise auf den Boden zurück.

5

Montag

Fünf Stunden schlief Stamm wie ein Toter, dann konnte er weder die schiefe Couch noch die gleißende Sonne mehr ignorieren. Er blieb noch zehn Minuten liegen, um seinem Kreislauf eine reelle Chance zu geben, von selbst in Gang zu kommen. Seine Zunge fühlte sich an wie ein Zobelfell. Der feste Wille, so schnell wie möglich aus dem Haus zu kommen, gab ihm den Mut, sich aufzusetzen. Sicherheitshalber blieb er noch einige Minuten sitzen und trank mit Todesverachtung einen Schluck Sekt. Die Brachialkur schlug an. Das Gewitter in seinem Schädel ließ nach und mündete in ein leichtes Plätschern. Er setzte die Flasche noch einmal an und stand auf. Leise ging er in die Diele. Die Schlafzimmertür war offen. In ihrer embryonalen Haltung wirkte Nadja schutzbedürftig. Sie schlief fest. Stamm hob seine Turnschuhe auf, schlich ins Bad und zog seine klammen Klamotten an. Als er wieder aus dem Bad kam, fürchtete er einen Moment, seine schmatzenden Schritte könnten Nadja wecken, doch sie bewegte sich nicht. Er verließ die Wohnung und zog die Tür leise hinter sich zu. Es war sieben Uhr.

Auf dem Weg nach Hause hielt Stamm an der Flurstraße, ließ sich beim Metzger drei Brötchen mit Mett und Schinken einpacken und kaufte am Büdchen das ›Extra‹ des Montags. Vier Wörter nahmen eine Viertelseite ein: »Tacks Liebling darf bleiben«. »Schlange«, murmelte Stamm, als er wieder ins Auto stieg.

Während das Teewasser langsam heiß wurde, aß er ein Brötchen und las den Artikel: *»Sigrun Agger darf ihre schönen Beamten weiter belästigen. Landesvater Tack sieht keinen Grund, seine mißratene Favoritin im Kabinett, die sexsüchtige Ministerin Sigrun Agger, zu entlassen. Zwar konnten die schwerwiegenden Vorwürfe, die von ›Extra‹ gegen Agger vorgebracht worden waren, nicht entkräftet werden, doch der Genossenklüngel geht offenbar vor dem Schutz ihrer Mitarbeiter.«*

In diesem Stil ging es noch dreißig Zeilen weiter, bevor Nadja Winter zum Abschluß mit einem neuen Trumpf aufwartete. »*Wie ›Extra‹ aus sicherer Quelle weiß, war Dr. Sigrun Agger – verheiratet, zwei Kinder – bis vor kurzem gern gesehene Kundin im Club »Adonis«. Ein Gigolo: ›Sie war unersättlich. Wir mußten uns zu zweit um sie kümmern – sie wollte die harte Tour.‹ Diese neuen Erkenntnisse bringen die Ministerin weiter in Bedrängnis. ›Wir müssen sie aus dem Verkehr ziehen‹, meinen immer mehr Spitzengenossen – noch hinter vorgehaltener Hand.*«

Stamm blätterte um. Der Mord an Pfaff war auf Seite drei, doch der Artikel enthielt nichts, was Stamm nicht schon wußte. Er legte das ›Extra‹ zur Seite und nahm sich als Gegengift die NRZ vor. Dort wurde Ministerpräsident Tack dafür gelobt, daß er sich rückhaltlos vor seine diffamierte Ministerin gestellt hatte. Als Stamm das Teenetz aus der Kanne nahm, sendete das WDR 2-Morgenmagazin ein Interview mit dem Landesvater. Der Moderator gab Tack ausgiebig Gelegenheit, die »Kampagne gegen Frau Agger« scharf zu verurteilen.

Stamm trank Tee und las den Sportteil in der NRZ. Jan Ullrich fuhr immer noch in Gelb. Stamm aß seine Brötchen auf, trank drei Becher Tee, duschte, putzte sich die Zähne und machte sich auf den Weg.

In der kleinen Siedlung nördlich des Hauptzubringers zur Autobahn nach Wuppertal residiert hauptsächlich altes Geld. Obwohl die Stadt in den letzten Jahren daran gearbeitet hat, der prächtigen Wohnlage im Grünen durch die Ansiedlung neuer Bürogebäude in der benachbarten Brinckmannstraße etwas von ihrer Standortqualität zu nehmen, hat sich die Siedlung einen gewissen morbiden Charme, nicht zuletzt begünstigt durch die Lage zwischen Uni-Klinik und Stoffeler Friedhof, weitgehend erhalten.

Stamm fand, daß selbst die Studentenwohnheime an der Strümpellstraße nicht wirklich störten. Sie wirkten nicht so, als tobe dort das pralle Leben, was allerdings auch auf die Uhrzeit zurückzuführen sein mochte. Sein Peugeot 205 fühlte sich in der Gesellschaft der anderen nicht mehr ganz taufrischen Kleinwagen auf dem zentralen Parkplatz sauwohl.

Wenn er es bis dahin nicht gewußt hätte, wäre ihm spätestens beim Blick auf die Klingeln des Hauses Nummer 13 klar geworden, daß er vor einem Studentenwohnheim stand. Lauter handgeschriebene Zettel, an manchen Klingeln gar kein Name. Aus Ina Mittelstraß würde noch was Richtiges werden, ihr Nachname war deutlich lesbar, und sie hatte sich die Mühe gemacht, den Zettel unter das Plexiglasplättchen zu klemmen. Stamm klingelte. Es tat sich nichts. Er versuchte es noch mal, aber im Haus blieb es totenstill. Er drückte gegen die Eingangstür. Sie gab nach. Er betrat das steril geklinkerte Treppenhaus und fragte sich, wo wohl Inas Zimmer sein könnte. Er klapperte die Türen im Erdgeschoß ab, doch auf den meisten stand kein Name. Dann stieg er eine Treppe höher. Zwei Schilder fand er, auf dem zweiten stand Mittelstraß. Er klopfte. Außer dem Nachhall im Treppenhaus tat sich nichts. Stamm wandte sich zum Gehen. Nach drei Schritten hörte er hinter sich eine Tür aufgehen. Er drehte sich um, doch es war die gegenüberliegende Tür. Ein junger Mann, den man sich mit etwas Phantasie als Musterschwiegersohn vorstellen konnte, stierte Stamm an. Stamm hätte schwören können, daß er Sportstudent war. Im Moment wirkte er aber so, als habe er einen Marathon bei Kilometer 39 abbrechen müssen. Seine Blässe war beängstigend. Stamm gab ihm die Chance, eine Frage loszuwerden, doch die Kräfte reichten nur zum Stieren.

»Ich suche Ina Mittelstraß«, sagte Stamm, »weißt du zufällig, wann ich sie erreichen kann?«

»Wieso?« brachte der Junge hervor.

»Möchtest du wissen, wieso ich sie suche?« erkundigte sich Stamm. Das Wrack nickte dankbar. »Das spielt keine Rolle... Das heißt, du könntest ihr ausrichten, daß es ziemlich wichtig ist.« Er sah ihn zweifelnd an. »Du weißt, von wem ich spreche, ja?«

Sein Gegenüber brachte ein Nicken zustande, doch das war zuviel: Plötzlich stürmte er mit einer Energie, die in seinem Zustand nur ein Brechreiz hervorrufen konnte, an Stamm vorbei und schaffte es tatsächlich noch bis zur Toilette. Stamm sah ihm nach und grinste. Er war schon wieder zwei Schritte gegangen, als ihn eine weibliche Stimme zurückhielt:

»Was wollen Sie von mir?« Sie stand in der gleichen Tür wie vorhin der Junge, war deutlich fitter, dafür nicht so hübsch. Außerdem war sie mindestens fünf Jahre älter als er. Sie trug ein weißes T-Shirt, das bis zur Mitte der Oberschenkel reichte. Ihre Augen waren verquollen, aber wach, aus ihnen sprach ein gewohnheitsmäßiges Mißtrauen.

»Ich würde gern in Ruhe mit Ihnen reden«, sagte Stamm. »Über Rainer Pfaff.« Sie musterte ihn, als habe sie so etwas erwartet. Dann blickte sie den Gang hinunter und fragte: »Was ist mit ihm?«

Stamm verstand sie richtig.

»Er kotzt.«

Sie nickte, als habe sie nichts anderes erwartet, ging zurück ins Zimmer und erschien kurz darauf wieder mit einem Kleiderbündel unter dem Arm und einem Schlüssel in der Hand. Sie schloß die Tür zu ihrem Zimmer auf und ließ ihn vor.

Er betrat das ausschließlich nach funktionalen Gesichtspunkten eingerichtete Miniapartment und erfaßte mit einem Rundblick eine Ordnung, die er nicht erwartet hatte. Selbst der kleine Schreibtisch am Fenster war aufgeräumt, was zum Arbeiten auch absolut notwendig war. Der PC mit Drucker nahm schon zwei Drittel der Fläche ein, neben dem Monitor ein Papierstapel, eine Diskettenbox, akkurat aufgetürmte Bücher. Sie folgte ihm, warf die Klamotten aufs Bett und öffnete den Kühlschrank, aus dem sie eine Flasche Mineralwasser holte. Ohne ihm etwas anzubieten, setzte sie sie an und trank in kleinen Schlucken.

»Sind Sie von der Polizei?« fragte sie, während sie die Flasche wieder zuschraubte.

»Wie kommen Sie darauf?« fragte er.

»Dreimal dürfen Sie raten. ›Ich würde gern mit Ihnen über Rainer Pfaff reden‹«, äffte sie ihn nach. »Sehen Sie keine Krimis, wenn Sie schon kein Bulle sind?«

Er lächelte schwach.

»Ich bin tatsächlich keiner … Aber ich könnte einer sein.« Stamm stockte wieder. Schließlich fuhr er leise fort: »Pfaff ist tot.«

Die Nachricht warf sie doch aus der Bahn. Sie fing an zu frösteln, zog die Schultern hoch und verschränkte die Arme. Dabei starrte sie Stamm unverwandt an.

»Tot?« fragte sie. Sie erwartete keine Antwort. Sie senkte den Kopf und verlor mehr und mehr die Kontrolle über ihren Körper. Er verfiel in ein immer heftigeres Zittern. Stamm blickte unbehaglich zu Boden. Er spürte einen Impuls, sie in den Arm zu nehmen, aber er blieb wie angewurzelt stehen. Allmählich wurde ihr Schüttelfrost schwächer.

»Er wurde erschossen«, sagte Stamm.

»Wann?« fragte sie erstaunlich sachlich.

»Samstag abend ... im Hafen.«

Keine Reaktion verriet, ob sie seine Antwort registriert hatte. Nach kurzer Zeit hatte sie sich wieder im Griff. Sie hob den Blick und fragte:

»Wer sind Sie und was wollen Sie von mir?«

Nach kurzem Überlegen sagte Stamm:

»Ich werde Ihnen gleich beide Fragen beantworten. Aber sagen Sie mir zuerst, warum Sie gleich angenommen haben, daß ich von der Polizei bin. Und warum Sie nicht überrascht waren, daß ich mit Ihnen über Rainer Pfaff sprechen wollte.«

Sie zuckte die Schultern.

»Rainer hat Schwierigkeiten magisch angezogen.« Sie dachte nach. »Ich weiß auch nicht. Auf seiner Stirn stand klar und deutlich ›Loser‹ geschrieben. Er wollte es nie wahrhaben, aber es war so. Immer wieder erzählte er mir was von irgendwelchen Geschäften, die er am Laufen hatte. Ich weiß nicht, wie oft er ganz nah an dem ganz großen Deal dran war. Und der größte Witz daran war: Es hat mich nicht einmal interessiert.«

Stamm ließ einige Zeit verstreichen, bis die Bitterkeit aus dem Raum verflogen war.

»Haben Sie ihn geliebt?« fragte er.

Sie schüttelte den Kopf.

»Als ob man Rainer lieben konnte«, flüsterte sie. »Nein, ich habe ihn irgendwie gemocht, weil er eben so ein Verlierer war. Obwohl, mit seinen Angebereien hat er es einem schon ziemlich schwer gemacht ...« Sie unterbrach sich und sah Stamm an. »Jetzt sind Sie aber an der Reihe. Wie komme ich eigentlich dazu, Ihnen hier solche Sachen zu erzählen?«

»Okay«, sagte Stamm. »Ich bin Journalist, beim Magazin. Pfaffs Tod interessiert mich, weil er wahrscheinlich mit seinen Geschäften zu tun hat. Wobei ich nichts Näheres darüber weiß, nur, daß er mir gelegentlich eins angeboten hat. Sie werden wissen, daß Pfaff mit heißen Informationen handelte. Jedenfalls gab er vor, daß sie heiß seien. Meistens steckte aber nicht viel dahinter. Zuletzt muß er aber doch etwas in der Hand gehabt haben, was für jemanden so wichtig war, daß er ihn ermordet hat. Und ich glaube, daß Sie mir etwas darüber sagen können.«

Sie schüttelte wieder den Kopf.

»Kann ich nicht. Ich wußte bis vorhin nicht einmal, welche Art von Geschäften er machte. Ich wollte es gar nicht wissen.«

Stamm sah sie zweifelnd an.

»Kennen Sie Hans-Jürgen Brax?«

Sie blickte verständnislos zurück.

»Wer soll das sein?«

»Pfaffs Partner. Er hat mir Ihren Namen gesagt«, log Stamm. »Und daß ich bei Ihnen etwas erfahren würde.«

»Dann hat er gelogen. Ich weiß rein gar nichts.«

Stamm wirkte ratlos. Nach einer Denkpause fragte er:

»Hat Pfaff irgendwelche Sachen hier?«

»Nein. So eng war unser Verhältnis auch wieder nicht. Ich weiß, daß er noch zwei, drei Tussen hatte, aber das hat mich nicht weiter gestört. Ich weiß mir auch zu helfen.« Sie brachte ein Lächeln zustande. »Wissen Sie, manchmal fühlte ich mich wie eine Therapeutin… was zur Abwechslung auch mal ganz schön war. Er hatte eine totale Profilneurose. Er wollte mit allen Mitteln in der Welt der Reichen und Schönen etwas gelten. Nun werden Sie sich wohl fragen, was er dann hier zu suchen hatte?« Stamm war höflich genug, sie interessiert anzusehen. Sie lachte auf: »Ehrlich gesagt, ich hab keine Ahnung.« Sie brach ihr Lachen abrupt ab und vergrub ihr Gesicht in den Händen. Ihr Körper wurde von einem lautlosen Weinkrampf geschüttelt. »So ein hirnverbrannter Idiot!« murmelte sie.

Stamm wandte sich ab und betrachtete durchs Fenster drei Stare, die auf der Wiese hinter dem Haus herumstolzierten und gelegentlich einen Wurm aus dem Boden pickten. Als sie satt waren und in Richtung Stoffeler Friedhof davonflogen, drehte er sich um. Ina Mittelstraß hatte sich wieder gefangen, sie drehte sich eine Zigarette.

»Was studieren Sie?« fragte Stamm, um etwas zu sagen.

»Betriebswirtschaft«, sagte sie, »aber ich lasse es langsam angehen.«

»Und es fällt Ihnen nichts ein, was Pfaff vielleicht bei Ihnen deponiert hat?«

»Nein«, sagte sie und blies den Rauch aus.

»Okay« Stamm nickte vor sich hin. »Sollten Sie doch zufällig etwas finden, würden Sie mich dann anrufen? Vielleicht hat er irgendwo etwas versteckt, wovon Sie gar nichts wissen.« Er machte eine kleine Pause, doch noch bevor sie antworten konnte, fuhr er fort: »Da ist noch etwas. Wahrscheinlich kommt heute noch eine Reporterin von diesem neuen Revolverblatt ›Extra‹ zu Ihnen und wird Sie in etwa das gleiche fragen wie ich. Sie würden mir einen großen Gefallen tun, wenn Sie mich nicht erwähnen.«

Sie sah ihn prüfend an.

»Dafür, daß wir uns gar nicht kennen, verlangen Sie eine ganze Menge. Warum sollte ich das alles tun?«

Er lächelte leicht und hob die Hände in einer Unterwerfungsgeste.

»Es liegt natürlich ganz bei Ihnen. Ich kann Sie nur bitten.« Er fischte sein Portemonnaie aus der Hosentasche und nahm eine Visitenkarte heraus. Er bat sie um einen Stift und schrieb auf die Rückseite seine private Telefonnummer. Sie nahm das Kärtchen und warf es achtlos auf den Schreibtisch. Stamm zögerte einen Augenblick, dann lächelte er sie entschuldigend an, nahm das Kärtchen und schob es unter den Monitor. Dann versuchte er, seinem Lächeln einen aufmunternden Anstrich zu geben. Er ging zur Tür, öffnete sie und blieb kurz stehen. Er wies mit dem Daumen hinter sich in den Gang und sagte:

»Kümmern Sie sich ein wenig um den Jungen, das bringt Sie auf andere Gedanken.«

Sie nickte ohne Interesse.

Stamm ging hinaus und atmete durch. Das nächtliche Gewitter hatte die Luft gereinigt. Es war zwar schon wieder heiß, aber nicht drückend. Stamm schlenderte zum Parkplatz und ließ sich von den Sonnenstrahlen und dem Vogelgezwitscher aufmuntern. Er setzte sich in seinen Peugeot, kurbelte das Fenster herunter und das Schiebedach nach hinten, doch bevor er den Motor startete, ließ er sich tief in den Sitz sinken.

Klar gab es jede Menge Studentinnen, die hauptberuflich Tochter waren. Klar waren auch manche unter ihnen hip genug, sich im Studentenwohnheim einzunisten. Aber Nadja Winter spukte ihm noch zu sehr im Kopf herum, als daß er den offenen roten Mazda MX5, den eine blonde Fahrerin gerade auf den Parkplatz steuerte, einfach ignoriert hätte. Trotz der dunklen Ray Ban erkannte er sie, als sie ausstieg. Sie war heute in ein rotes Kleidchen geschlüpft, dessen Saum sich vergeblich in Richtung Knie streckte. Das Kleid mußte von Mazda mitgeliefert worden sein, oder der Designer war an das Rezept der Farbmischung herangekommen. Sie ging zum Wohnheim, ohne sich auch nur einmal umzusehen. Stamm machte es sich in seinem Sitz bequem und schaltete das Radio ein. In der »Westzeit« auf WDR 2 frühstückte Moderator Manni Breuckmann mit Heike Henkel und nutzte die Gelegenheit zu einem Flirt.

Die ehemalige Leichtathletin der Nation hatte ihre Brötchen längst vertilgt, die Prinzen und Phil Collins durften je einmal ihre aktuellen Liedchen trällern, Stamm erfuhr von einem weiteren Massaker in Algerien. Als die Nachrichtensprecherin die Fortsetzung der Hundstage versprach, tauchte Nadja wieder zwischen den verblühten Holundersträuchern auf und ging zielstrebig auf ihren Wagen zu. Sie warf ihre Leinentasche auf den Beifahrersitz, stieg ein und brauste los.

Stamm schaltete das Radio aus, schälte sich aus dem schweißnassen Sitz und ging wieder zum Wohnheim. Diesmal stieß er die Tür gleich auf. Er stieg die Treppe hoch und klopfte an Ina Mittelstraß' Tür.

»Ist immer noch offen«, hörte er ihre genervte Stimme. Er ging hinein. Sie saß bei einer Tasse Kaffee und einer Zigarette am Tisch. Heike Henkel hatte anders gefrühstückt. Stamm sah die leichte Überraschung in Ina Mittelstraß' Miene, als sie ihn sah.

»Ich bin ihr fast begegnet«, entschuldigte sich Stamm.

»Ich habe ihr nichts gesagt«, sagte sie.

»Danke.« Sie widmete sich ihrer Tasse und starrte einige Zeit zum Fenster hinaus. Dann sah sie ihn prüfend an.

»Ich will mit dieser Sache nichts mehr zu tun haben«, sagte sie.

Er nickte verständnisvoll.

»Ich erzähle Ihnen jetzt, was ... sie wollte, dann nehmen Sie Ihre Visitenkarte mit, und ich bin raus, okay?«

»Okay«, sagte Stamm.

»Sie wollte eine Diskette haben ... Eine ganz bestimmte. Ich habe allerdings keine Ahnung, was sie damit anfangen will. Da sind nämlich nur ein paar Dateien drauf, die ich für ein Seminar erstellt habe. Ich habe ihr gesagt, daß da weiß Gott nichts Weltbewegendes drin steht, es sei denn, ich hätte unwissentlich brisante Geheimnisse des Vertragsrechts aufgedeckt. Sie wollte sie trotzdem haben, also habe ich sie ihr gegeben. Ich habe alles noch mal auf Festplatte.«

Stamm nickte.

»Wieviel hat sie Ihnen geboten?« fragte er. Als sie zögerte, fügte er hinzu: »Es ist nicht wichtig, ich bin nur neugierig, wie die Tarife im Moment sind.«

»Es hilft mir weiter«, sagte sie. Stamm sah sie eine Zeitlang an, dann entschloß er sich, nicht zu insistieren. Er hob den Monitor hoch und nahm seine Visitenkarte wieder an sich. Er setzte an, etwas zu sagen, dann überlegte er es sich anders, murmelte nur »Mach's gut« und ließ die negative Aura des Zimmers hinter sich.

6

Er fuhr in die Redaktion. Die Sekretärin Christa Kümmel hatte übers Wochenende eine wundersame Verwandlung durchgemacht. Aus einer hübschen Frau mit vornehm blassem Teint war ein Krebs geworden. In der Hitze des Büros glühte ihre Haut. Stamm blieb in der Tür stehen und starrte sie an.

»Bist du bescheuert?« begrüßte er sie.

»Ich wünsche dir auch einen guten Morgen«, knurrte sie und widmete sich sofort wieder ihrer Tastatur. Ohne aufzublicken fuhr sie fort. »Hanne bleibt heut' zu Hause. Sie will ihren PC in den Keller schleppen und dort den Agger-Artikel schreiben. Hier kann sie sich nicht konzentrieren. Du sollst die Stellung halten und sie anrufen, wenn sich was Neues ergeben sollte.«

»Hanne kann mich mal«, motzte Stamm und warf den Autoschlüssel auf seinen Schreibtisch. »Ich hab die ganze Nacht gearbeitet.«

»Ach nee!« machte Christa Kümmel und blickte nun doch auf. Dann verzog sie ihr Gesicht zu einem spöttischen Lächeln und fügte hinzu: »Eva hat auch angerufen. Du sollst zurückrufen, und zwar sofort, weil sie gleich nicht mehr da ist.«

Stamm ignorierte ihren Spott und griff zum Hörer. Er tippte die Nummer des Bauernhofes. Nach dem achten Klingeln meldete sich Ulf:

»Ja, hier ist Ulf.« Stamm hatte das Stadium, in dem er den kindischen Bildhauer belächelte und ihn mit einem launigen Scherz begrüßte, hinter sich. Er verlangte kühl nach Eva. Sie war schon weg. Stamm bat Ulf, ihr auszurichten, daß er angerufen habe und im Laufe des Tages entweder zu Hause oder in der Redaktion zu erreichen sei. Ulf sagte, er wisse nicht, wann Eva zurückkomme. Stamm sagte, das mache nichts, und legte auf.

Er lehnte sich zurück, legte die Füße auf den Schreibtisch und nahm sich seufzend die Post vor. Der Stapel war wegen des Sommerlochs erfreulich dünn. Das meiste wanderte nach einem kurzen Blick direkt in den Papierkorb. Keine neue Stellungnahme zum Agger-Skandal. Stamm behielt eine Pressemitteilung der Polizei, in der alles, was Staatsanwalt Dobermann auf der Pressekonferenz zum Mord an Pfaff erzählt hatte, in einer unbeholfenen Mischung aus Amtsdeutsch und dem, was Polizisten unter journalistischem Stil verstehen, wiederholt wurde. Außerdem legte er eine Jahresbilanz der Gesellschaft, die den Einzelhandel von Dortmund bis Düsseldorf mit ihrem Shopping-Entertainment-Paradies ›Neue Mitte Oberhausen‹ immer mehr in Angst und Schrecken versetzte, auf Wiedervorlage. Irgendwann würde er sich darum kümmern müssen. Aber vorläufig hatte ihn das Sortieren zu sehr ermattet. Er hing in seinem Stuhl, als habe er gerade eine Sparringsrunde mit Mike Tyson hinter sich.

»Schon mal was vom Ozonloch gehört?« fragte er Christa Kümmel, als er sich etwas erholt hatte und sich zu langweilen begann.

»Wir haben hier noch keins«, erwiderte sie trotzig.

»Dein Glück«, sagte er, »sonst würdest du mit Verbrennungen zweiten Grades im Krankenhaus liegen. Welcher Idiot hat dich bloß zu so einem Scheiß überredet?«

»Ich will nicht darüber reden«, preßte sie hervor und tippte und tippte.

»Hat es sich wenigstens rentiert?« fragte er unbeirrt.

Sie hielt inne und fixierte ihn ohne eine Spur von Humor.

»Ich glaube, dieses Büro ist heute zu klein für uns beide«, sagte er und quälte sich aus dem Stuhl. »Ich verzieh mich und hole zwei, drei Stunden Schlaf nach. Schließlich bin ich in Ausübung meines Dienstes lädiert worden.« Er nahm seinen Schlüssel und ging zur Tür. Davor blieb er noch einmal stehen und sah Christa Kümmel ein paar Sekunden zu, wie sie verbissen in die Tasten haute. Er wollte noch etwas sagen, überlegte es sich aber anders und ließ nur ein halbherziges Tschüss verlauten.

Bis sich das Geleier des Telefons durch seinen wirren Traum in eine Bewußtseinsschicht durchgearbeitet hatte, die eine wenn auch brüchige Brücke zur Wirklichkeit schlug, war es zu spät. Stamm war gerade aus dem Bett getaumelt, als der Anrufer aufgab. Er warf sich auf die Designer-Couch, für die er in einer dunklen Lebensphase viel Geld in einem Bochumer Möbel-Studio gelassen hatte, das seinerzeit selbst in Düsseldorf als Geheimtip gehandelt wurde. Inzwischen war ihm klar, daß er einen Schwindelanfall auch auf einer Ikea-Couch in den Griff bekommen konnte. Als er sich dazu imstande fühlte, stand er auf und begab sich unter die Dusche. Er ließ so lange kaltes Wasser auf sich fallen, bis er fror. Er trocknete sich flüchtig ab, ging nackt in die Küche und holte ein Jever aus dem Kühlschrank. Das erste Glas leerte er in einem Zug. Mit dem zweiten setzte er sich neben das Telefon, suchte aus dem Örtlichen die Nummer der ›Extra‹-Redaktion heraus und tippte sie ein. Er ließ sich mit Frau Winter verbinden.

»Winter.«

»Hans Stamm. Meinen Respekt. Jetzt schon wieder am Schreibtisch?«

»Was willst du?« fragte sie frostig.

»Mich erkundigen, wie du die Strapazen überstanden hast.«

»Das hättest du einfacher und früher haben können«, erwiderte sie, nicht eine Spur entgegenkommender.

»Es gibt Leute, für die beginnt beim Frühstück ein neuer Tag. Ich respektiere das und will da nicht im Weg stehen.«

Er hörte ein unterdrücktes Schnauben. Dann war es kurze Zeit still, bevor sie sagte:

»Ich habe keine Zeit, mir solchen Stuß anzuhören. Komm also zur Sache!«

»Okay«, erwiderte Stamm, »wann können wir uns sehen?«

»Bei der nächsten Pressekonferenz«, sagte sie.

Stamm wartete zwei, drei Sekunden, aber sie legte nicht auf.

»Heute abend im Preminger?« fragte er.

»Nein« sagte sie.

»Nicht im Preminger oder nicht heute abend?« fragte Stamm.

Sie seufzte.

»Nicht im Preminger, nicht heute abend, überhaupt nicht.«

Stamm hielt die linke Hand über die Sprechmuschel und trank einen Schluck Bier. Dann sagte er:

»Schade.«

»Ja«, erwiderte sie. »Schade.«

Stamm nahm sich die Zeit, den Kopf ein paarmal zu schütteln.

»Hey«, sagte er schließlich. »Ich habe einen Fehler gemacht, und es tut mir leid. Willst du mich dafür bis in alle Ewigkeit bestrafen? Ich hätte gern die Chance, ein wenig Buße zu tun.«

»Niemand kann es sich heutzutage leisten, Fehler zu machen. Schon gar nicht solche.«

»Stimmt schon«, entgegnete er, »Paragraph 1. Aber wenn man binnen sechs Stunden auf den Knien um Verzeihung bittet, ist Paragraph 1 außer Kraft gesetzt.« Er sah schnell auf die Uhr. »Ich bin noch eine Viertelstunde in der Frist und rutsche hier gerade auf dem Boden herum.«

»Ist dir das nicht etwas peinlich?« fragte sie.

»Sieht mich ja keiner. Und wenn du es herumerzählen solltest, werde ich einfach alles abstreiten. Und ich bin bei einem glaubwürdigen Medium beschäftigt.«

»Das ist nun wieder eine sehr merkwürdige Art, sich einzuschleimen«, sagte sie.

»Schon wieder ein Fehler, was?«

»So ist es.«

Er seufzte.

»Vielleicht kann ich den ja live wieder ausbügeln.«

»Du willst im Preminger auf den Knien herumrutschen?« lachte sie. »Das möchte ich sehen.«

»Sieben Uhr?« fragte er.

Es blieb eine Weile still.

»Ich kann nicht«, sagte sie.

»Wie ist's mit morgen?« fragte er.

»Ich weiß nicht«, erwiderte sie zögernd.

»Okay«, sagte er, »morgen um sieben, nein, um acht.«

»Ich glaub nicht, daß ich komme«, sagte sie.

»Dann mach ich mir halt mit Hasselfeld einen schönen Abend. Das kann auch sehr anregend sein. Ich werde ihm einfach deine Wohnung beschreiben.« Er wartete einige Sekunden auf eine Reaktion. Nach einem Kichern kam nichts mehr. »So«, plapperte er weiter, »und jetzt würde ich dich bitten, mich wieder an die Arbeit zu lassen. Ich werde hier nicht fürs Plaudern bezahlt.«

»Arschloch.«

»Danke. Bis morgen.« Er legte auf, ohne eine Antwort abzuwarten. Er goß sich den Rest Bier aus der Flasche ins Glas und streckte sich auf der Couch aus. Gerade als er eine halbwegs bequeme Stellung gefunden hatte, ging das Telefon. Nach dem fünften Klingeln nahm er ab.

»Ich glaub's einfach nicht. Wofür gebe ich eigentlich Anweisungen?«

Er ignorierte den Ernst in Hannes Stimme.

»Sind wir denn schon so weit, daß man keine Mittagspause mehr machen darf?« maulte er.

»Seit zweieinhalb Stunden, ja?«

»Hat die Schlange wieder gepetzt!« stellte Stamm fest. »Die ersten zwei Stunden hab ich Überstunden abgefeiert, nur damit das klar ist. Den Rest nehme ich Freitag, wenn du nichts dagegen hast. Außerdem habe ich gerade eben schon wieder gearbeitet. Du wirst es nicht glauben, aber das geht auch zu Hause.«

Sie schaffte es gerade, ihre Warnung kontrolliert auszusprechen:

»Ich bin im Moment ein wenig gereizt. Ich möchte keine... Witze hören, weil ich dafür kein Verständnis habe. Also erzähl mir – aber wirklich kurz, knapp und präzise –, was du zu erzählen hast. Und dann schieb deinen Arsch in die Redaktion und halte mich gefälligst auf dem laufenden über alles, was in Sachen Agger reinkommt.«

Stamm fuhr keine Umwege, eher querfeldein.

»Es gibt da eine Diskette, die Pfaff bei einer Freundin deponiert hatte. Es hat mich eine harte Nacht gekostet, um die Adresse herauszufinden. Die Diskette hab ich trotzdem nicht, sondern... na, wer wohl? Ach so, ja, kurz, knapp, präzise und keine Witze. Nadja Winter von ›Extra‹. Ich habe mich gerade zutiefst erniedrigt, um – vielleicht – einen neuen Termin bei der Gnädigsten zu bekommen. Dafür erwarte ich eigentlich moralischen Zuspruch. Arbeitspsychologen raten ja dazu, Untergebene durch ein gelegentliches Lob zu motivieren...«

»Was ist auf der Diskette?«

»Woher soll ich das denn wissen?« fragte Stamm zurück. »Aber Nadja hat dafür einen Scheck ausgestellt. Deshalb bin ich ein bißchen neugierig.«

»Nadja?« fragte Hanne Lohmeyer.

»Richtig«, erwiderte Stamm unschuldig. Er konnte förmlich sehen, wie sie mißbilligend den Kopf schüttelte. Er grinste.

»Ich möchte über alles Berufliche genau informiert werden«, sagte sie.

»Jawohl«, versprach er. »Und jetzt werde ich gehorsamst meinen Arsch in die Redaktion bewegen und alle besonderen Vorkommnisse rapportieren.«

Sie seufzte und legte auf.

Christa Kümmel war zu Tisch, als Stamm in die Redaktion kam. Er sah die Faxe durch. Die CDU-Landtagsfraktion hatte sich geäußert und die unvermeidliche FDP. Die Liberalen wollten sich einfach nicht daran gewöhnen, daß sie in der Landespolitik jetzt die gleiche Rolle spielten wie die Naturgesetzpartei. Stamm übergab ihr Fax dem Papierkorb und überflog die CDU-Mitteilung. Der Fraktionsvorsitzende forderte mit Nachdruck, daß alle Vorwürfe gegen Sigrun Agger rückhaltlos aufgeklärt werden müßten. Stamm rief Hanne an und teilte ihr die Sensation mit. Sie sagte, sie würde gegen Abend in die Redaktion kommen. Stamm versprach, ihr alle Mitteilungen und eine Ausgabe von ›Extra‹ bereitzulegen. Dann rief er bei der Polizei an und ließ sich von Hauptkommissar Fink aus der Presseabteilung darüber informieren, daß es nichts Neues in Sachen Pfaff gebe. Er klingelte vergeblich bei Hans-Jürgen Brax an und nahm sich dann lustlos die Mitteilung über die ›Neue Mitte Oberhausen‹ vor. Er rief die PR-Abteilung an und heuchelte Interesse an einem Ortstermin. Eine freundliche Dame sagte ihm, sie würde sich wieder melden.

Die physische Anstrengung trieb ihm den Schweiß aus den Poren. Stamm bewegte sich nicht mehr. Dennoch legte sich ein Film über seinen Körper. Ein Rinnsal floß die Wirbelsäule hinunter. Kurz bevor er am Stuhl festgeklebt war, riß er sich los und verließ das Büro.

Er fuhr zum Rheinturm. Vom Parkplatz ging er langsam auf die Fußgängerbrücke über die Hafenausfahrt. Oben gab es eine schwache, aber wohltuende Brise. Er blieb stehen und sah sich um. Anhand der Strömung versuchte er zu ergründen, wo Pfaff ins Wasser gefallen sein mußte, um zur Kniebrücke getrieben zu werden. Es konnte praktisch überall gewesen sein, am Rheinufer an den abgelegenen Wiesen hinter dem Hafen oder an irgendeinem Hafenbecken. Die Kniebrücke lag nun einmal am Rheinknie, das Wasser floß zum Brückenkopf auf der Innenstadtseite. Er überquerte die Hafenausfahrt und ging den Fußweg zwischen Gewerbegrundstücken und Rheinwiesen entlang, links die Zäune der Speditionen, Fabriken, Schrotthalden, rechts der breite Grünstreifen und dann der Fluß. Auf jedem Markierungspfahl im Wasser saß ein Kormoran. Die Fischteichpächter in Rheinnähe jammerten schon wieder über die Plage. Angeblich vergriffen sich die Vögel an ihren Forellen. Auf den Wiesen hatte sich eine Art Lager gebildet. Hunde sprangen zwischen Zelten und Treibgutkonstruktionen herum. Drei der Gestrandeten, die sich hier wohnlich eingerichtet hatten – die Stadt duldete die Schwarzbauten, weil die Kö weit war –, saßen auf der Wiese und ließen sich bei einem billigen Schluck die Sonne auf den Pelz brennen.

Stamm sprang die Böschung hinunter und schlenderte auf die Gruppe zu. Einer sah wie siebzig aus, dürfte also bald seinen Fünfzigsten feiern, der zweite dürfte unter der gleichen Prämisse knapp vierzig sein. Er hatte auf der Stirn eine Rose tätowiert und auf der rechten Wange ein Kreuz, was sein Gesicht seltsam asymmetrisch aussehen ließ. Der dritte mußte von zu Hause oder aus dem Jugendheim ausgerissen sein. Sie hatten nichts zu tun, also fixierten sie Stamm und wetteten um die nächsten zwei Liter Lambrusco, ob er zu ihnen wollte oder nicht. Der jüngste hatte seine speckige »49ers«-Mütze tief ins Gesicht gezogen. Die Haut auf Rücken und Bauch war aber stark verbrannt. Die Frage, ob ihn einst die Leberzirrhose oder der Hautkrebs dahinraffen würde, brachte wohl etwas Spannung in sein Leben. Als Stamm fast neben ihnen stand, rief ihm der Junge zu:

»Hasse mal ’ne Fluppe?«

Stamm holte die Packung Gauloises Blondes aus der Hemdtasche und warf sie ihm zu. Der Junge fummelte eine heraus und bot auch seinen Kollegen eine an. Dann wollte er die Packung zurückwerfen, aber Stamm machte eine abwehrende Handbewegung.

»Kannst du behalten, ich will’s mir sowieso abgewöhnen.«

»He, echt spendabel«, brummte der Tätowierte, dessen Oberkörper auch nicht viel besser aussah. Er glänzte vor Schweiß, und sein Kopf glühte. Immerhin hatte er sich in den Schatten der Bretterbude zurückgezogen und bekämpfte den nahenden Sonnenstich mit einem tiefen Zug aus der Flasche. Er hielt sie Stamm hin, aber der lehnte dankend ab.

»Wie lebt es sich denn hier?« fragte Stamm.

Die beiden Jüngeren starrten Stamm wachsam an, ohne etwas zu sagen. Das Schweigen begann ungemütlich zu werden, als der Alte nuschelte:

»Wie im Paradies. Wir liegen den ganzen Tag am Strand. Wer kann das schon?« Die tätowierte Rose hüpfte auf und ab, während er lachte. Der Junge sah Stamm weiter dumpf an.

Stamm lächelte freundlich zurück.

»Ich komme öfter hier vorbei«, log er. »Und ich habe mich immer wieder gefragt, wer hier eigentlich lebt. Werden dir die Jungs was erzählen, wenn du sie fragst? Ich dachte mir, ich probier's einfach mal aus.«

»Was soll die Scheiße?« fragte Tätto.

Stamm lächelte tapfer weiter.

»Ich bin Reporter«, sagte er, »da ist man neugierig.«

»Wir wollen nicht in die Zeitung«, sagte der Alte. »Wir haben hier unsere Wigwams, stören keinen, es kommt kaum mal einer vorbei, sogar die Bullen lassen uns in Ruhe. Wir wollen, daß das so bleibt.«

Stamm stand auf.

»Haben die Bullen euch auch in den letzten Tagen in Ruhe gelassen?« fragte er. »Kann ich mir kaum vorstellen.« Er blickte von einem zum anderen. Alle schwiegen. »Paßt mal auf!« fuhr Stamm fort. »Ihr sagt mir einfach, was ihr auch den Bullen erzählt habt, und ich bin sofort weg.«

Der Alte überlegte kurz und sagte dann:

»Wir wissen nichts. Hier war alles ruhig Freitag nacht. Wenn einer rumgeballert hätte, hätten wir's gehört. Einer von uns ist immer wach. Is' besser, verstehst du. Du weißt, daß wir hier sind, die Bullen wissen es, viele andere auch. Auch die Glatzen. Meinste, wir haben Lust, eins mit dem Baseballknüppel übergebraten zu bekommen? Deshalb woll'n wir auch nicht in die Zeitung.«

Stamm nickte.

»Geht klar«, versicherte er den dreien und verabschiedete sich mit einer Handbewegung. Nach zwei Schritten blieb er stehen und drehte sich um.

»Wenn zufällig eine blonde Frau vorbeikommt und das gleiche fragt wie ich – sprecht gar nicht mit ihr ...« Er unterbrach sich, als die drei Blicke wechselten. »Sie war schon hier, stimmt's?«

Der Junge grinste.

»Echt geile Tussi.« Stamm lachte auf.

»Und spendabel«, fügte der Vierzigjährige hinzu. »'n bißken mehr als 'n Päckchen Fluppen.« Er legte einen lauernden Blick auf.

Stamm fischte sein Portemonnaie aus der Jeans und holte einen Fünfziger heraus. Er rieb ihn zwischen Mittel- und Zeigefinger. Ein gieriger Glanz trat in die Augen des Penners.

»'n Hunni, und wir sind im Geschäft«, brachte er hervor.

Stamm schüttelte den Kopf.

»Den hier oder gar nichts.«

Der Penner leckte sich über die Lippen. Dann griff er nach dem Schein. Stamm zog ihn schnell zurück.

»Erst die Story.«

Der Penner ließ sich nicht lange bitten.

»Da war 'n dicker Benz hier in der Nacht. Stand da oben an der Straße. Ich kam zufällig vorbei. Ich denk, guckst denen 'n bißchen beim Ficken zu... Ich mein, was sollen die sonst da treiben? Waren aber zwei Typen drin. Saßen einfach so rum...«

»Wie sahen die aus?« unterbrach ihn Stamm.

»Keine Ahnung, Mann, so genau hab ich die nicht gesehen. Die sind sofort abgedüst, als sie mich gesehen haben. Zwei Typen halt, nicht alt, aber auch nicht mehr die Jüngsten. Der eine könnte 'n Bart gehabt haben. Vielleicht aber auch nicht. Den anderen hab ich nur von der Seite gesehen.«

»Was hatte der Benz für 'ne Farbe?« fragte Stamm.

»Grau oder so.«

»Oder so«, echote Stamm. »Was für 'n Kennzeichen?«

Der Penner zuckte die Schultern.

»Meine Fresse, ich konnt doch nicht ahnen, daß das wichtig ist. Auf jeden Fall nicht Düsseldorf. Irgendwas mit M oder so. Mettmann vielleicht.«

Stamm sah ihn abwartend an, aber es kam nichts mehr.

»Ganz schön mager, deine Story«, sagte Stamm. »Aber ich will mal nicht so sein.« Er hielt ihm den Fünfziger hin. Er hob die Hand zum Abschied und wandte sich ab. Dann drehte er sich noch mal um.

»Übrigens, Leute, ich würde verschärft Wache schieben in den nächsten Nächten. Bei der blonden Tussi seid ihr schon so gut wie in der Zeitung.«

Er spazierte zurück zum Weg. Er verließ die Rheinwiesen und ging durch den an dieser Stelle durchbrochenen Zaun ins Gewerbegebiet. Er überquerte das Hafenbecken und marschierte die schier endlose Hamburger Straße hinunter. Am Ende bog er in die Fringsstraße ein und klapperte alle Sackgassen zwischen den Hafenbecken ab. Die Weizenmühlenstraße schied als Tatort aus. Die Fabrik- und Lagerhallen von Muskator und Diamant-Mehl versperrten am Ende der Straße den Zugang zum Wasser. In dieser Ecke hatte der Hafen einen morbiden Charme. Die Zeugen der frühen Industrie, einer Zeit, in welcher der Hafen als solcher noch eine gewisse Bedeutung hatte, stemmten sich noch erfolgreich gegen die unaufhaltsame Regentschaft der Dienstleistungsgesellschaft. Wie lange würde es dauern, bis auch der hintere Teil des Hafens zu einem Busineß- und Mediencenter aus postmodern zusammengewürfeltem Glas und Stahl werden würde? Die Kaistraße am Tor zum Hafen war schon vom WDR und einer Reihe von schicken Büros in Beschlag genommen worden.

Die Kesselstraße zwischen den Hafenbecken A und B war noch recht weit davon entfernt. Berge von Schrott und Altglas säumten den Weg. Am Kopf der Kesselstraße hatte die Jugend des Rudervereins ihr Domizil, und Stamm hätte ein Monatsgehalt verwettet, daß Pfaff hier ins Wasser geplumpst war. Von der drei Meter hohen Betonwand ging es gleich in tiefes Wasser. Durch die Hafenausfahrt zum Rheinknie konnte man von hier eine schnurgerade Linie ziehen. Stamm sah sich um, aber er war allein auf weiter Flur. In der Nacht von Freitag auf Samstag würde es nicht anders gewesen sein. All das beantwortete natürlich nicht die Frage, was zum Teufel Pfaff mitten in der Nacht in dieser gottverlassenen Ecke zu suchen hatte, dazu noch mit seinem Mörder.

Stamm ging zurück zur Hauptstraße. Am Fischrestaurant Maassen und den neuen Bürohäusern auf der Kaistraße vorbei gelangte er wieder zum Rheinturmparkplatz. Er öffnete die Fahrertür seines Peugeots weit, kurbelte das Fenster auf der Beifahrerseite runter und wartete eine Minute, bis er einstieg. In Gedanken griff er aufs Lenkrad und zuckte zurück. Er betrachtete seine Finger, konnte aber keine Brandblasen entdecken. Er fuhr zur Redaktion. Dort verbrachte er den Nachmittag, indem er Christa Kümmel beim Tippen zusah und mit demonstrativ nachdenklicher Miene vor sich hindöste. Bevor er sich auch körperlich verabschiedete, rief er noch mal bei Künstlers an. Eine Malerin sagte ihm, Eva sei nicht da und sie wisse auch nicht, wohin sie gegangen sei. Am Abend versuchte er es von zu Hause. Diesmal war ein Mann dran, aber die Message war die gleiche.

7

Dienstag

Der Dienstag gehörte Dr. Sigrun Agger. Zehnmal las Stamm Hannes Beitrag über die Hintergründe ihres Outings als Nymphomanin. Er riet ihr, die Stellungnahme der FDP rauszuschmeißen, weil das niemanden interessierte (was sie befolgte), und den widerlichen CDU-Fraktionsvorsitzenden wegen erwiesener Bigotterie härter ranzunehmen (was sie nicht befolgte, weil sie meinte, ein Profi müsse seinen Ekel im Zaum halten können). Er empfahl außerdem – weil er Hanne Lohmeyer voll und ganz vertraute –, mit der Kritik an der Skrupellosigkeit des Revolverblattes ›Extra‹ nicht gar so dick aufzutragen, weil er das Dach des eigenen Glashauses in Gefahr sah. Hanne nickte bedächtig, dann nahm sie die Lesebrille ab, um sich besser zu konzentrieren, und erläuterte ihm geduldig, warum sein Argument nicht zog.

»Es gibt hier zwei Seiten, eine sachliche und eine … sagen wir, taktische. Von der Sache her habe ich recht. Was ›Extra‹ hier macht, ist eine ausgewachsene Schweinerei und wird mit Sicherheit noch ein Thema im Presserat werden. Er muß diese Berichterstattung eigentlich rügen, was Murray natürlich nicht mal ein Gähnen entlocken wird. Mit unserem Ehrenkodex kann man sich bald nur noch den Hintern abwischen. Noch benutzt ›Extra‹ den fadenscheinigen Vorwand der sexuellen Belästigung, um genüßlich eine Politikerin als Schlampe vorzuführen. Man wird sich daran gewöhnen, und bald werden sie sich nicht mehr die Mühe machen, solche Storys umständlich zu rechtfertigen. Ich meine, wir dürfen es ihnen nicht zu leicht machen und diese Entwicklung einfach so hinnehmen. Die andere Frage ist, ob ausgerechnet wir uns als Kämpfer für die guten Sitten aufspielen sollen, wo wir auch immer schillernder werden. Okay, aber abgesehen davon, daß ich schon noch einen graduellen Unterschied zwischen unserem gesammelten Klatsch aus Bonn und dieser Schmutzkampagne sehe, sind wir damit bei der Taktik. Für uns beide hier in diesem kleinen Außenbüro ist die Agger-Geschichte ein Anlaß, in uns zu gehen und etwas Asche auf unser Haupt zu streuen. Ich könnte diese Position gegenüber Hamburg vertreten und müßte es vielleicht sogar. Aber was erreiche ich damit? Diese Geschichte wird zuerst wie üblich bei Perschke landen. Der wird sie fünfmal lesen und jedes Wort auf der Goldwaage abwiegen. Daraufhin wird er es immer noch nicht wagen, sie auf eigene Verantwortung zu drucken, und er wird sie unserem aller Herrn und Meister Marquardt vorlegen. Wenn ich Glück habe, wird wenigstens er eine Entscheidung treffen. Das erwarte ich aber nicht, denn er sitzt noch nicht fest genug im Sattel. Hier geht es um Verlagspolitik erster Prioritätsstufe, und Marquardt will etwas länger oben im Impressum stehen als Tietz und Fischer-Kroll. Also wandert das Ganze in den Verlagsvorstand. Der hat im Moment nur eins im Kopf: wie er Murray den Arsch aufreißen kann. So. Und nun stell dir vor, ich packe Murrays Speerspitze bei diesem gefundenen Fressen in Watte. Damit komme ich nie durch. Ich laufe Gefahr, daß sie sich den Artikel vornehmen und soviel Sprengstoff reinpacken, wie sie kriegen können. Wenn ich ihnen aber schon eine angemessene Dosis anbiete, kann es sein, daß sie sich damit zufriedengeben. Ich habe soviel reingetan, wie es mir gerade noch vertretbar erschien. Ich habe also auch taktisch recht.« Sie lächelte Stamm melancholisch an. Er sagte nichts. »Habe ich recht?« insistierte sie.

»Nein«, sagte er. »Aber du solltest es trotzdem so machen.«

Um vier Uhr fuhr Stamm nach Hause, um vor seinem Treffen mit Nadja Winter in Ruhe über die Ethik seines Berufes grübeln zu können. Er kam nicht in seine Wohnung. Eine große Reisetasche versperrte ihm den Weg. Daneben saß Eva und schlief. Schwarze Haarsträhnen hingen ihr ins Gesicht. Als er neben ihr stand, öffnete sie die Augen einen Spalt weit und lächelte. Die Lider klappten wieder hinunter. Nach einigen Sekunden hoben sie sich wieder, und sie hielt ihm die rechte Hand hin. Er zog sie langsam hoch. Als sie stand, umschlang sie seinen Hals und bettete ihren müden Kopf an seine Schulter. Er streichelte ihr Haar. Der alte Schmitz aus dem Erdgeschoß störte die Idylle. Stamm hörte die Wohnungstür, aber nicht die Haustür. Aus dem Augenwinkel erspähte er den Alten am Treppenabsatz.

»Keine Sorge, Herr Schmitz, ich hab die Sache im Griff«, sagte er.

»Ich dachte nur …« stotterte Schmitz.

»Vielen Dank, ist wirklich sehr aufmerksam von Ihnen«, verabschiedete ihn Stamm. Eva war bei seinen ersten Worten zusammengezuckt. Jetzt löste sie sich von ihm und sah ihn abwartend an.

»Willst du dein Fernglas abholen?« fragte Stamm.

»Sagen wir mal, ich will es wiederhaben.«

Stamm grinste.

»Ich hab's im Auto. Du kannst gern in der Wohnung warten, bis ich es hole.«

Sie sah ihn aus roten Augen an.

»Schließ endlich auf, ich bin hundemüde.«

Er hob die Reisetasche auf und öffnete die Tür. Sie ging schnurstracks in die Küche. Stamm machte einen Umweg über das Schlafzimmer, um die Tasche abzulegen. Als er in die Küche kam, setzte Eva den Wasserkessel auf den Herd. Dann füllte sie vier Teelöffel Ostfriesenmischung in das Teenetz und setzte es auf die Kanne. Stamm ließ sie machen und setzte sich auf einen der drei Stühle am kleinen Tisch. Sie nahm neben ihm Platz und ließ sich schlaff gegen die Lehne sinken.

»Wir waren wie zwei Königskinder in den letzten beiden Tagen«, sagte Stamm. »Ich hab bestimmt fünfmal angerufen. Du hast es auch ein paarmal umsonst versucht, wie ich gehört habe.«

»Ich bin seit gestern mittag unterwegs«, erwiderte sie.

»Ist etwas passiert?«

Sie sah ihn nachdenklich an, dann schüttelte sie langsam den Kopf.

»Ich hatte keine Lust mehr. Der Verein ging mir plötzlich auf die Nerven. Irgendwie ließ mich die Idee nicht mehr los, ich müßte nach Hause.«

Als sie nicht fortfuhr, sagte Stamm: »Du hast ziemlich lange gebraucht, um anzukommen.«

Sie blickte irritiert auf, dann schüttelte sie den Kopf.

»Ich bin nicht angekommen. Ich wollte nach Berlin. Kurz hinter Bremen habe ich aber angefangen, mich zu fragen, was ich eigentlich in Berlin will. Da mir bis Hannover kein gescheiter Grund eingefallen ist, bin ich dort ausgestiegen. Bis ich mich entschlossen hatte, nach Düsseldorf zu kommen, war der letzte Zug weg. Ich hab mir die

Nacht im Bahnhof um die Ohren gehauen. Ehrlich gesagt verstehe ich nicht mehr, was ich früher am Inter-Rail gefunden habe.« Der Teekessel fing leise an zu pfeifen. Stamm stand auf und goß das Wasser auf. Dann blieb er hinter ihr stehen und streichelte sachte ihr Haar.

»Schön, daß du da bist«, sagte er.

Sie ließ den Kopf nach hinten sinken. Er massierte ihr die Schläfen und lauschte ihrem Schnurren, bis es Zeit war, das Teenetz aus der Kanne zu nehmen. Er goß zwei Becher voll und stellte sie auf den Tisch. Dann setzte er sich wieder auf seinen Stuhl.

»Ich bin komisch, nicht?« sagte sie. »Erst verdrücke ich mich für Monate, dann kommst du kurz zu Besuch, und zwei Tage später stehe ich auf der Matte.«

Stamm zuckte mit den Schultern.

»Keine Ahnung, ob das komisch ist. Ich habe manchmal geträumt, daß du plötzlich auf der Matte stehst. Und das war bestimmt nicht komisch ... beim Aufwachen, meine ich.«

Sie blinzelte ihn an. Eine Träne rann ihr die Wange hinunter. Er nahm ihre Hand und hielt sie. Nach einer halben Ewigkeit gab sich Eva einen Ruck und wischte sich übers Gesicht.

»Kann ich erst mal hierbleiben?« fragte sie.

Er runzelte beleidigt die Stirn.

»Wie stellst du dir das vor?« fragte er zurück. »Du weißt doch genau, daß ich kein Gästezimmer habe. Aber ich kenne da in Ratingen einen Serben, der gern mit einem hübschen Zimmer aushilft. Wenn ich ein gutes Wort für dich einlege, überläßt er's dir für tausend im Monat.«

Sie lächelte in Erinnerung an den letzten Winter.

Sie hatten sich kennengelernt, als sie Stamm auf die unmoralische Vermietungspraxis des Serben hingewiesen hatte. Stamm hatte recherchiert und eine Lawine losgetreten. Am Ende waren zwei der einflußreichsten Ratinger Lokalpolitiker tot, eine arme Frau wanderte wegen Totschlags ins Gefängnis, und für Stamm begann das einsamste halbe Jahr seines Lebens. Er hatte sechzehn Jahre lang allein gelebt – seit er mit achtzehn das Elternhaus verlassen hatte. Und Eva hatte ihn alleingelassen, als er sich vorstellen konnte, über eine Änderung dieses Gesetzes nachzudenken. Bis heute wußte er nicht, ob sie vor ihm davongelaufen war oder ob sie wirklich geglaubt hatte, als

Künstlerin weiterzukommen auf diesem Bauernhof im Emsland. Das hatte sie damals gesagt, aber warum hatte sie ihm dann erst nach fünf Monaten gestattet, sie zu besuchen?

»Kann ich wenigstens ein paar Stunden schlafen, bevor du mich rausschmeißt? Ich kann die Augen nicht mehr offenhalten.« Sie trank ihren Becher aus, konnte sich aber nicht aufraffen. Er stand auf und umfaßte sie an der Taille. Sie klammerte sich an seinen Nacken, er hob sie hoch und trug sie ins Schlafzimmer. Er legte sie auf seinen Futon, zog ihr die Schuhe und die Jeans aus. Trotz der Hitze kuschelte sie sich unter die leichte Decke.

»Weck mich gegen Abend«, murmelte sie. »Vielleicht können wir zum Uerige gehen. Ich hätte Lust auf ein gutes Bier.«

»Ich auch«, sagte Stamm. »Aber wir müssen es auf morgen verschieben. Heute abend muß ich Dienst schieben.«

»Dann weck mich morgen abend.«

Nachdem er einen Salat aus Tomaten, Eichblattsalat, Frühlingszwiebeln, Kidney-Bohnen, Mais aus der Dose und Schafskäse komponiert und zur Hälfte gegessen, geduscht und sich in sein schickstes T-Shirt und die leichten Leinenhosen geworfen hatte, machte er sich mit der Straßenbahn auf den Weg nach Oberkassel.

Das Preminger war leer. Nur an einem Tisch steckten drei Herren in den besten Jahren die Köpfe zusammen. So weit war es mit den In-Kneipen gekommen, daß man sich dort sogar schon zu Geschäftsessen traf. Stamm setzte sich an denselben Tisch wie zwei Tage zuvor und bestellte ein Bier. Zwei identische Bestellungen später schwebte La Winter herein. Sie trug ein knielanges, orangefarbenes Kleid aus Crash-Seide. Die Geschäftspartner vergaßen für eine Minute ihre Verhandlungen. Auf dem Weg zu Stamms Tisch erkannte sie jemanden und blieb stehen, um Stamm fröhlich plaudernd noch ein bißchen warten zu lassen. Stamm studierte eingehend die Flaschensammlung in der Bar. Sein Blick schweifte zur Tür, durch die gerade ein weiterer Anzugträger hereinkam. Er hatte die Vierzig hinter sich, was er auch durch seinen dynamisch gestutzten schwarzen Schnurrbart nicht verheimlichen konnte. Die Haare ergrauten an den Schläfen. Dem Preminger ging es wie den Rolling Stones: die Kundschaft alterte mit, und niemand merkte, mit welcher Selbstverständlichkeit die bürgerliche Kultur einstmals Rebellisches vereinnahmte. Stamm hatte irgendwie erwartet, daß sich der Neue zu den drei anderen gesellen würde, aber er setzte sich an einen freien Tisch und zündete sich einen Zigarillo an. Stamm zählte wieder die Calvados- und Cognac-Flaschen. Dann kam Nadja und nahm ihm gegenüber Platz.

»Tut mir leid«, sagte sie, »ich wollte mir noch die Nachrichten ansehen.«

Stamm machte eine wegwerfende Handbewegung.

»Ich bin auch gerade gekommen.«

Sie warf einen ausdruckslosen, aber langen Blick auf die drei Striche auf seinem Deckel. Stamm grinste sie an.

»Und?« fragte er. »Ist der Giftcocktail für morgen gemixt?«

»Sonst säße ich ja wohl kaum hier rum«, entgegnete sie humorlos. »Ich weiß sowieso nicht, warum ich gekommen bin. Ich hätte weiß Gott genug zu tun.«

Er trank sein Bier aus und sah sie unternehmungslustig an.

»Geh'n wir an die Arbeit, ich helfe dir.« Er genoß den Überrumpelungseffekt einige Sekunden. Bevor sie wieder in Tritt kam, fügte er hinzu: »Mir reicht es, in deiner Nähe sein zu dürfen.«

Sie erforschte seine Miene, entschloß sich dann, den Kopf leicht zu schütteln und aufzulachen. Sie nahm seine Zigarettenpackung und zündete sich eine an. Durch den Rauch, den sie ausstieß, musterte sie ihn weiter.

»Ich kann plumpe Schmeicheleien nicht ausstehen«, sagte sie.

»Sehr gut«, sagte er. »Dieses Feld würde ich auch gern meinem Freund Hasselfeld überlassen. Wo ist er überhaupt?«

»Ich glaube, er kommt heute nicht. Seit gestern straft er mich mit Nichtbeachtung. Ich muß ihn tief enttäuscht haben.«

»Er muß wirklich sehr verliebt sein, der Ärmste.« Die Kellnerin kam, und Nadja bestellte eine Bloody Mary. Stamm noch ein Pils. Als sie weg war, fragte Stamm: »Was gibt's Neues aus der Staatskanzlei?«

»Nichts Besonderes. Die wollen die Geschichte aussitzen.«

»Klug«, fand Stamm.

»Abwarten«, sagte Nadja. »So billig kommen sie nicht davon.«

Stamm schüttelte skeptisch den Kopf.

»Wenn die Agger es bisher überstanden hat, müßtet ihr schon schweres Geschütz auffahren, um sie ins Wackeln zu bringen.«

»Und?« fragte sie. »Wo liegt das Problem?« Sie lächelte ihn überlegen an.

»Ihr hattet bisher sexuelle Belästigung, Besuche im Gigolo-Club und natürlich den Status der Nymphomanin als solchen. Und ein angeblicher Callboy war gestern sogar in RTL ›Explosiv‹... War das eigentlich euer Informant?« Sie nickte zögernd. Stamm dachte nach und fuhr dann fort: »Dünn. Ich meine die wirklich problematischen Dinge. Die Sache dreht sich im Kreis. Alle stützen sich auf dieselbe Quelle, und die ist mehr als fragwürdig. Das gilt auch für die angebliche Belästigung. Da wird sich der Rauch verziehen, und wenn sich die als Blindgänger herausstellt, ist die Agger wieder obenauf. Schwieriger ist das mit der Sexbesessenheit. Das wird haften bleiben. Und genau deshalb ist es klug, sie zu halten. Wenn sie das durchsteht, gewöhnen sich die Leute an den Gedanken, daß Politiker die gleichen Neigungen haben wie ein ziemlich großer Teil der Bevölkerung. Und schon ist Spaß an exzessivem Sex nicht mehr skandalfähig. Die SPD führt hier quasi einen Musterprozeß für alle Politiker, wenn nicht für alle Prominente. Also, da muß schon etwas mehr kommen, um Frau Ministerin aus dem Sattel zu hauen.«

»Mach dir diesbezüglich keine Sorgen«, sagte sie.

»Ist sie auch noch bisexuell?«

Sie lächelte wieder und schüttelte den Kopf. »Soweit geht die Liebe nicht.« Eine Zehntelsekunde lang wirkte sie selbst ein wenig irritiert über ihre Worte, aber das konnte auch Überinterpretation sein. »Gönn dir das ›Extra‹ des Tages«, zitierte sie die Werbekampagne ihrer Zeitung.

»Welches Tages?« fragte Stamm.

Sie lächelte wieder geheimnisvoll. Er zuckte die Schulter und nahm einen Schluck Jever.

»Pfaff muß übrigens im Hafen erschossen worden sein«, sagte er unvermittelt. Sie wurde sofort ernst und sah ihn forschend an. Stamm fuhr fort: »Ich habe einen Spaziergang am Rhein gemacht. Na ja, ich verstehe ja nichts von Strömungen und so, aber eigentlich kommt nur eine Stelle in Frage, wo er ins Wasser gefallen sein kann. Ich habe aber nicht die geringste Ahnung, was er dort verloren hatte.«

»Wahrscheinlich ein Rendezvous mit seinem Mörder«, warf sie ein.

»Oder seiner Mörderin. Die Gleichberechtigung schreitet auf allen Gebieten voran.«

Sie beobachtete ihn aus den Augenwinkeln. Er tat so, als bemerke er es nicht.

»Sollen sich doch die Bullen damit herumschlagen«, schloß er das Thema. »Was machen wir, gehen wir auf die Kirmes?«

Sie schüttelte sofort den Kopf.

»Kennst du das Lametta?« fragte sie.

Stamm verzog das Gesicht.

»Ohne mich. Hier sind mir schon zu viele Abteilungsleiter. Im Lametta würde man dich für ein Geldgroupie halten und mich für einen Juniorchef. Oder für unerwünschte Eindringlinge von der Kirmes. Ich bin auf beides nicht gut vorbereitet.«

Sie schien überzeugt.

»Und was ist mit dem Pilsstübchen?«

Stamm mußte einen Moment nachdenken.

»Niederkassel?« fragte er.

Sie nickte.

»War ich noch nie. Steht in dem Ruf, halbseidene Typen anzulocken. Aber solche mit Armani-Jeans und Rolex.«

Nadja schlug unternehmungslustig auf den Tisch.

»Da gehn wir hin«, entschied sie. Bevor Stamm auch nur pieps sagen konnte, hatte sie die Kellnerin herbeigerufen und bezahlte ihre Bloody Mary, ohne Trinkgeld zu geben. Stamm bügelte die Scharte aus und gab einen Zwanziger für seine fünf Bier.

Sie gingen zu Fuß nach Niederkassel. Das Pilsstübchen war voll, aber das war auch keine Kunst. Die Kneipe war etwas größer als Stamms Abstellraum. Sie fanden ein Plätzchen an der Theke. Nadja stand neben einem Bartträger, der trotz der Hitze ein schwarzes, langärmeliges Hemd zur ebenfalls schwarzen Baumwollhose trug. Er laberte den Wirt voll. Der ergriff die Gelegenheit zur Flucht und widmete sich Nadja und Stamm. Sie blieben bei Bloody Mary respektive Pils. Der Bartträger wurde zwangsläufig auf Nadja aufmerksam. Er fackelte nicht lange.

»Hey, du bist schöner als die Schiffer«, baggerte er los.

»Weiß ich«, sagte sie. Einen kurzen Moment war er perplex, dann lachte er dröhnend.

»Stark. Das finde ich stark. Also, das ist einfach… stark.« Nadja drehte sich zu Stamm und zwinkerte ihm zu. Der Bartträger kümmerte sich nicht darum. Er ergriff Nadjas Arm und erzwang ihre Aufmerksamkeit.

»Die Schiffer, weißt du, also ich hab ja diesen Kult nie verstanden, ich meine, okay, sie hat einen klasse Körper… Aber das Gesicht, das kannst du vergessen.«

Nadja zog die Augenbrauen hoch.

»Dann kann ich mir ja richtig was darauf einbilden, daß ich schöner bin als sie«, stellte sie fest.

Er lachte wieder auf.

»Sorry«, bat er. »Je suis très désolé. Ich habe wohl gerade mein eigenes Kompliment entwertet.« Er wirkte so zerknirscht wie Jürgen von der Lippe. »Aber vielleicht darf ich das doch mal kurz erklären: Also, vom Standpunkt einer bürgerlichen Ästhetik ist die Schiffer natürlich schön. Aber wir sollten uns von solchen Banalitäten lösen. Ihr fehlt das je ne sais quoi, das eine Frau erst interessant macht. Dieses Barbiepuppengesicht ist eine Beleidigung für jedes Künstlerauge. Da ist kein bißchen Inspiration.« Er musterte Nadja eingehend. Sie ließ es lächelnd über sich ergehen. »Ich würde dich gern malen«, sagte er plötzlich.

»Aha«, machte La Winter, »ein Künstler.«

Stamm grinste. Der Bartträger ließ sich nicht aus dem Konzept bringen.

»Ich bring dich mit Rocky zusammen. La belle et la bête.«

»Sylvester Stallone?« fragte Nadja irritiert. Sie drehte sich hilfesuchend zu Stamm um. Der schüttelte kurz den Kopf, aber er kam nicht dazu, etwas zu sagen.

»Quatsch!« rief der Künstler. »Rocky! Graciano Rocchigiani. Deutschlands bester Boxer. Grazze ist der beste. Der kämpft mit Herz. Der hat echt das Tier in sich, nicht so wie dieser selbsternannte Tiger und schon gar nicht wie der Buchhalter Maske. Da kam doch nix rüber. Wenn der Sauhund von Manager damals nicht die Punktrichter bestochen hätte, wäre Grazze Weltmeister geworden. Maske war doch tot. Grazze ist ein wahrer Champ. Ich bring euch zusammen. Du mußt unbedingt in mein Atelier kommen. Morgen abend, wie wär's?«

»Sehr gut, morgen abend paßt mir ausgezeichnet«, erwiderte Nadja.

Der Bartträger nickte enthusiastisch. Er legte den Arm um Nadjas Schulter und drückte sie kurz. Trotz der vielen Biere, die er intus haben mußte, hatte er noch genügend Fingerspitzengefühl, um sie loszulassen, bevor sie vollends zum Brett erstarrte. Er trank sein Bier aus und forderte den Wirt auf, ihm ein Taxi zu rufen. Dann drehte er sich wieder zu Nadja.

»Hey, ich hab 'ne bessere Idee. Du kommst gleich mit. Grazze bau ich später ein. Ich spüre, daß ich dich nie so gut malen werde wie heute.«

Stamm runzelte die Stirn. Der Wirt zwinkerte ihm beruhigend zu und beugte sich vor.

»Du kriegst doch heute keinen Pinsel mehr hoch«, rief er ihm zu und lachte dröhnend. Der Künstler stutzte einen Augenblick und fiel dann in das Gelächter ein. Er wandte sich wieder an Nadja:

»Ein Komiker, dieser Wirt!«

»Das war nicht komisch«, sagte Nadja kalt. Der Bärtige öffnete den Mund. Es klärte sich aber nicht mehr, ob vor Schreck oder um etwas zu sagen.

»Taxi!« erklang es von der Tür.

»Komme sofort!« Der Künstler sah Nadja an und hob fatalistisch die Schultern.

»Dann bis morgen abend, das ist abgemacht, oder?«

»Sicher«, sagte Nadja und nickte bekräftigend.

Der Bärtige löste sich schwerfällig von der Theke, fand aber während der paar Schritte zur Tür zu seinem Rhythmus.

Nadja sah Stamm an und schüttelte ungläubig den Kopf. Dann sagte sie:

»Naja, immerhin hat er mir nicht gesagt, wo sein angebliches Atelier ist.«

»Charlottenstraße«, sagte Stamm. »Ich kann dich hinbringen.«

Sie erforschte sein Gesicht, um herauszufinden, ob er sie auf den Arm nahm.

Stamm lächelte. »Du hast gerade ein Angebot von Düsseldorfs berühmtestem Maler erhalten. Das war kein geringerer als Professor Klaus Eigendorff.«

»Glaub ich nicht«, sagte Nadja.

»Ehrlich«, versicherte Stamm. »Ohne Eigendorff ginge es der Taxi-Innung in dieser Stadt noch schlechter. Ich habe ihn selbst vor zehn Jahren durch die Gegend kutschiert. Manchmal hab ich auch am frühen Morgen Kunststudentinnen aus seinem Atelier abgeholt. Und zumindest damals war das an der Charlottenstraße.«

Sie schüttelte, immer noch skeptisch, den Kopf. Stamm bestellte noch eine Runde. Nadja blickte nachdenklich in ihr Glas.

»Du überlegst, ob du morgen nicht doch hingehen sollst«, sagte Stamm lachend. »Aber ich warne dich. Du wirst dich auf einem Eigendorff-Porträt nicht wiedererkennen. Er ist selbstverständlich kein Naturalist. Andererseits: Ein berühmter Künstler, der säuft und dem Boxen verfallen ist… Keine schlechte Story.«

Sie schwiegen eine Weile. Plötzlich sah Nadja von ihrer Bloody Mary auf und sagte:

»Wie ist das eigentlich? Wolltest du nicht auf Knien um Verzeihung bitten? Ich meine mich an so was zu erinnern.«

Stamm sah sich unglücklich um.

Sie lachte. »Na gut. Über den Ort können wir reden. Gehen wir doch einfach zu mir.«

Nadja Winter schloß die Wohnungstür auf und ging vor. Stamm folgte ihr, kam aber nicht dazu, die Tür hinter sich zu schließen. Eine Abrißbirne rammte seine Schläfe und streckte ihn augenblicklich nieder.

8

Stamm bestand nur aus Kopf. Die Schmerzwellen in seinem Schädel waren so heftig, daß er den Rest seines Körpers nicht spürte. Er stöhnte auf und wollte den Kopf in eine andere Position bringen. Er stieß gegen einen harten Gegenstand. Der brutale Schmerz betäubte ihn für ein paar Sekunden, dann erwachte sein Bewußtsein wieder. Er war sich sicher, daß die linke Schläfe geplatzt war. Langsam ließ das Pochen etwas nach. Stamm wollte seine Hand drauflegen, aber er konnte den Arm nicht heben. Schlagartig wurde ihm klar, daß seine Arme hinter dem Rücken gefesselt waren, er spürte plötzlich auch die Schmerzen in den Handgelenken, in die der Strick einschnitt. Er wußte auf einmal wieder, wo ihn der heftige Schlag gefällt hatte. Er öffnete die Augen, aber es half nichts. Er konnte nichts sehen. Jetzt erst registrierte Stamm, daß seine Augen fest verbunden waren. Er hätte nicht einmal sagen können, ob es hell oder dunkel im Raum war. Der Schock über seine Lage jagte eine neue Adrenalinladung durch seinen Körper. Der Blutstrom, der seinen lädierten Schädel durchströmte, machte ihn schwindlig. Er versuchte, seinen Brechreiz zu unterdrücken. Es gelang ihm, weil er durch eine Bewegung neben ihm abgelenkt wurde.

»Nadja?« stieß er hervor.

Eine Hand legte sich auf seine Brust.

»Shh«, machte Nadja, »ist gut, ist schon gut.« Ihre Stimme klang belegt.

»Was ist los?« fragte Stamm.

Ihre Hand streifte höher, berührte sein Gesicht.

»Später«, flüsterte sie, »sag jetzt nichts mehr.«

»Was zum Teufel läuft hier?« rief Stamm panisch und machte eine abrupte Bewegung, die in einer neuen Schmerzwelle mündete. Nadja legte ihm die Hand auf den Mund. Sie war feucht und zitterte leicht. Als er sich etwas beruhigt hatte, fuhr ihre Hand über seine Brust und seinen Bauch hinunter. Sie nahm die andere Hand zu Hilfe und nestelte an seinem Hosenbund herum. Sie öffnete den oberen Knopf und zog den Reißverschluß herunter. Stamm hielt den Atem an. Nadja zog den Bund seiner Unterhose vor und nahm seinen Penis heraus. Er wehrte sich gegen die Erektion, aber er konnte nicht verhindern, daß sein Glied in ihren Händen steif wurde. Ohne ihn loszulassen, bewegte sich Nadja, und bevor Stamm herausfand, was sie vorhatte, spürte er, wie sich ihr Mund um seinen Penis schloß. Stamm verspannte sich. Nadja spielte nicht mit ihm. Sie saugte und ließ ihre Lippen zielstrebig auf und nieder gleiten. Stamm ergab sich in die Situation, aber etwas hielt ihn davon ab, seine sexuelle Erregung herauszulassen. Er ejakulierte fast ohne Höhepunkt und war froh, daß es vorbei war. Nadja löste sich augenblicklich von ihm, er hörte ein gequältes Schlucken.

Aus dem leichten Knarzen des Parketts schloß er, daß Nadja aufstand.

»Nadja!« rief er.

Sie antwortete nicht. Leise Schritte entfernten sich.

»Nadja! Was soll das alles?«

Plötzlich erklang Musik. Billy Joel. Die Anlage wurde lauter gedreht. Stamm zerrte an seinen Fesseln, aber sie schnitten nur tiefer in seine Handgelenke. Er hämmerte mit den Füßen auf den Boden. Aus Hilflosigkeit, Wut und Angst schossen ihm Tränen in die Augen. Stamm steigerte sich in seinen Trommelwirbel hinein. Er machte zwar nicht übermäßig viel Lärm, weil er Turnschuhe trug, aber der Parkettboden vibrierte. Er spürte eine Bewegung neben sich. Gerade als die ersten Takte zu »We Didn't Start the Fire« erklangen, erstickte ein K.o.-Schlag die Frage, die er auf der Zunge hatte.

Trotz seiner furchtbaren Kopfschmerzen fand Stamm schnell in die Wirklichkeit zurück. Billy Joel besang »Leningrad«, was ihn vermuten ließ, daß er im Höchstfall eine halbe Stunde ohnmächtig gewesen war – es sei denn, jemand hatte die CD nochmals gestartet. Sofort wurde ihm seine Situation bewußt. Er machte erst gar keine Anstalten, sich zu bewegen. Durch die Musik versuchte er Geräusche in der Wohnung wahrzunehmen. Es gab nichts zu hören. Eine Zeitlang blieb er still sitzen und lauschte in seinen Körper hinein. Bei jedem Pulsschlag meinte er, sein Kopf würde gespalten. Dann zerrte er an seinen Fesseln. Sie gaben nach. Hektisch versuchte er, sie zu lösen, aber er merkte, daß er so nichts erreichte. Er zwang sich zur Ruhe und bekam den dünnen Strick mit den Fingern zu fassen. Er war so weit gelöst, daß Stamm keine Mühe hatte, sich zu befreien. Er riß sich das Tuch von den Augen.

Er hielt vorsichtshalber die Augen geschlossen, aber es bestand keine Gefahr, geblendet zu werden. Im Zimmer war es dunkel. Nur der Mondschein und das schwache Licht der Stadt ließen ihn einige Konturen erkennen. Er versuchte aufzustehen, aber ein Schwindelanfall zwang ihn wieder hinunter. Er kroch in Richtung Bad. Er brauchte die ganze Länge von »And So It Goes« dazu. Danach legte sich Stille über das Apartment. Stamm schaffte es, seinen Brechreiz zurückzuhalten, bis er die Kloschüssel erreicht hatte.

Er kotzte sich die Seele aus dem Leib. Die Kopfschmerzen wurden durch die Anstrengung so unerträglich, daß er fast wieder in Ohnmacht fiel. Schwer atmend kniete er vor der Kloschüssel und versuchte, sich zu sammeln. Langsam erhob er sich und schaltete das Licht über dem Spiegel an. Von der linken Schläfe zogen sich zwei dünne Blutfäden bis zum Kinn. Er ließ das Wasser laufen, schloß den Hahn aber gleich wieder und öffnete das Hängeschränkchen. Auf der linken Seite waren Medikamente. Er brauchte die Aspirin nicht lange zu suchen. Er drückte drei Tabletten heraus und schluckte sie nacheinander. Erschöpft klappte er den Klodeckel herunter und setzte sich drauf. Dabei merkte er, daß sein Penis heraushing. Er stopfte ihn in die Unterhose und knöpfte die Hose zu. Dann stand er auf und machte einen Gehversuch. Es gelang ihm, sich auf den Beinen zu halten.

Er ging durch die schmale Diele ins Schlafzimmer. Den Lichtschalter fand er sofort. Auf dem Bett lag Nadja. Sie war nackt. Ihre Hände waren mit der Kordel ihres Kimonos ans Bettgestell gebunden, und ihre Augen waren weit geöffnet. Neben dem Bett lag ein Kissen. Stamm stürzte zu ihr. Er legte sein Ohr auf ihre linke Brust, versuchte, an der Halsschlagader ihren Puls zu fühlen. Er hörte und spürte nichts. Er legte ihren Kopf nach hinten, blies ihr Luft in die Nase. Er drückte ihren Brustkorb hinunter, bis die Rippen knackten, und beatmete sie wieder. Nach fünf Minuten gab er auf.

Stamm erhob sich schwerfällig und ging ins Wohnzimmer. Er schaltete das Licht an und griff zum Telefon. Als er zwei Einsen gewählt hatte, legte er wieder auf, ließ sich auf die Couch fallen und dachte nach. Schließlich stand er auf und ging in Nadjas kleine Arbeitsecke. Auf dem Schreibtisch keine Spur von Ordnung mehr. Die Schubladen waren aufgerissen. Er wühlte sich durch das Durcheinander von Papier, brach die Aktion aber schnell ab und untersuchte das Diskettenlaufwerk des PCs. Leer. Er nahm die Schachtel mit Disketten vom Regal und ging die Datenträger durch. Mittendrin fand er, was er suchte: eine Diskette mit der Aufschrift »Vertrag«. Er schaltete den Rechner ein und wartete, bis der Start abgeschlossen war und das C:\ erschien. Er schob die Diskette ins PC-Laufwerk und gab »Win« ein. Das Windows-Logo erschien kurz auf dem Bildschirm, um sofort zum Programm-Manager weiterzublättern. Stamm klickte mit der Maus das Word-Symbol an. Das Textverarbeitungsprogramm wurde geladen. Stamm öffnete das Verzeichnis A. Drei Dateien wurden ihm angezeigt: »VERTRAG1«, »VERTRAG2« und »VERTRAG3«.

»Scheiße!« fluchte Stamm. Er öffnete »VERTRAG1« und überflog den Text, aber wie erwartet las er nur Ina Mittelstraß' Entwurf einer Arbeit über das Vertragsrecht. Er öffnete die zweite Datei und fand den gleichen Inhalt, zu einem Thesenpapier komprimiert. Die dritte Datei enthielt nichts als Zitate von Koryphäen... na klar, des Vertragsrechts. Stamm lehnte sich zurück und dachte nach. Er versuchte angestrengt, sich an etwas zu erinnern. Er verließ Word und beendete Windows. Auf der Betriebssystemebene wechselte er ins Verzeichnis A und ließ sich durch den Befehl »dir« das Inhaltsverzeichnis anzeigen: »VERTRAG1«, »VERTRAG2« und »VERTRAG3«, wie gehabt. Stamm schüttelte den Kopf und überlegte wieder.

»Wie zum Teufel ging das noch mal?« murmelte er. Er gab den Befehl »dir\a« ein. Im unverständlichen Informatiker-Kauderwelsch sagte ihm der Rechner, daß er nicht verstand, was Stamm von ihm wollte. Stamm versuchte es noch einmal, ersetzte den Backslash durch einen einfachen Schrägstrich. Mit »dir/a« wußte der Computer etwas anzufangen. Er spuckte wieder ein Inhaltsverzeichnis aus. Diesmal waren es vier Dateien. Es gab noch eine »LISTE«. Stamm haute den Befehl »Attrib liste.doc -h« in die Tasten, um die Datei sichtbar zu machen, und ging dann mit nervösen Fingern wieder in Windows und in Word. Die »LISTE« war im Verzeichnis A. Stamm öffnete sie.

Links waren Namen aufgelistet, etwa zwanzig, zu jedem einige Stichworte. Rechts gab es zu jedem Namen Zahlen, die leicht als Telefonnummern mit Vorwahlen zu erkennen waren. Noch weiter rechts war jeder Nummer ein weiterer Name zugeordnet.

Die Namen links kannte Stamm. Die Liste begann mit Agger, Dr. Sigrun. Die Stichworte waren knapp, aber aussagekräftig: aggressive Nymphomanin, wahrsch. bisexuell, »Adonis«-Club, sex. Belästigung v. Mitarbeitern. Die Namen neben den Telefonnummern, fünf bei der Agger, sagten Stamm nichts: Schu, Rogalla, Holtkamp, Schröter, Wiederstein.

Die linke Spalte ging weiter mit Bleck, Rudolf. Bleck war Staatssekretär im Bundesfinanzministerium, eine große Nummer bei der CDU im Münsterland, und er schlug seine manisch-depressive Frau. Jedenfalls laut Pfaffs Liste. Daneben drei Telefonnummern. Weiter unten Brinckmann, Claus (65), stellvertretender CDU-Fraktionsvorsitzender in Bonn. Er hatte ebenda eine 26jährige Freundin und mit ihr einen zweijährigen Sohn. Dahlbeck, Richard, Boß einer großen Gewerkschaft und SPD-Mitglied, war sicherlich nicht glücklich über seine 22jährigen Zwillinge Rolf und Patrick, die sich gelegentlich ganz gern in Schickimicki-Kreisen eine Prise Koks reinzogen. Dorst, Paul, Vorsitzender der nordrhein-westfälischen FDP, wurde als homosexuell geoutet. Bundestagsvizepräsident Dr. Gracher, Horst (CDU), unterstützte mit seinen Diäten notleidende Dominas.

Die zugeordneten Telefonnummern und Namen beachtete Stamm nicht weiter. Er überflog die heiße Liste und schloß schließlich die Datei. Er durchsuchte den Schreibtisch und fischte aus einer angebrochenen Packung eine Diskette heraus. Dann kopierte er die Datei LISTE von der Vertrags-Diskette auf die Festplatte, tauschte die Disketten im Laufwerk aus und zog eine Kopie auf den neuen Datenträger. Dann tauschte er die Disketten wieder aus, beendete Windows und gab auf der Betriebssystemebene unter A:\ den Befehl »Attrib liste.doc +h« ein. Zur Kontrolle ließ er sich über »dir« das Inhaltsverzeichnis aufzeigen. Die LISTE war verschwunden. Dann lehnte er sich zurück und bekämpfte durch Stillsitzen das unerträgliche Pochen in seinem Kopf. Schließlich nahm er die Diskette und ging zur Wohnungstür. Er spähte durch den Spion. Alles war ruhig und dunkel. Er öffnete die Tür leise und schlich sich hinaus. Einige Sekunden blieb er unentschlossen stehen, dann ging er zum Treppengeländer und tastete sich bei Dunkelheit die Stufen hinunter. Endlich war er im Keller. Dort mußte er wohl oder übel das Licht einschalten. Er probierte eine der zwei Türen und befand sich in der Waschküche. Ohne zu zögern ging er zur ersten Waschmaschine, tastete darunter, um herauszufinden, ob der Boden trocken war, und schob die Diskette unter die Maschine. Dann schleppte er sich wieder nach oben und versuchte, sein Keuchen unter Kontrolle zu halten, um nicht das ganze Haus zu wecken.

Wieder in der Wohnung, setzte er sich erneut an den PC, öffnete die Datei LISTE und holte sich dann das Telefon heran. Er wählte seine eigene Nummer. Nach dem zweiten Läuten hörte er seine Stimme vom Anrufbeantworter. Er wartete den Piepston ab und las dann die Telefonnummern und die Namen, die Sigrun Agger zugeordnet waren, ab. Dann begann er, eine Nachricht für Eva auf Band zu sprechen. Nach dem ersten Halbsatz nahm sie den Hörer auf.

»Was ist passiert?« fragte sie besorgt.

»Ich stecke in Riesenschwierigkeiten«, erwiderte er. »Hör mir genau zu und tu bitte, was ich dir jetzt sage. Ich bin hier in Oberkassel, Leostraße, bei Nadja Winter… frag nicht, wer das ist. Sie ist ermordet worden, und mir wäre es beinahe auch an den Kragen gegangen. Ich lebe wahrscheinlich nur noch, weil mir der Mord in die Schuhe geschoben werden soll. Gleich ist die Kripo hier, und die werden mich mit Sicherheit festnehmen. Du machst jetzt folgendes: Ruf meinen Anwalt an, Lothar Rosenblatt, du findest ihn im Telefonbuch. Ruf ihn sofort unter seiner Privatnummer an. Wenn er nicht rangeht, versuch es morgen in der Kanzlei. Sag ihm nur kurz, was passiert ist, er wird schon wissen, was zu tun ist. Dann ruf Hanne an und erzähle ihr das gleiche. Dann nimmst du die Kassette aus dem Anrufbeantworter und versteckst sie irgendwo, wo sie garantiert niemand findet. Das kann lebenswichtig sein. Hast du das verstanden?«

»Ja, aber…«

»Bitte, Eva, nicht jetzt, du wirst alles erfahren. Wenn die Bullen kommen und dir irgendwas über den Mord erzählen oder über mich und Nadja Winter, glaub ihnen kein Wort. Ich werde dir die Wahrheit erzählen.« Er legte auf, bevor sie antworten konnte.

Dann wählte er 110 und meldete den Mord.

Während er wartete, löschte er die Datei LISTE mitsamt der Sicherungskopie von der Festplatte. Über die »Escape«-Taste verließ er das Untermenü. Er hätte die »Escape«-Taste beinahe zum zweitenmal gedrückt, als sein Blick auf den unteren Teil des Bildschirms fiel. Im Verzeichnis der vier zuletzt geöffneten Dateien erschien der Name »A:\LISTE.DOC«. Stamm ging wahllos in ein Verzeichnis und öffnete nacheinander vier beliebige Dateien. Jetzt war die Liste wirklich versteckt. Er verließ das Programm und schaltete den Rechner aus.

Die Polizeisirenen kamen schnell näher. Ihr durchdringender Klang in der stillen Nacht jagte Stamm einen Schauer über den Rücken. Er stand auf und ging langsam zur Wohnungstür. Als er sie erreichte, schlug schon die Klingel an. Stamm drückte auf den Türöffner und ging ins Treppenhaus. Während er auf die Polizisten wartete, wurde der Schüttelfrost so stark, daß er sich nicht mehr auf den Beinen halten konnte. Er setzte sich schwerfällig auf den Boden und lehnte sich gegen die Wand.

Mit gezogener Pistole lugte der erste Uniformierte um das Treppengeländer. Stamm hob schlaff die Arme und zeigte seine Handflächen. Der Beamte lief die letzten Stufen herauf, dicht gefolgt von zwei Kollegen. Als er Stamm erreichte, steckte er die Pistole ins Halfter zurück. Stamm zeigte auf die Tür.

»Da drin liegt sie. Erste Tür rechts.« Der Polizist machte seinen nachfolgenden Kollegen ein Zeichen nachzuschauen und forderte Stamm auf, sich zu erheben. »Reine Vorsichtsmaßnahme.«

Stamm versuchte zu gehorchen, sank aber auf halber Strecke wieder zurück.

»Ich bin unbewaffnet«, murmelte Stamm.

Der Polizist bestand aber darauf, daß Stamm aufstand, und streckte ihm die Hand entgegen. Stamm ergriff sie, und es gelang ihm, trotz des aufkommenden Schwindels stehenzubleiben. Der Beamte tastete ihn ab. Währenddessen hörte Stamm hinter sich die Schritte mehrerer Personen in Richtung Wohnung laufen. Als sich der Polizist davon überzeugt hatte, daß Stamm wirklich keine 22er in seiner Leinenhose versteckt hatte, nahm er ihn am Arm und führte ihn in die Wohnung. Stamm ließ sich mehr schleppen, als daß er mitging. Der Polizist brachte ihn ins Wohnzimmer. Stamm sank auf die Couch.

Aus dem Schlafzimmer hörte er Stimmen, verstand aber kein Wort. Der Uniformierte ging hinaus und kam mit einer jungen Frau in weißem Kittel zurück. Sie kniete sich vor ihn hin und sah ihm in die Augen.

»Was ist mit Ihnen?« fragte sie.

»Kopfschmerzen, Schwindel«, murmelte Stamm. »Ich war zweimal k.o. Schläge auf den Kopf.«

Sie beugte sich über ihn, zog seine Augenlider hoch, um seine Pupillen besser zu sehen. Dann tastete sie sich seine Wange entlang nach oben durch. Als sie die Stelle berührte, an der der erste Pferdekuß Stamm erwischt hatte, stöhnte er auf. Sie zog ihre Hand sofort zurück.

»Legen Sie sich auf den Rücken!« befahl sie. Als er ihrer Aufforderung gefolgt war, umfaßte sie seine Beine und winkelte sie an. Währenddessen belebte sich das Zimmer mit geschäftigen Männern in Zivil. Einer blieb hinter der Ärztin stehen.

»Was hat er denn?« fragte er.

»Verdacht auf Gehirnerschütterung. Er muß ins Krankenhaus.«

»Kann er vorher ein paar Fragen beantworten? Es wäre zienlich wichtig für uns.«

Die Ärztin sah Stamm unschlüssig an.

»Ich glaube schon«, flüsterte Stamm.

Die Ärztin zuckte die Schultern und trat zur Seite.

»Ich bin Kriminalkommissar Leonhardt«, stellte sich der Zivile vor. Er war etwa dreißig, sehr groß und trug einen traurig herabhängenden blonden Walroßschnurrbart, der allerdings noch vor dem Kinn endete.

»Was ist passiert?« fragte er.

»Frau Winter ist ermordet worden, während ich hier ohnmächtig und gefesselt im Wohnzimmer lag«, sagte Stamm. Leonhardt hatte einen Notizblock herausgeholt und notierte. »Wir sind überfallen worden, als wir zusammen in die Wohnung gekommen sind. Ich bin niedergeschlagen worden. Als ich aufgewacht bin, saß ich dort drüben. Die Augen verbunden und die Hände hinter dem Rücken an der Heizung gefesselt. Ich war natürlich ziemlich in Panik. Frau Winter kam zu mir und beruhigte mich. Dann ...«

Stamm machte eine längere Pause. Leonhardt munterte ihn auf weiterzusprechen.

»Sie werden mir das jetzt wahrscheinlich nicht glauben, aber genauso hat es sich abgespielt. Frau Winter hat...« er warf einen Seitenblick auf die Ärztin... »sie hat mich oral befriedigt.«

Der Kommissar sah ihn forschend an. Der Blick der Ärztin, die sich abrupt zu ihm gedreht hatte, war entgeistert.

»Ich weiß nicht, warum. Sie ist sofort weg, nachdem ich... gekommen war. Dann habe ich wieder einen Schlag verpaßt bekommen und bin wieder weg gewesen. Diesmal weiß ich sogar ungefähr, wie lange. Eine halbe Stunde.«

Leonhardt sah ihn fragend an. Er war geschickt im Vernehmen. Er brauchte gar nicht zu reden.

»Die Musik«, erklärte Stamm. »Ich kenne die CD, die der Mörder aufgelegt hatte. Ziemlich laut übrigens.«

»Woher wissen Sie, daß der Mörder sie aufgelegt hat?« fragte Leonhardt.

Stamm sah ihn verblüfft an, dann erwiderte er:

»Ich weiß es natürlich nicht, aber wer soll es sonst gewesen sein?«

»Okay.« Leonhardt wechselte das Thema. »Wie haben Sie sich befreit?«

»Die Fesseln waren lose«, berichtete Stamm und schwieg dann.

Der Kommissar wartete eine Weile. Schließlich fragte er:

»Und dann?«

»Dann habe ich sie gefunden und die Polizei verständigt«, sagte Stamm. Ihm wurde schwarz vor Augen. Er schloß sie und merkte noch, wie sein Kopf zur Seite sackte. Von weit her hörte er eine Stimme, konnte aber nicht verstehen, was sie sagte. Er schreckte hoch und riß die Augen wieder auf. Leonhardt sah ihn abwartend an, Stamm starrte zurück.

»Haben Sie etwas gesagt?« fragte er.

»Ich habe gefragt, wer Sie sind, ob Sie sich ausweisen können und was Sie hier gemacht haben. Ich nehme doch an, dies ist die Wohnung von...«, er sah auf seinen Notizblock, »Frau Winter?«

»Ja«, bestätigte Stamm. Er nannte seinen Namen, zerrte sein Portemonnaie aus der Hosentasche und hielt es Leonhardt hin. Der öffnete es und nahm den Personalausweis heraus. Er warf einen flüchtigen Blick darauf und steckte ihn ein.

»Wir müssen Sie überprüfen«, sagte er.

Stamm nickte und bereute die Kopfbewegung sofort. Er schloß stöhnend die Augen.

»Es ist genug!« entschied die Ärztin.

Stamm öffnete die Augen wieder und machte eine abwehrende Handbewegung.

»Ein Satz noch. Frau Winter und ich kannten uns erst ein paar Tage. Wir sind beide Journalisten und haben an demselben Fall gearbeitet. Der Mord an Rainer Pfaff. Fragen Sie Ihren Kollegen... wie heißt er gleich? Hauptkommissar...?«

»Korn«, ergänzte Leonhardt.

»Korn«, bestätigte Stamm. »Am Sonntag waren Frau Winter und ich bei der Pressekonferenz im Präsidium. Ich glaube, sie hatte etwas herausgefunden. Deshalb habe ich mich mit ihr getroffen. Allerdings war nichts Näheres aus ihr herauszubekommen. Ich dachte, es würde mir vielleicht noch gelingen. Darum habe ich sie nach Hause begleitet...«

Schüttelfrost ließ seinen Körper erzittern. Die Ärztin beendete die Vernehmung energisch. Sie ließ zwei Sanitäter kommen, die Stamm auf die Trage hievten. Während er hinausgetragen wurde, murmelte er:

»Kann jemand meine Freundin benachrichtigen? Bei mir zu Hause...« Er hoffte, daß ihn jemand gehört hatte.

9

Mittwoch

Stamm brauchte eine Weile, um sich zu orientieren. Danach wußte er zwar immer noch nicht genau, wo er sich befand, aber es war definitiv nicht sein eigenes Bett, in dem er lag. Der Raum hatte verdammt viel Ähnlichkeit mit einem Krankenhauszimmer. Daran konnten auch die recht hübschen Aquarelle mit Düsseldorfer Impressionen an der gegenüberliegenden Wand nichts ändern. In seinem Schädel pochte es. Langsam dämmerte ihm, warum er hier war, und auch, warum seine Module so schleppend in Gang kamen. Nicht genug, daß ihn die beiden K.o.-Schläge wahrscheinlich mehr Gehirnzellen gekostet hatten, als Horst Hrubesch bei all seinen Kopfballtoren zusammen verloren hatte – die besorgte junge Ärztin hatte ihm auch noch eine Überdosis Tranquillizer in die Vene gejagt. Nachdem Stamm sein Weltbild wieder soweit zurechtgerückt hatte, daß er sich ernste Sorgen um seine Zukunft machte, spürte er den höllischen Durst. Er sah sich vergeblich nach etwas Trinkbarem um. Er richtete sich auf, kapitulierte aber sogleich vor dem aufkommenden Übelkeitsgefühl und streckte sich wieder hin. Dann entdeckte er den Knopf neben dem Bett und drückte ihn.

Ein bärtiger Pfleger Mitte dreißig kam herein.

»Alles klar?« fragte er jovial.

»Keine Ahnung«, antwortete Stamm. Er mußte sich räuspern. »Bin noch dabei, mich zurechtzufinden. In welchem Krankenhaus bin ich hier eigentlich?«

»Marien-Hospital.«

»Hab ich mir gedacht«, sagte Stamm. »Und wie spät ist es?«

Der Pfleger sah auf seine Uhr.

»Acht.«

Stamm sah ihn ratlos an.

»Abends«, ergänzte der Pfleger.

Stamm nickte. Dann fiel ihm etwas ein.

»Äh… Mittwoch, nehme ich an.«

»Klar«, lachte der Bärtige, »ganz so schlimm war es dann auch wieder nicht.«

»Ich fühle mich, als hätte ich eine Woche im Koma gelegen«, sagte Stamm.

»Denen geht's anders.« Der Pfleger sah Stamm abwartend an.

»Kann ich was zu trinken haben?« fragte Stamm und fügte entschuldigend hinzu: »Ich habe versucht aufzustehen, aber mir ist schon im Sitzen schlecht geworden… Ich glaube, eine Aspirin wäre auch nicht verkehrt.«

»Das ist der Kreislauf. Ich bringe Ihnen einen Tee«, versprach der Pfleger.

Stamm sagte, das wäre prima.

Statt des Pflegers kam eine junge Frau mit einem Tablett herein. Sie trug Uniform: weiße Hose, offener Kittel, darunter als Farbtupfer ein auberginefarbenes seidenes T-Shirt mit Knopfreihe. Ihr halblanges dunkelblondes Haar hatte sie zu einem Pferdeschwanz zusammengebunden. Das kühle, souveräne Lächeln wies sie als gestandene Chefin aus. Sonst hätte sie für zwanzig durchgehen können. Auf ihrem Namensschildchen stand Dr. Schindler. Stamm starrte sie an.

»Mach den Mund zu!« forderte sie ihn auf. »Sonst fängst du dir noch eine Infektion in deinem Zustand.« Sie stellte das Tablett auf das Nachttischchen und setzte sich auf die Bettkante. »Wie geht es dir?« fragte sie ihn.

»Ich würde jedem Kopfballduell aus dem Weg gehen«, sagte Stamm.

»Ich würde dich nicht einmal warmlaufen lassen«, erwiderte sie. »Weißt du, daß du ein Riesenschwein gehabt hast, daß die Knochen heil geblieben sind? Der Wunde nach zu urteilen, bist du knapp am Schädelbruch vorbeigeschrammt.« Bevor Stamm sich gesammelt hatte, fügte sie hinzu: »Aber du hattest ja schon immer einen ganz schönen Dickschädel.«

Stamm forschte ihre Miene aus.

»Wie geht es dir?« wagte er zu fragen.

»Du verkennst deine Rolle. Du bist der Patient, ich bin die Ärztin, also stelle ich auch die Fragen.«

Er wußte nichts zu antworten. Eine ungemütliche Stille entstand.

Schließlich rang sich Stamm durch, das heikle Thema noch einmal anzusprechen.

»Trotzdem, Britta... Ich... wollte dir immer sagen, daß es mir unendlich leid getan hat, was... wie das damals passiert ist. Ich habe mich aber nicht getraut, dich anzurufen. Ich glaube, das wolltest du wohl auch gar nicht hören.«

»Da hast du verdammt recht«, sagte sie und lächelte weiter. »Das war so... unglaublich billig. Ich hätte mir gewünscht, wir hätten es mit etwas mehr Würde zu Ende gebracht.« Sie machte eine kurze Pause und fügte dann hinzu: »Was ich mich immer gefragt habe: War das eigentlich die Kellnerin aus der Uel da in deinem Bett? Der Knopf in der Nase kam mir bekannt vor.«

Stamm nickte. Er versuchte, in ihrer Miene ihre Gedanken zu ergründen. Sie erwiderte seinen Blick und lachte dann auf.

»Mach dir keine Sorgen, Hans. Mir geht es gut, um deine Frage doch noch zu beantworten. Ich heirate in zwei Monaten.«

»Wen?« platzte er heraus.

»Kennst du nicht. Einen Kollegen von der Uni-Klinik.«

»Meinen Glückwunsch«, sagte Stamm. »Dann ist es dir besser ergangen als mir. Ich meine, abgesehen von der Scheiße, in der ich jetzt drinstecke. Eva ist kurz danach weggezogen.«

Britta Schindler runzelte die Stirn.

»Dann verfügt sie über telepathische Fähigkeiten. Sie war den ganzen Tag hier und hat darauf gewartet, daß du endlich aufwachst. Sie war schließlich so übermüdet, daß ich sie nach Hause geschickt habe. Ich mußte ihr hoch und heilig versprechen, sie sofort anzurufen, wenn du wieder auf dem Damm bist. Ich glaube, sie hat mich in meinem weißen Kittel nicht erkannt.«

»Sie ist gestern wieder aufgetaucht«, sagte Stamm.

»Leider hattest du aber eine andere Verabredung...« erwiderte sie mit einem maliziösen Lächeln.

Stamm sah sie erschrocken an.

»Britta, du glaubst doch nicht, daß ich... daß ich...«

Sie schüttelte den Kopf.

»Nein, das glaube ich nicht. Erstens kann ich es mir nicht vorstellen. Zweitens muß dir ja jemand eins übergebraten haben, genauer zwei. Nach menschlichem Ermessen müßtest du darauf das Bewußtsein verloren haben. Ich wüßte nicht, wie du es dabei noch fertiggebracht haben solltest, jemanden umzubringen. Aber vielleicht wird mein Verlobter mehr herausfinden.«

Stamm sah sie überrascht an.

»Er ist Gerichtsmediziner«, erklärte sie.

Stamm wollte etwas sagen, aber sie legte ihm den Zeigefinger auf den Mund. Dann nahm sie sein Handgelenk und fühlte den Puls.

»Schon ganz ordentlich«, sagte sie. »Fühlst du dich in der Lage, mit der Polizei zu sprechen? Die warten schon sehnsüchtig darauf.«

»Sicher«, sagte Stamm.

»Aber erst mal trinkst du deinen Tee. Willst du was essen? Könnte dir nicht schaden.«

»Vielleicht später. Hast du Nachtschicht?«

»Ich bleibe hier«, antwortete sie.

»Hat sich mein Anwalt gemeldet?« fragte Stamm.

Sie nickte.

»Soll ich ihn abrufen, damit er beim Gespräch mit den Polizisten dabei ist? Er hat seine Telefonnummer hinterlassen.«

Stamm dachte nach und sagte dann:

»Ruf ihn an und bitte ihn, morgen früh vorbeizukommen. Ich will mich nicht gleich wie ein Verdächtiger benehmen. Also, von mir aus können die Bullen kommen. Nur – ich habe brüllende Kopfschmerzen. Kannst du mir was geben?«

Sie wies auf das Tablett auf dem Nachtschränkchen. Dort lag eine Tablette. Stamm richtete sich auf und nippte an der Tasse. Der Tee war lauwarm. Er nahm die Tablette und spülte sie mit einem Schluck runter.

Britta stand auf.

»Okay, ich schicke dann mal die Herren von der Kripo rein.«

Hauptkommissar Korn trug eine leuchtend gelbe Sommerkrawatte zum kurzärmeligen weißen Hemd, dazu eine helle Leinenhose. Neben ihm wirkte Kommissar Leonhardt trotz seines bunten Hemdes farblos. Korn zog einen Stuhl zum Bett und setzte sich. Leonhardt blieb stehen und holte einen Notizblock aus der Gesäßtasche seiner Jeans.

»Sehr bedauerlich, daß wir uns unter solchen Umständen wiedersehen«, sagte Korn förmlich.

»Ich hätte mir auch etwas Schöneres vorstellen können«, stimmte Stamm zu.

»Dann erzählen Sie mal«, forderte Korn ihn auf. »Alles schön der Reihe nach.«

Stamm verzichtete darauf hinzuweisen, daß er Leonhardt den Verlauf des Abends schon einmal in den Block diktiert hatte, und rapportierte. Vom ersten Schlag bis zum Eintreffen der Polizei, ohne die Computer-Spiele. Korn hörte mit unbewegter Miene konzentriert zu.

»Wie gut kannten Sie Frau Winter?« fragte er, als Stamm geendet hatte. »Ich hatte bei unserer Pressekonferenz zum Fall Pfaff nicht den Eindruck, als seien Sie alte Freunde.«

»Stimmt«, sagte Stamm. »Wir haben uns am Sonntag kennengelernt. Wir haben uns danach genau zweimal getroffen. Das erste Mal noch am Sonntagabend... zufällig, in einer Oberkasseler Kneipe, in der Journalisten gern verkehren. Wir waren anschließend noch zusammen auf der Kirmes. Und das zweite Mal gestern abend.«

»Entschuldigen Sie die Frage«, leitete Korn über, »aber... wie soll ich mich ausdrücken... das ging ja recht unkompliziert zu – zweiter Abend, und Sie begleiten die Dame gleich nach Hause?«

Stamm setzte sich auf und nippte an seiner Teetasse.

»Wir hatten kein sexuelles Verhältnis, wenn das Ihre Frage ist«, sagte er bissiger als beabsichtigt.

»Nicht?« Korn zog mit gespielter Überraschung die Augenbrauen hoch.

»Nein«, sagte Stamm. Da der Polizist ihn weiter wortlos fixierte, fügte er hinzu: »Daß Frau Winter mich in dieser Situation... oral befriedigt hat, war sicher nicht ihre Idee.«

»Ist das Ihre Vermutung?« fragte Korn.

»Es gibt keine andere Erklärung«, erwiderte Stamm. Da Korn wieder nichts sagte, fuhr Stamm eindringlich fort: »Hören Sie! Ich könnte Ihnen ohne weiteres weismachen, sie sei vom Mörder laut dazu aufgefordert worden. Dann wäre die Sache eindeutiger. Leider war es aber nicht so. Ich berichte Ihnen haargenau die Tatsachen. Bin ich eigentlich verdächtig?«

Unter dem Schnurrbart des eleganten Hauptkommissars bildete sich ein schmales Lächeln.

»Bisher haben wir keinen anderen...«

»Bin ich festgenommen?« fragte Stamm.

Korns Lächeln verschwand.

»Nun, Sie werden uns in den nächsten Tagen hier zur Verfügung stehen. Sagen jedenfalls die Ärzte.«

»Also nicht«, insistierte Stamm.

»Nein«, sagte Korn.

»Diese K.o.-Schläge passen irgendwie nicht ins Bild, nicht wahr?«

Hauptkommissar Korn sah ihn nachdenklich an.

»Muß ich denn wirklich darauf hinweisen, daß ich hier die Fragen stelle?« Er lächelte wieder dünn. »Aber ich will Ihnen die Antwort nicht schuldig bleiben. Wenn Sie es waren, würde ich nicht allzu sehr auf diese Schläge bauen. Noch sind die Untersuchungen nicht abgeschlossen. Aber wir haben inzwischen so hübsche Methoden ... da ist schon manches scheinbar sichere Gebäude wie ein Kartenhaus zusammengefallen.«

Er studierte Stamms Gesichtsausdruck. Stamm hielt dem plötzlich stechenden Blick stand.

»Also«, nahm Korn den Faden wieder auf, »weshalb sind Sie mitten in der Nacht mit zu Frau Winter gegangen, wenn nicht wegen Sex? Bruder und Schwester waren Sie ja auch nicht.«

»Nein«, sagte Stamm. »Aber wir haben beide im gleichen Beruf und am gleichen Fall gearbeitet. Da gibt es jede Menge Gesprächsstoff... Ich glaube, Frau Winter hatte etwas herausgefunden. Ich wollte wissen, was.« Da Korn weiter abwartete, fügte Stamm hinzu: »Dafür habe ich mich sogar der Gefahr ausgesetzt, daß Frau Winter... mein Mitkommen mißversteht.«

Korns Blick sagte ihm, daß er einen Fehler gemacht hatte. Der Kripo-Mann fragte spöttisch:

»Sie hatten sich wohl auch schon überlegt, wie Sie sie abwehren, wenn sie zudringlich werden würde. Hätten Sie gesagt, Sie haben Ihre Tage?« Stamm schwieg. »Wie dem auch sei«, fuhr Korn sachlich fort. »Sie meinen wahrscheinlich den Fall Pfaff.« Stamm nickte einmal und verzog im nächsten Moment das Gesicht. Korn gab ihm keinen Mitleidsbonus. »Was soll Frau Winter denn herausgefunden haben?«

»Sicherlich nichts, was Sie nicht schon mit Ihrem Apparat ermittelt haben.«

Korns Stirn legte sich in Falten.

»Auch eine Behörde kommt nicht recht weiter, wenn die Bürger ihre Arbeit behindern.« Er hatte es nicht nötig, einen drohenden Tonfall anzuschlagen. Stamm verstand ihn schon.

»Pfaff hatte einen Partner. Hans-Jürgen Brax. Von dem wußte Frau Winter etwas. Aber fragen Sie mich nicht, was. Das weiß ich wirklich nicht.«

»Wann haben Sie mit Brax gesprochen?« fragte Korn sofort.

Stamm spürte, wie seine Handflächen feucht wurden, vermied es aber, sie an der Bettdecke abzuwischen. Er blickte überlegend zum Fenster hinaus.

»Wer sagt denn, daß ich mit ihm gesprochen habe?« fragte er schließlich, zu spät.

»Haben Sie mit ihm gesprochen?« fragte Korn.

»Sonntagabend«, antwortete Stamm.

»Ich denke, da haben Sie sich mit Frau Winter getroffen.«

»Vorher«, sagte Stamm schnell.

Korn musterte ihn nachdenklich.

»Dann haben Sie sich doch nicht so zufällig getroffen, was?«

Stamm versuchte es mit einem entwaffnenden Lächeln.

»Bei Ihnen muß man ja jedes Wort verdammt auf die Goldwaage legen. Nun ja, ich hatte gehofft, sie zu treffen. Aber es hat nichts gebracht.«

»Und warum haben Sie uns auf der Pressekonferenz nichts von Brax erzählt?«

»Es ist mir nicht eingefallen. Ich kenne Brax praktisch nicht. Ich habe selbst eine Stunde gebraucht, bis ich wieder auf seinen Namen gekommen bin.«

Korns Blick wurde eisig.

»Sie wollten vor uns an ihn rankommen«, stellte er fest. »Und das ist Ihnen und offenbar auch Frau Winter ja auch gelungen. Frau Winter ist tot. Und Brax ist seit Montag, als auch wir von seiner Existenz erfahren haben, wie vom Erdboden verschluckt. Ich muß schon sagen, diese Behinderung unserer Arbeit hatte durchschlagenden Erfolg.«

Er stand auf. Stamm starrte auf seine gefalteten Hände auf der Bettdecke.

»Dieses Kapitel ist für Sie noch nicht abgeschlossen, Herr

Stamm… egal, ob Sie sie umgebracht haben oder nicht«, knurrte Korn und ging zur Tür. Leonhardt steckte seinen Notizblock ein und beeilte sich, ihm zu folgen.

»Warten Sie!« rief ihm Stamm hinterher, als er die Tür schon halb geöffnet hatte. Korn schloß sie wieder und kehrte zurück.

»Haben Sie schon ihren Computer durchforstet?« fragte Stamm.

»Oberflächlich«, sagte Korn. »Es scheint nichts Interessantes gespeichert zu sein.«

»Sie müssen sich die Diskette vornehmen, die im Laufwerk war. Steht ›Vertrag‹ drauf. Es gibt da eine versteckte Datei.«

Korn sah ihn mit einer Spur Unsicherheit an.

»Was heißt das?«

»Das heißt, daß die Datei nicht sichtbar ist, wenn Sie das Verzeichnis aufrufen. Es gibt da einen bestimmten Befehl, durch den sie sichtbar wird. Sie werden doch wohl jemanden haben, der sich damit auskennt.«

Korn sah Leonhardt an. Der zuckte entschuldigend die Schultern.

»Sicher haben wir Fachleute, aber die haben jetzt keinen Dienst. Also erklären Sie es mir!«

Stamm seufzte und machte Leonhardt ein Zeichen, ihm seinen Block und den Kugelschreiber zu geben.

»Haben Sie einen PC mit Windows?« fragte er. Korn nickte. »Okay, dann gehen Sie auf die Betriebssystemebene und geben A Doppelpunkt ein. Klar?« Korn nickte. »Dann geben Sie den Befehl ein, den ich Ihnen hier aufschreibe.« Er notierte in Großbuchstaben »Attrib liste.doc -h« und gab Korn den Block.

»Was ist das für eine Liste?« fragte der sofort.

Stamm winkte müde ab.

»Schauen Sie es sich einfach an. Ich habe ja selbst nur einen kurzen Blick darauf werfen können. Aber eins war mir sofort klar: Manches davon ist ziemliches Dynamit.«

Korn riß die Seite von dem Block und hielt ihn Leonhardt hin, ohne Stamm aus den Augen zu lassen.

»Was glauben Sie eigentlich, mit dieser Scheiße erreichen zu können?« Er gab sich kaum noch Mühe, seine Wut zu unterdrücken. Stamm versuchte, überrascht hochzuschrecken, aber Korn ließ ihn nicht zu Wort kommen. »Sagen Sie es lieber nicht! Sie verstehen sehr gut, was ich meine. Also los: Warum haben Sie versucht, mir weiszumachen, Sie wüßten nichts?«

Stamm dachte einige Sekunden nach, dann sah er Korn fest ins Gesicht.

»Ich will Ihnen eine ehrliche Antwort geben. Ich wollte, daß Sie von selbst darauf kommen. Wenn Sie die Diskette von Fachleuten hätten untersuchen lassen, hätten sie die Datei mit Sicherheit gefunden. Dafür reichen solide PC-Grundkenntnisse. Ich dachte, wenn Sie ohne mein Zutun entlastendes Material finden, wirkt das glaubwürdiger. Glauben Sie denn, ich wüßte nicht, in welcher Lage ich mich befinde? Der Mörder hat doch das Ganze so arrangiert, daß alles gegen mich spricht.«

Korn sah ihn mit einer Mischung aus Mißtrauen und Neugier an.

»Dann bin ich mal gespannt, was Sie da so entscheidend entlastet«, sagte er schließlich. »Wann haben Sie denn diese ominöse Datei gefunden?«

»Bevor Ihre Beamten kamen«, entgegnete Stamm. »Ich habe danach gesucht. Nadja hatte mir gesagt, daß sie etwas Interessantes hat – ich nehme an, um mich zu ärgern. Daß ich auf die Diskette gestoßen bin, war ein schlichter Glückstreffer.«

»So ein Glück könnten wir auch mal brauchen«, sagte Korn und ging grußlos zur Tür. Er holte aus, um sie zuzuknallen, erinnerte sich aber rechtzeitig, daß Leonhardt ihm folgte.

Kaum waren die Polizisten draußen, erschien Britta wieder und erkundigte sich, ob alles in Ordnung sei.

»Ich bin ein bißchen müde«, sagte Stamm.

»Gut«, erwiderte sie. »Du solltest jetzt einfach nur schlafen. Brauchst du noch etwas?«

Stamm schüttelte den Kopf. Die Schmerzen überfielen ihn wieder. Er lächelte gequält.

»Etwas Morphium wäre nicht schlecht.«

Sie lächelte zurück, holte eine Tablette aus ihrem Kittel und legte sie aufs Nachtschränkchen.

»Das ist so was Ähnliches. Nimm es, und du schläfst wie ein Murmeltier.«

»Ich müßte noch telefonieren«, sagte Stamm.

»Einen Anruf schaffst du«, versicherte sie ihm.

Stamm hob zwei Finger und sah sie fragend an.

»Wenn sie nicht zu lang sind«, sagte sie.

Stamm schluckte die Tablette mit kaltem Tee und griff zum Telefon. Eva ging sofort dran.

»Ich bin's«, meldete er sich.

»Wie geht's dir?«

»Ich lebe noch. Mehr kann ich im Moment nicht sagen.« Er machte eine Pause. Da Eva schwieg, fuhr er fort: »Du weißt wahrscheinlich inzwischen, was passiert ist?«

»So halbwegs. Du hast eine schwere Gehirnerschütterung ... Und die Frau, bei der du warst, ist ermordet worden. Die Polizei bezeichnet dich nicht als Verdächtigen. Jedenfalls nicht im Radio.«

»Ich war's nicht, Eva.« Er drückte den Hörer ans Ohr, um keine ihrer Reaktionen zu überhören. Er vernahm nur ein schwaches Atmen.

»Das könnte ich mir auch nicht vorstellen«, flüsterte sie. Nach einer Weile setzte sie hinzu: »Es ist mir auch egal, was du bei dieser Frau ... gemacht hast.«

»War die Polizei schon da?« fragte er.

»Nein. Sie haben mich auch im Krankenhaus nichts gefragt, obwohl fast ständig jemand da war.«

»Wahrscheinlich nicht der Richtige«, sagte Stamm. »Was hast du mit der Kassette aus dem Anrufbeantworter gemacht?«

»Ich trage sie ständig bei mir«, sagte sie.

Stamm lächelte.

»Klug«, lobte er. Wieder entstand eine Pause.

»Soll ich ins Krankenhaus kommen?« fragte sie schließlich.

»Du würdest mich im Tiefschlaf finden. Bri ... Die Ärztin hat mir was gegeben. Mein Kopf ist immer noch ganz schön lädiert. Komm lieber morgen. Ich würde mich freuen ... Und wenn die Polizei dich befragt, sag ihnen ruhig, daß ich dich in der Nacht angerufen habe. Aber erzähl nichts von der Kassette.«

Eva versprach, am nächsten Morgen zu kommen. Stamm ließ sich noch die Telefonnummer seines Anwaltes geben, drückte die Leitung weg und wählte sofort wieder. Lothar Rosenblatt meldete sich selbst.

»Hast du was mit dieser Mordgeschichte in Oberkassel zu tun, über die sie die ganze Zeit im Radio berichten?« fragte der Anwalt mit seiner erstaunlich hohen Stimme. »Ich mache mir schon den ganzen Tag Sorgen, nachdem mich deine Freundin heute früh angerufen hat. Ich wollte nichts unternehmen, bevor wir nicht miteinander gesprochen haben.«

»Ich hoffe, du mußt auch weiter nicht eingreifen. Aber das entscheidest du besser selbst.« Stamm erzählte ihm gerafft die Ereignisse. »Ich baue auf diese Diskette«, schloß er. »Da sind massenhaft Indizien auf mögliche Motive.«

Stamm ließ Rosenblatt Zeit zu überlegen. Schließlich sagte der Anwalt:

»Bisher scheint alles ganz gut zu laufen. Ich würde sagen, ich halte mich raus, solange sie dich nicht als Verdächtigen behandeln. Es könnte allerdings ein Problem mit dieser kopierten Diskette geben, wenn die Polizei sie findet. Davon werden sie, nicht ganz zu Unrecht, nicht begeistert sein.«

»Ich mußte mich doch absichern«, verteidigte sich Stamm. »Ich hatte doch überhaupt keinen Überblick, was für oder gegen mich spricht. Abgesehen davon ist das Zeug auf der Diskette so heiß – daran will sich kein Bulle, und erst recht kein Staatsanwalt, die Finger verbrennen. Aber wenn sie wissen, daß sie nicht allein die Hand drauf haben, können sie die Diskette nicht... verlieren... Ähh, es wäre natürlich nicht schlecht, sie... in Sicherheit zu bringen.«

»Diese Schläge haben doch etwas mehr Schaden angerichtet, als ich dachte«, knurrte Rosenblatt. »Ich soll also Beweismaterial beiseite schaffen... Und wer verteidigt dich, wenn sie mich dabei erwischen? Wer ernährt meine Frau und meine Tochter?«

»War ja nur so eine Idee«, sagte Stamm. Er gähnte.

»Überlaß den kreativen Part lieber mir. Und jetzt hau dich aufs Ohr, bevor dich deine Ideen ganz durcheinander bringen.«

Rosenblatts letzte Bemerkung lag näher an der Wirklichkeit als er ahnte. Nachdem Stamm aufgelegt hatte, mußte er sich darauf konzentrieren, den aufkommenden Nebel in seinem Gehirn aufzulösen. Er hatte noch einen dritten Anruf zu erledigen.

Hanne meldete sich nach dem fünften Läuten.

»Ich habe interessante Neuigkeiten für dich«, sagte Stamm ohne Einleitung.

Hanne blieb einige Sekunden still.

»Geht's einigermaßen?« fragte sie schließlich.

»Den Umständen entsprechend. Laß es uns bitte kurz machen. Ich steh unter Drogen.«

»Haben sie dich festgenommen?« fragte sie.

»Haben sie das angekündigt?« fragte Stamm zurück.

»Nein. Sie sind erstaunlich diskret. Jedenfalls mir gegenüber. Keine Namen, keine Spekulationen, kein Verdacht. Sie verbreiten deine Version und fahnden nach demjenigen, der euch überfallen haben soll.«

»Der uns überfallen hat«, korrigierte Stamm.

»Ich sage es dir so, wie es morgen in den Zeitungen stehen wird. Ich kann dir aber nicht versprechen, daß dein Name draußen bleibt. Die Jungs, die bei der Polizei ein- und ausgehen, wissen natürlich, daß du bei der Winter warst. Naja, zumindest die Bildzeitung wird dich nicht erwähnen.«

»Woher weißt du das?«

»Ich habe Noss the Boss darum gebeten. Er hat es versprochen.«

»Was der schon verspricht...« sagte Stamm wenig überzeugt.

»Er hat ein gewisses Interesse, sein Wort zu halten«, unterbrach sie ihn.

Stamm gelang ein müdes Auflachen.

»Was hast du denn gegen ihn in der Hand?«

»Genug«, versicherte ihm Hanne. »Ich wünschte nur, ich hätte dich so gut im Griff. Morgen muß ich nach Hamburg. Was soll ich den Herren erzählen? Daß wir hier gemeinsame Sache mit der Murray-Presse machen?«

»Sag ihnen, ich hätte sie ausspioniert. Sag ihnen, wir sind an der heißesten Geschichte seit Barschel dran. Sag ihnen, der Agger-Skandal wurde von Pfaff lanciert und daß er und Nadja Winter deswegen sterben mußten.« Es blieb eine Weile still in der Leitung. Stamm fielen die Augen zu. Schließlich holte ihn Hannes Stimme zurück in die Welt.

»Beweise?«

»Hab ich. Eindeutige.« Hanne wurde ungeduldig.

»Komm schon, Hans! Was?«

»Etwas, aus dem klar hervorgeht, daß Pfaff wußte, daß die Agger in den Puff und knackigen Referenten an die Wäsche geht.«

Hanne seufzte.

»Okay. Vielleicht gelingt es mir ja, unsere Jobs zu retten.«

10

Donnerstag

Stamm hatte einen Stottertraum. Ein gesichtsloser Übeltäter zielte auf ihn und drückte ohne Regung ab. Wie einem trainierten Boxer gelang es Stamm, den schnellen Flug der Kugel einzufrieren. Er sah das Geschoß auf sich zufliegen. Der Nachteil war, daß er auch seine Reflexe nicht aus der Zeitlupe befreien konnte. Er warf sich zur Seite, um der Kugel auszuweichen, erfuhr aber nie, ob er es schaffte. Die Sequenz brach mitten in der Bewegung ab und begann von vorn. Völlig unvermittelt schaltete sich beim x-ten Durchgang die Zeitlupe aus. Stamms Sprung war so heftig, daß er davon aufwachte.

Er blieb einige Sekunden benommen liegen, bis ihm bewußt wurde, daß er vorerst gerettet war. Dann spürte er die Feuchtigkeit unter sich. Er öffnete die Augen, warf die Decke von sich und rollte sich ein wenig zur Seite. Sein Körper hatte einen breiten dunklen Fleck auf dem Laken hinterlassen.

»Meine Fresse«, murmelte er. Mit der Decke wischte er den Schweiß von seinem Gesicht ab. Er richtete sich auf und blieb eine Weile auf der Bettkante sitzen. Dann stand er auf und torkelte ins Bad. Er ließ das Wasser ins Waschbecken laufen. Als es ihm kalt genug war, schaufelte er sich mehrere Handvoll ins Gesicht, um den Alptraum abzuwaschen. Er mußte sich hinknien, um den Schwindel im Zaum zu halten. Er ließ das kalte Wasser über seine Handgelenke laufen.

Als er zurück ins Zimmer ging, stand eine etwa vierzigjährige korpulente Krankenschwester unschlüssig vor seinem Bett. Ihr Blick wanderte zwischen Stamm und dem Bett hin und her.

»Das ist Schweiß«, stellte Stamm klar. Die Krankenschwester nickte unsicher und begann, das Bettzeug abzuziehen. Mit wenigen flotten Handgriffen hatte sie das Bett neu bezogen. Ohne ein Wort zu sagen, verließ sie mit dem nassen Zeug den Raum. Sie war kaum draußen, als es klopfte. Im Türspalt erschien langsam Evas Kopf. Als sie Stamm vor dem Bett stehen sah, schlüpfte sie in das Zimmer. Sie setzte Stamms kleine Reisetasche ab und kam auf ihn zu. Sie umarmte ihn, als sei er aus Eierschalen. Stamm ließ sich anstecken und berührte sie nur mit den Fingerspitzen. Ebenso vorsichtig löste sie sich wieder.

»Man erkennt dich ja wieder«, sagte sie.

»Die Schwester hat mich vorhin angesehen, als hätte ich mich über Nacht in eine Vogelspinne verwandelt«, erwiderte er. Er lachte kurz auf. »Na ja, kann man ihr vielleicht nicht verdenken. Sie dachte, ich hätte ins Bett gepinkelt. Damit hatte sie bei mir wohl nicht gerechnet.« Eva sah ihn fragend an. »Ich habe bestimmt zwei Liter Schweiß ausgeschwitzt. Ich bin noch nicht wieder hundertprozentig beieinander. Ich habe Alpträume.«

Sie streichelte seine Wange.

»Ist ja auch kein Wunder.«

Dann standen sie eine Weile herum. Als die Pause allmählich ungemütlich lang wurde, zeigte Eva auf die Reisetasche. »Ich habe dir Klamotten mitgebracht.«

»Ich springe erst mal unter die Dusche«, sagte Stamm.

Er ließ das Wasser lange laufen, am Ende kalt, um das dumpfe Drücken aus dem Kopf zu bekommen. Die Betäubung hielt nur vor, bis er sich abgetrocknet hatte. Er wickelte sich ein Handtuch um die Hüften und kam wieder ins Zimmer. Eva stand am Fenster und sah hinaus. Stamm nahm die Reisetasche vom Boden und stellte sie auf dem Bett ab. Obenauf lagen Zeitungen. Er nahm sie heraus und starrte auf das viertelseitige Foto einer strahlenden Nadja Winter auf der Titelseite von ›Extra‹. Genauso groß die Schlagzeile: »Bestialischer Mord«. Stamm legte die Zeitungen weg. Er zog ein T-Shirt an und schlüpfte in seine Jogginghose.

»Steht was über mich drin?« fragte Stamm, als er die Zeitungen vom Bett nahm.

»Nicht mit Namen«, antwortete Eva. Sie setzte sich auf den Stuhl neben dem Bett. Stamm kletterte ins Bett und schob sich das Kissen in den Rücken. Eva hatte fast alle Düsseldorfer Zeitungen mitgebracht. Außer seinem Hausblatt NRZ noch die Rheinische Post und die bunten Bild, Express und ›Extra‹. Nur die WZ fehlte. Im Express war der Mord auch Aufmacher. In der Bild nicht, was bei näherer Betrachtung aber auch nicht verwunderlich war. Wie hätte man verheimlichen sollen, daß die Tote Starreporterin des erbittertsten Konkurrenten war? Die Rheinische Post und die NRZ brachten knappe Zweispalter auf der Regionalseite und ausführliche Berichte im Lokalteil. Stamm las diese zuerst, um herauszufinden, welche Fakten die Polizei freigegeben hatte. Im großen und ganzen waren es Zusammenfassungen dessen, was Stamm der Polizei erzählt hatte. Er erfuhr, daß Nadja vermutlich mit einem Kissen erstickt worden war und daß es Anzeichen für einen sexuellen Mißbrauch gab. Offensichtlich hatte Korn, der ausführlich zitiert wurde, keinen Verdacht gegen Stamm geäußert. Die Kollegen spekulierten auch nicht.

Auch die Bildzeitung hielt sich verblüffend eng an die Fakten, sofern die Polizei sie herausgegeben hatte. Die schillerndsten Details fehlten. Der Täter wurde nicht einmal zur reißenden Bestie gestempelt. Nur der Beruf der schönen Toten wurde verschwiegen. Der Express zog es dramatisch auf: *»23.10 Uhr. Die schöne Nadja W. kommt von einem fröhlichen Abend nach Hause. Sie ahnt nicht, daß in ihrem Luxusapartment ihr Mörder wartet. Erst schlägt er Nadjas Begleiter k.o. Fesselt ihn an die Heizung ...«* Stamm überflog den Rest. Der Express nannte Nadjas Beruf und Arbeitgeber, erwähnte sogar, daß sie ihr Volontariat in Köln beim Express absolviert hatte. Über Stamm kam fast nichts mehr, nur, daß es ihm gelungen war, sich zu befreien und die Polizei zu verständigen. Korn hatte ihn wirklich fair behandelt.

Die Geschichte in ›Extra‹ war das Grellste, was Stamm selbst in dieser Zeitung je untergekommen war. Die erste Seite triefte vor Blut, obwohl nur aus Stamms Platzwunde welches geflossen war. Der Schreiber, ein gewisser Tom Clas, beschrieb das Geschehen, als habe er durch ein Wandloch zugeguckt. Da die Passagen, an denen Stamm beteiligt war, nur knapp zur Hälfte stimmten, ging Stamm davon aus, daß die Detailtrefferquote bei der Beschreibung des Mordes noch niedriger war. In einem der ersten Sätze relativierte Clas seinen Bericht: Die Dinge hätten sich »laut Aussage des geheimnisvollen Begleiters so abgespielt«. Als Stamm die zweite Seite, auf die verwiesen wurde, aufschlug, wußte er, warum Clas seinen Bericht so abschwächen mußte. Es gab einen Kommentar des Chefredakteurs Piet Herzog, und der ließ die Rolle des Sündenbocks offen. *»Wir sind erfüllt von großer Trauer. Erschüttert vom grausamen Tod unserer jun-*

gen, beliebten Kollegin. Aber das Entsetzen lähmt uns nicht. Hiermit schwören wir: Nadja, wir werden nicht ruhen, bis dein Killer zur Strecke gebracht ist. Die Polizei soll wissen: Wir schauen ihr auf die Finger. Lasche Ermittlungen werden wir nicht dulden. Denn schon tauchen die ersten Ungereimtheiten auf. Nadja Winter hatte brandheiße politische Facts aufgedeckt. Warum interessiert sich die Polizei nicht dafür? Hat sie Angst, sich die Finger zu verbrennen? Warum verrät sie nicht, wer ihr Begleiter war? Ist er wirklich so unschuldig, wie die Polizei uns glauben machen will? Wer ist schuld an Nadja Winters schrecklichem Tod? Wir werden es herausfinden.«

Stamm ließ die Zeitung sinken.

»Hast du auch die Seite zwei gelesen?« fragte er Eva.

»Ja. Heiße Luft, oder?«

»Mehr oder weniger«, sagte er. »Daß der Mord etwas mit ihren Recherchen zu tun hat, dürfte stimmen. Aber ich habe das Gefühl, sie glauben selbst nicht daran. Die bringen das so floskelhaft.«

»Meinst du, die wissen wirklich nicht, wer du bist?« fragte Eva.

»Ich bin fest davon überzeugt. Die waren bisher zu blöd, um es herauszufinden. Bild weiß es auf jeden Fall und wahrscheinlich auch der Express. Aber ›Extra‹ hat noch kein U-Boot bei den Bullen. Wahrscheinlich hatte nicht einmal Nadja eins …«

Die Tür ging auf. Britta Schindler kam zum Bett und nickte Eva zu.

»Hast du gut geschlafen?« fragte sie.

»Kennt ihr die Wirkung eurer Cocktails etwa nicht?« fragte Stamm. »Wie ein Stein.« Er schnappte Evas erstaunten Blick auf, der von ihm zu Britta und wieder zurück wanderte. Den erschrockenen Aha-Effekt, der über ihre Miene huschte, konnte er sogar aus den Augenwinkeln erkennen.

»Dann bist du auch stark genug für eine Blutabnahme. Zusammenklappen tust du ja sowieso, wenn ich mich richtig erinnere. Wir werden's im Liegen machen, keine Sorge.«

»Wofür denn eine Blutabnahme?« fragte Stamm.

»Damit du aus dem Schneider kommst.« Sie wies auf die auf dem Bett ausgebreiteten Zeitungen. »Da stehen die interessantesten Sachen nicht drin.« Er schaffte es, sie nicht zu drängen, während sie ihn mit ihrem vielsagenden Lächeln quälte.

»Zieh dich aus!« sagte sie. Sie drehte sich zu Eva um, die vergeblich versuchte, sich unsichtbar zu machen. »Das macht Ihnen doch nichts aus?« fragte sie mit mildem Spott.

»Natürlich nicht«, sagte Eva tonlos.

Britta wandte sich wieder an Stamm und runzelte die Stirn, als sie ihn unbewegt im Bett sitzen sah.

»Ich habe noch mehr Patienten«, sagte sie ungeduldig.

»Wo willst du mir denn das Blut abzapfen?« fragte Stamm.

»Das macht die Schwester gleich. Ich will mir nur mal wieder deinen athletischen Körper ansehen.«

»Na dann...« murmelte Stamm wenig überzeugt, zog aber das T-Shirt über den Kopf. Britta beugte sich über ihn und checkte seine Brust. Dann untersuchte sie seine Hände sorgfältig von allen Seiten und befahl ihm, sich auf den Bauch zu legen. Genauso aufmerksam studierte sie seinen Rücken. Sie hob seine Arme nacheinander hoch und begutachtete auch sie.

»Okay«, lautete der Befund. »Jetzt die Hose runter!«

Er drehte sich um und sah sie verständnislos an, folgte ihrer Aufforderung aber. Sie drehte ihn wieder auf den Bauch und besah sich gründlich seinen Hintern und seine Oberschenkel. Mit einem Klaps auf den Hintern bedeutete sie ihm, daß die Untersuchung beendet war.

»Ich habe, glaube ich, eine gute Nachricht für dich«, sagte Britta.

Stamm sah sie erwartungsvoll an. »Die Tote hatte Hautfetzen unter den Fingernägeln. Ich kann beim besten Willen nicht erkennen, wo sie dir die abgekratzt haben sollte. Es waren wohl nur kleine Spuren, aber die Verletzung müßte man trotzdem sehen. Die Blutprobe wird letzten Aufschluß darüber geben, ob sie von dir stammen.«

»Dafür nehme ich die Tortur auf mich«, sagte Stamm. »Grüß deinen Verlobten schön von mir. Wie heißt er eigentlich?«

»Matthias Ost.«

Stamm nickte, als sage ihm der Name etwas.

»Wann hat er seinen Untersuchungsbericht fertig?« Britta zuckte die Schultern. »Bald.« Stamm nickte wieder. »Ich schicke die Schwester gleich rein«, sagte Britta und machte auf dem Absatz kehrt. Als die Tür ins Schloß fiel, lächelte Stamm Eva erleichtert an. Sie wich seinem Blick aus, starrte lieber Löcher in die Luft.

Am Nachmittag saßen sie auf einer Bank im Garten des Krankenhauses und schwiegen. Stamm hatte den Arm leicht um Evas Schultern gelegt, aber sie lehnte sich nicht an. Stamm sah zwei Männern zu, die aus dem Gebäude traten und sich im Garten umsahen. Der Blick des einen blieb an ihnen hängen. Er sagte etwas zu seinem Begleiter, der daraufhin auch herübersah. Dann setzten sie sich gleichzeitig in Bewegung. Während sie näher kamen, hatte Stamm Zeit, sie zu beobachten. Beide waren fast eins neunzig groß. Ihre Bewegungen wirkten leicht und geschmeidig. Einer hatte pechschwarze Haare, ein nicht ganz gelungener Pony fiel ihm in die Stirn. Seine Hautfarbe war ebenfalls dunkel, ohne daß er südländisch wirkte. Auch die große schwarze Sonnenbrille änderte nichts an diesem Eindruck. Er trug eine helle Hose, grünweiß-gestreiftes Hemd, nüchterne Krawatte, und auch auf das sandfarbene Sakko hatte er nicht verzichtet. Der andere hatte feuerrote Haare, die er sehr kurz trug. Zur hellblauen Jeans hatte er ein weißes Polo-Hemd mit Krokodil gewählt. Als sie nah genug waren, schätzte Stamm beide auf Ende dreißig. Sie bauten sich vor der Bank auf.

»Herr Stamm?« fragte der Dunkle.

»Ja?«

»Wir würden uns gern mit Ihnen unterhalten.«

»Mit wem habe ich denn das Vergnügen?« fragte Stamm.

»Polizei.«

Stamm sah ihn irritiert an.

»Was ist denn mit Korn?« fragte er.

Der Dunkle drehte sich kurz zu Eva, zögerte einen Augenblick und griff in die Sakkoinnentasche. Er klappte eine Brieftasche auf und hielt sie Stamm hin. Der kam kaum dazu, den Namen Rademacher und den Dienstgrad Kriminalrat zu lesen, bevor die Brieftasche wieder zugeklappt und eingesteckt wurde. Der Schriftzug des Bundeskriminalamtes hatte ihn zu lang in seinen Bann gezogen.

»Okay«, sagte Stamm.

»Sie brauchen wir nicht«, meldete sich der Rothaarige erstmals zu Wort, ohne Eva eines Blickes zu würdigen.

Sie verstand trotzdem sofort. Sie warf Stamm einen besorgten Blick zu. Stamm hatte die Stirn kraus gezogen und fixierte den Rothaarigen. Dann lächelte er dünn und strich Eva über die Wange. Sie stand auf und machte sich langsam auf den Weg, den die beiden gekommen waren. Als sie weit genug gegangen war, sagte der Dunkle: »Wir wollen die Diskette.«

Stamm hielt sich mit den Augen an Rademachers goldener Krawattennadel fest.

»Erst will ich auch seinen Dienstausweis sehen«, sagte er.

Es war einige Sekunden still. Stamm widerstand der Versuchung aufzublicken. Er sah, wie die Hand des Rothaarigen zur Gesäßtasche seiner Jeans ging. Er beförderte sein Portemonnaie hervor und hielt Stamm den Ausweis vor die Nase. Kriminalhauptkommissar Klaus Meinhardt. Der Ausweis verschwand wieder.

»Würde es Ihnen was ausmachen, uns anzusehen?« bellte die schneidige Stimme des Rothaarigen.

»Wenn Sie in die Hocke gehen, nicht. Ich habe eine Gehirnerschütterung. Ich kann meinen Hals nicht so verrenken.«

Nach kurzem Zögern kam Bewegung in den Dunklen. Er setzte sich seitlich auf die Bank. Stamm sah, daß er amüsiert lächelte. Meinhardt blieb stehen, trat aber einen Schritt zurück, um Stamm wenigstens das Schielen zu ersparen.

»Wir wollen die Diskette«, wiederholte Rademacher.

»Da müssen Sie sich an Kriminalhauptkommissar Korn wenden«, erwiderte Stamm.

»Klugscheißer«, knurrte Meinhardt. Rademacher deutete eine beschwichtigende Handbewegung an.

»Wir wissen natürlich, daß Herr Korn eine Diskette hatte«, sagte er geduldig. »Sonst wären wir ja kaum hier, nicht wahr? Unser Informatiker meint aber, daß Sie eine Kopie gezogen haben.«

Stamm versuchte, Rademachers Gesichtsausdruck zu ergründen, drang aber nicht durch die Sonnenbrille.

»So, meint er das? Nun, er irrt sich.«

»Hmm«, machte Rademacher. »Das wäre aber das erste Mal. Er ist sich ganz sicher. Der Mann zaubert die erstaunlichsten Dinge aus so einem Kasten hervor. Ich habe, ehrlich gesagt, keine Ahnung, wie er das macht... Aber ich habe in meiner Ausbildung ein, zwei Psychologiekurse belegt...« Er lächelte dünn. »Und da muß ich sagen, es würde mich gar nicht überraschen, wenn er recht hätte. Ich meine, wenn Sie in so einer Extremsituation die Nerven... vielleicht sollte ich sagen: den journalistischen Instinkt behalten haben, den Computer zu durchsuchen… ja dann würde es mich wirklich nicht wundern, wenn Sie sich anschließend noch eine Kopie dieses möglicherweise interessanten Dokumentes gemacht hätten.«

»Warum hätte ich das tun sollen?« fragte Stamm. Unwillkürlich schweifte sein Blick gen Himmel.

»Weil ihr Journalisten immer im Dreck wühlen müßt«, ließ sich Meinhardt vernehmen.

Stamm beachtete ihn nicht und sah Rademacher an. Der zuckte freundlich die Schultern, so, als wüßte er auch keine andere Antwort. Eine Weile schwiegen alle. Dann unterbrach Stamm die Stille:

»Nur mal angenommen, ich hätte tatsächlich eine Kopie. Warum sollte ich sie Ihnen geben? Legen Sie mich sonst um?«

Rademacher lachte herzlich. Aus den Augenwinkeln stellte Stamm fest, daß Meinhardt die Bemerkung weniger lustig fand.

»Schon mal was von Unterschlagung von Beweismitteln gehört?« knurrte der Rothaarige.

»Machen Sie sich nicht lächerlich«, entgegnete Stamm. »Sie haben doch die Originaldiskette. Außerdem, mir in meiner Situation mit Unterschlagung von Beweismitteln zu drohen! Glauben Sie wirklich, das kann mich erschrecken?«

»Sie meinen, weil Sie vielleicht bald eine Anklage wegen Mord am Hals haben?« fragte Rademacher interessiert.

Stamm versuchte, seinen Fehler zu korrigieren.

»Das kann mich nun wirklich nicht beeindrucken. Es gibt nicht den Hauch eines Beweises gegen mich.«

»Das mag sein«, räumte Rademacher ein. »Aber doch das eine oder andere Indiz. Ich würde sogar sagen, der Augenschein ist reichlich kompromittierend. Also, mir fällt schon eine Reihe von Gründen ein, die es rechtfertigen würden, Anklage zu erheben. Zumindest müßte es sehr, sehr gründlich geprüft werden. So was kann verdammt unangenehm sein. Die ganzen Verhöre, die Berichterstattung Ihrer Kollegen… und wie lang so was dauert, also, ich für meinen Teil könnte darauf verzichten.«

»Bestimmen Sie das eigentlich jetzt?« fragte Stamm.

»Nein«, erwiderte Rademacher. Er lächelte und fügte nach einer Pause hinzu: »Aber wir sind an den Ermittlungen beteiligt.«

Stamm fixierte ihn aufmerksam.

»Reden wir Klartext!« sagte er schließlich. »Wenn Sie die Diskette haben, bin ich raus?«

»Nun«, machte Rademacher, »Sie sagen ja selbst, daß es keinerlei Beweise gegen Sie gibt. Der Staatsanwalt wird sich sicherlich nicht blamieren wollen.«

Stamm schloß die Augen und dachte nach. Schließlich öffnete er sie wieder und sagte:

»Ich spreche mit meinem Anwalt und rufe Sie an.«

Rademacher griff in seine Sakkotasche und holte seine Brieftasche wieder hervor. Er reichte Stamm eine Visitenkarte.

»Tun Sie das!« sagte er, während er sich erhob.

»Morgen früh wollen wir Bescheid wissen«, ergänzte der Rothaarige in seiner verbindlichen Art.

»Das Gefühl läßt mich nicht los, daß ich etwas übersehe«, sagte Stamm. Er saß auf derselben Bank wie am Nachmittag, mit dem Unterschied, daß der Abend ein bißchen Kühlung andeutete und ein dünner schwarzhaariger Mann Anfang vierzig neben ihm saß. Er gab sich leger, das heißt, daß der oberste Knopf seines weißen Hemdes unter der rotgrün gestreiften Krawatte offen und das dunkelgraue Sakko ganz aufgeknöpft war.

»Das läßt sich natürlich nicht ausschließen«, sagte Lothar Rosenblatt. »Aber wenn es etwas gibt, wüßte ich nicht, wie wir ohne weitere Fakten darauf kommen sollten. Auf der Basis unseres Wissens wäre es höchstwahrscheinlich vernünftig, ihnen die Diskette zu geben. Sie enthält viele Informationen, die mit deinem Fall nichts zu tun haben. Die wollen sie unter Verschluß halten.«

Stamm nahm den Faden auf:

»Okay. Gehen wir davon aus, daß ihnen ein Verfahren gegen mich ungelegen käme, weil sie befürchten müßten, daß ich dann die Diskette ausspiele, um meinen Kopf zu retten. Nur, wenn ich sie nicht mehr habe, kann ich sie auch nicht ausspielen.«

»Ja und nein«, sagte Rosenblatt. »Du hättest keinen Beweis. Aber diese Informationen sind von der Art, daß sie nicht einmal als Gerücht bekannt werden dürfen. Außerdem: Können sie sicher sein, daß du nicht noch eine zweite Kopie gemacht hast, wenn du schon so ein gerissener Hund bist?«

Stamm dachte nach. Nach einer Weile sagte er:

»Können sie natürlich nicht. Aber das bedeutet auch, daß ich sie wahrscheinlich ab jetzt am Hals habe, ganz unabhängig von diesem Mord.« Er machte eine Pause und fügte dann leise hinzu: »Ich will ja nicht paranoid erscheinen, aber ich werde wohl sehr viel vorsichtiger durchs Leben gehen müssen als bisher.«

Rosenblatt rückte seine Brille zurecht.

»Ich halte es für eher unwahrscheinlich, daß du in großer Gefahr bist. Es würde viel zuviel Staub aufwirbeln, wenn dir etwas passiert.«

»Du hältst es für unwahrscheinlich«, gluckste Stamm. »Dann bin ich ja beruhigt.«

Rosenblatt sah Stamm prüfend an und fragte:

»Würdest du diese... Informationen veröffentlichen?«

»Ich habe ja nicht alles gelesen, aber wenn der Rest vom selben Kaliber ist – natürlich nicht. Das ist überwiegend schmutziger Klatsch. Unangenehm für die Betroffenen, nichts fürs Magazin. Und erst recht nicht für mich.«

»Wenn das BKA gute Analysten hat, werden sie genau zu diesem Schluß kommen. Du bist viel gefährlicher, wenn du in die Enge getrieben wirst. Sie werden davon ausgehen, daß du kein Interesse mehr hast, die Bombe platzen zu lassen, wenn du in Sicherheit bist. Zumal sie mit deiner Angst kalkulieren können. Schließlich siehst du dich einem übermächtigen Apparat wie dem BKA gegenüber. Du wirst doch nicht so blöd sein, dich ohne Not mit denen anzulegen.« Rosenblatt ließ seine Worte ein wenig einwirken. Stamm starrte die Linde auf der Wiese vor der Bank an. Der Anwalt fuhr fort: »Schließlich gibt es noch was: Wenn diese Diskette dein einziger Trumpf wäre, müßte man die Sache vielleicht anders sehen. Aber es gibt ja auch noch die gerichtsmedizinische Untersuchung dieser Hautfetzen, die offenbar nicht von dir stammen können. Die haben wir auf jeden Fall, aber die Sache würde doch viel komplizierter, wenn dich das BKA ins Visier nimmt.« Er sah Stamm eindringlich an. »Gib ihnen die Diskette, Hans.«

11

Freitag

Er hatte wie ein Stein durchgeschlafen. Als sich die Hand auf seine Schulter legte, war er sofort hellwach. Er mußte sich nicht erst aus einem Traum lösen. Kriminalhauptkommissar Klaus Meinhardt saß auf der Bettkante. Rademacher stand zwischen Bett und Fenster und beobachtete sein Erwachen.

»Also, was ist?« fragte Meinhardt.

Stamm gähnte ausgiebig.

»Guten Morgen«, sagte er, »ich hoffe, Sie haben genauso gut geschlafen wie ich.« Keiner von beiden antwortete. Meinhardt sah ihn feindselig an. Rademachers Gesichtszüge konnte Stamm im Gegenlicht nicht erkennen.

»Sehr effektvoll, die Show«, sagte Stamm. »Ich mache mir in die Hose vor Angst. Was ist los, Herr Rademacher, gestern waren Sie doch noch der Gute. Wenn sich am bisherigen Stand der Dinge etwas geändert haben sollte, würde ich das gern erfahren.«

»Es hat sich nichts geändert«, erwiderte Rademacher.

Stamm meinte, ein Lächeln zu erkennen. Er warf die Decke zurück und bedeckte Meinhardts Knie damit. Im Aufstehen sagte er:

»Geben Sie mir fünf Minuten, dann können wir losfahren ... Äh, ich darf doch raus, oder?«

»Mit uns dürfen Sie alles«, sagte Rademacher.

Stamm ging ins Bad, warf sich kaltes Wasser ins Gesicht, putzte die Zähne, kämmte sich und zog sich an. Dann gingen sie zum Parkplatz. Die Herren fuhren Mercedes. Meinhardt setzte sich ans Steuer. Stamm dirigierte ihn aus dem Fond von Straße zu Straße, ohne das Ziel bekanntzugeben. Als sie über die Oberkasseler Brücke fuhren, drehte sich Rademacher einmal um und sah ihn an. Jedenfalls schloß Stamm das aus seiner Kopfhaltung. Er hatte wieder seine Sonnenbrille auf. In der Leostraße machte Stamm Meinhardt darauf aufmerksam, daß sie da seien. Der machte sich nicht die Mühe, einen Parkplatz zu suchen, und stellte den Wagen in einer Garagenausfahrt ab.

Sie gingen zum Haus, in dem Nadja Winter gewohnt hatte. Stamm drückte eine Klingel. Nichts passierte. Er probierte es mit der nächsten. Nach einigen Sekunden meldete sich eine erstaunte Frauenstimme. »Polizei«, sagte Stamm und grinste die beiden BKA-Beamten fröhlich an. Nachdem die Frau ihre Schrecksekunde überwunden hatte, drückte sie die Tür auf. Stamm führte Rademacher und Meinhardt in den Keller. Er ließ sich sein Herzklopfen nicht anmerken, als er vor der Waschmaschine stand. Er bückte sich und griff von der Seite unter die Maschine. Die Diskette war noch da. Er stand auf, überspielte den Umstand, daß ihm kurz schwarz vor Augen wurde, und hielt den Datenträger triumphierend hoch.

»Schlampige Durchsuchung, würde ich sagen.«

»Dem kann ich nicht widersprechen«, erwiderte Rademacher. Stamm gab ihm die Diskette. Meinhardt kniete nieder und tastete den Boden unter sämtlichen Maschinen ab. Rademacher sah sich im Keller nach weiteren möglichen Verstecken um. Als er damit fertig war und Meinhardt mit einem Schulterzucken wieder aufgestanden war, fragte Rademacher:

»Sie haben keine zweite Kopie gemacht, oder?«

Stamm grinste.

»Nein«, sagte er.

Stamm hatte sich gar nicht erst umgezogen. Er hatte Britta gesucht und ihr gesagt, er würde nach Hause gehen. Die Kopfschmerzen seien weitgehend weg. Sie hatte ihn prüfend angesehen und mit den Schultern gezuckt. »Du bist erwachsen.« Er kaufte am Krankenhauskiosk eine Handvoll Zeitungen und bestellte an der Pforte ein Taxi. Während er wartete und später auf der Fahrt blätterte er die Zeitungen durch. Die Rheinische Post hatte nichts zu bieten, Bild hielt sich eisern raus, Express und ›Extra‹ versprachen auf der Titelseite neue Details vom spektakulären Mordfall und brachen im Innenteil ihr Wort. ›Extra‹ spann unheilschwangere Verschwörungstheorien, stocherte aber erkennbar nur im Nebel. Enttäuschend.

Eva trainierte ihre Bauchmuskeln. Als er ins Wohnzimmer kam, stellte sie die Beine ab und stützte sich auf die Ellbogen. Er setzte sich zu ihr auf den Teppich, beugte sich hinüber und küßte sie. Sie zog den Kopf nicht weg. Er federte zurück und sah sie an. Die Haut auf seiner Stirn legte sich in Falten.

»Du warst plötzlich weg gestern«, sagte er mit einem erschöpften Seufzen. »Nachdem du auch heute nicht wiedergekommen bist, dachte ich, ich schau mal nach.«

»Ich fand's ätzend im Krankenhaus.«

»Ich auch... Deshalb bin ich ja weg.«

Es entstand eine längere Stille. Stamm sah sich um. »Du hast aufgeräumt«, stellte er fest.

»Ja«, sagte sie.

Er sah sie an, aber sie hatte nicht vor, ihre Antwort auszuschmükken. Er stand auf, ging zur Stereoanlage und schaltete das Radio ein.

»Diese BKA-Leute...« fing sie an.

Er ging in die Küche und kam mit einer Flasche Uerige-Alt zurück. Er setzte sich in seinen Schaukelstuhl und schlug den Verschluß mit einem lauten Plopp auf.

»Wir haben die Friedenspfeife geraucht«, sagte er nach dem ersten tiefen Schluck.

Eva sah zu Boden.

»Sie waren gestern hier.«

Stamm ließ die Flasche, die er gerade wieder zum Mund führen wollte, sinken.

»Wann?«

»Gestern abend.« Stamm sah sie an. »Ich weiß ehrlich gesagt nicht genau, was sie eigentlich wollten.« Sie zuckte zur Unterstützung die Schultern. »Angeblich ein paar Fragen stellen. Aber die waren so komisch... Ob ich wüßte, was sie mit dir besprochen haben, und ich wäre gut beraten, ihnen zu helfen... nur so 'n Scheiß. Ich habe ihnen gesagt, wenn sie mir drohen wollen, dann sollen sie mir wenigstens sagen, womit.«

Stamm grinste. Eva stand auf und ging in die Küche. Als sie zurückkehrte, hielt sie auch eine Flasche Uerige in der Hand.

»Entschuldige«, sagte Stamm.

»Schon gut, du hattest eine Gehirnerschütterung.«

Er grinste wieder. Sie nahm einen Schluck und fuhr fort: »Der Rothaarige hat sich hier die ganze Zeit neugierig umgesehen. Ich habe ihm gesagt, wenn er was sucht, kann er ruhig überall herumwühlen, vorausgesetzt, er stellt alles fein säuberlich zurück auf seinen Platz. Hat er natürlich nicht gemacht... Weißt du was? Ich glaube, die haben gar nicht damit gerechnet, daß ich hier bin. Die wären eingebrochen, wenn niemand zu Hause gewesen wäre.«

»Arschlöcher«, bestätigte Stamm ihre Vermutung.

Sie setzte sich wieder auf den Teppich. Im Radio spielten sie Billy Joel. Stamm stand auf und schaltete es aus. Eva legte sich auf die Seite, stützte den Kopf in die linke Hand und begann, das rechte Bein wie eine Schere auf- und zuzuklappen. Er betrachtete sie und wippte in ihrem Rhythmus im Schaukelstuhl.

»Was für eine Art Friedenspfeife habt ihr eigentlich geraucht?« fragte sie, als sie ihre Serie beendet hatte.

»Ich habe ihnen eine Diskette gegeben, und dafür begraben sie das Kriegsbeil«, sagte Stamm.

»Der Rothaarige scheint mir aber kein echter Indianer zu sein«, sagte sie.

»Wieso?« fragte er.

»Er war ganz heiß darauf, mir zu erzählen, was sich bei... dort abgespielt hat. Er ließ sich durch nichts davon abhalten. Er hat mich gefragt, ob ich's wissen will. Es müßte mich doch wohl interessieren, warum du bei dieser Frau warst. Das wäre ja nun wirklich eine Supermaus gewesen – er hat tatsächlich Supermaus gesagt –, und das müßte mir ja zu denken geben. Ich hab gesagt, ich wüßte bestens Bescheid, vielen Dank, aber wirklich, kein Bedarf. Soso, meinte er, dann wissen Sie bestimmt auch, daß sie Ihrem Freund einen geblasen hat. Klar, sag ich, sicher weiß ich das, na und? Darauf grinste er und meinte, das würde er mir nicht abnehmen. Und, ach ja, wenn ich mich revanchieren wollte, er stünde jederzeit zur Verfügung.«

»So ein Wichser!« murmelte Stamm. Lauter fragte er: »Und Rademacher, der andere, der hat nichts gesagt?«

»Der war gerade auf dem Klo.«

Stamm schüttelte den Kopf, wippte mit dem Schaukelstuhl und trank einen Schluck Bier. Eva wandte ihm den Rücken zu und machte die Scherenübung mit dem linken Bein.

»Ich bin irgendwie noch gar nicht dazu gekommen, dir genau zu erzählen, was …«.

»Ich will's nicht wissen«, unterbrach sie ihn nervös, ohne mit der Gymnastik aufzuhören. Beschwichtigend fügte sie hinzu: »Jedenfalls nicht im Moment.«

Er schwieg eine Weile, setzte dann aber wieder an.

»Ich meine, diese Sache mit dem … mit dem Blasen zumindest, das müßte ich schon … also, um es kurz zu machen, er hat sie dazu gezwungen, während ich an die Heizung gefesselt war.« Er bohrte seinen Blick in ihren Rücken, hungrig nach einer Reaktion. Aber sie hörte mit der Übung gar nicht mehr auf. Schwieg. Er hätte nicht einmal sagen können, ob sie sein Gestammel wahrgenommen hatte.

»Hast du gehört, was ich gesagt habe?« fragte er.

Sie beendete die Übung, blieb aber so liegen, wie sie war, wandte ihm den Rücken zu.

»Du bist mir keine Rechenschaft schuldig«, sagte sie. »Ich bin ja schließlich abgehauen. Und dann platze ich einfach so wieder rein. Ich wüßte nicht, welches Recht ich hätte …«

»Hör auf!« fiel er ihr heftiger ins Wort, als er beabsichtigt hatte, besänftigte seinen Ton aber schnell: »Bitte, Eva, darum geht es nicht.« Er preßte die Augen fest zusammen. Eine Weile blieb es still, dann schaffte er es nicht mehr, seinen Mund zu halten. »Ich kann's nicht glauben, daß dieses Arschloch mit seiner primitiven Tour auch noch Erfolg hat.«

Ihre Schultern wurden von einem leichten Zittern erfaßt. Sie bekam es nicht unter Kontrolle, wurde immer stärker geschüttelt. Irgendwann konnte sie auch den ersten Schluchzer nicht mehr unterdrücken. Stamm stellte seine Bierflasche ab, glitt aus dem Schaukelstuhl und kroch langsam auf sie zu. Zaghaft berührte er ihre Schulter. Als sie ihn nicht abschüttelte, wanderten seine Finger höher, bis er, ganz vorsichtig, begann, über ihre Haare zu streicheln. Nach einer halben Ewigkeit hörte sie auf zu weinen. Sie setzte sich auf und trank einen Schluck Bier. Sie rieb sich die Augen – Make-up zum Zerlaufen gab es nicht – und versuchte ein Lächeln.

»Scheiße«, sagte sie. Er preßte sie fest an sich. Er versuchte, seine Tränen zurückzuhalten, aber sie liefen und liefen und fielen auf Evas Schultern.

Während Eva in der Küche versuchte, aus den kargen Vorräten im Haus eine Spaghettisoße zu komponieren, rief Stamm in der Redaktion an. Er versuchte, seine einsilbigen Antworten auf Christa Kümmels investigatives Feuerwerk nicht allzu beleidigend klingen zu lassen, und beendete das Gespräch dann doch etwas abrupt, als er erfuhr, daß Hanne Lohmeyer heute nicht da war und auch nicht kommen würde. Er probierte es in Viersen und hatte sie gleich an der Strippe.

»Wie geht's?« fragte sie.

»Ich bin zu Hause«, sagte er.

»Freut mich zu hören.«

»Wie war's in Hamburg?« fragte er.

»Großartig. Ich konnte mich kaum trennen. Bin erst vor einer halben Stunde nach Hause gekommen.«

»Du bist doch schon gestern gefahren, oder?«

»Na ja, so eine wichtige Sache braucht halt ihre Zeit. Vor allem wenn die Herren dann trotz vereinbartem Termin doch was Besseres zu tun haben. Dreimal hatte ich die Ehre, verhört werden zu dürfen. Erst von Perschke, dann von Marquardt, und dann wurde ich dringend gebeten, die Nacht in Hamburg zu bleiben, damit ich heute dasselbe auch noch den Herren vom Verlagsvorstand erzählen konnte. Sogar Odenthal war dabei.« Sie machte eine Pause.

»Ja, und?« drängte Stamm.

»Deine Geschichte ist alles in allem auf Wohlwollen gestoßen. Odenthal scheint mir im Moment nicht abgeneigt, dir ein Denkmal zu setzen. Aber Vorsicht«, fügte sie schnell hinzu, »dafür muß die Geschichte für uns gut ausgehen, das heißt, es muß eine Spitzenstory herauskommen. Sonst kannst du auch als Arschloch enden. Auf Marquardt kannst du nicht bauen, und auf Perschke erst recht nicht. Der ist zwar im Moment auf deiner Seite, aber auch erst seit heute. Du kennst ihn ja, immer den Finger im Wind. Und Marquardt war so angestrengt darum bemüht, bloß nicht aus Versehen ein Lob rausrutschen zu lassen, daß es schon peinlich war. Der hat andauernd herausgekehrt, was für ein junger Mann du bist und wie komplex andererseits diese Sache ist. Dabei hat er ständig mit einem Foto von Nadja Winter herumgespielt, das er in seinen Unterlagen hatte. Also, ich kann mir nicht helfen… vielleicht bin ich auch arg spitzfindig, aber ich glaube, der Mann ist irgendwie eifersüchtig, weil er bezahlen muß, um so eine Frau zu kriegen.«

Stamm lachte. Hanne Lohmeyer fuhr fort: »Okay, der erste Sturm ist also überstanden, aber wie es weitergeht, weiß ich nicht. Konnte man auch eigentlich nicht festlegen, weil ja keiner wußte, was mit dir ist. Daß sich sowohl die Gehirnerschütterung als auch die polizeiliche Geschichte so schnell erledigt, hätte auch ich nicht gedacht.«

»Ich habe einen Deal mit dem BKA gemacht«, sagte Stamm. »Ich will mal hoffen, daß sie mich in Ruhe lassen.« Er erzählte ihr von der Diskette und vom gerichtsmedizinischen Bericht. »Ich finde, wir brauchen kein grünes Licht aus Hamburg. Wir sollten loslegen«, schloß Stamm.

»Was heißt denn hier ›wir‹?«

»Agger«, entgegnete Stamm.

»Wie stellst du dir das vor?« rief Hanne aufgebracht. »Soll ich sie zu Hause anrufen und fragen, ob sie die Morde begangen hat oder ob ihr Bodyguard das für sie erledigt hat? Oder was?« Als Stamm nicht antwortete, fuhr sie fort: »Ich meine, wir sollten es erst mal ganz ruhig angehen lassen. Die Sache klein kochen lassen. Wir haben sowieso die besten Zutaten. Wenn du nicht anfängst, der Konkurrenz Interviews zu geben, sind wir ihr immer eine Nasenlänge voraus. Laß die Bullen mal machen, ruh dich übers Wochenende aus, und am Montag sehen wir weiter. Das ist eine dienstliche Anweisung.«

»Vergiß deine Scheißanweisung! Ich bin krank geschrieben«, murrte Stamm und legte auf.

Er ging in die Küche und sah Eva über die Schulter. Sie rauchte, während sie gelegentlich mit einem Holzlöffel in der Pfanne herumrührte. Es roch gut nach Speck, Zwiebeln und Paprika.

»Da muß Knoblauch rein«, sagte er. »Und Oliven.«

»Ich hasse Oliven«, sagte Eva.

»Ich habe ganz milde, grüne. Nur um dem Ganzen etwas Aroma ...«

»Ich hasse Oliven.«

»Okay, okay, man soll niemanden zu seinem Glück zwingen. Aber Tomaten müssen rein.«

»Du hast keine Tomaten.«

Er sprang zum Kühlschrank. Keine Tomaten im Gemüsefach. Er lief zum Abstellraum, fand aber auch keine Dose mit geschälten Tomaten. Er ging zurück in die Küche. Eva war dabei, ein paar Knoblauchzehen zu schälen.

»Scheiße«, quengelte Stamm, »das kann ja nichts werden.«

Eva legte die Knoblauchzehen langsam aus der Hand, drehte sich um und zeigte mit dem Messer auf ihn.

»Würdest du mir einen Gefallen tun? Sieh ein wenig fern oder lies ein gutes Buch… aber verlasse diese Küche. Wenn dir der Fraß nicht schmeckt, bestellst du dir eine Pizza. Aber im voraus nehme ich keine Reklamationen an.« Sie drehte sich wieder um und kümmerte sich um ihre Knoblauchzehen.

»Wo hast du denn die Kassette aus dem Anrufbeantworter?« fragte Stamm.

»In meiner Handtasche. Sie liegt im Schlafzimmer.«

Stamm fand die Tasche auf dem Bett. Er fischte die Kassette heraus und ging zum Anrufbeantworter. Er holte einen Zettel und einen Stift und startete das Gerät. Er notierte die Namen und die Telefonnummern, die er draufgesprochen hatte, und hörte die Kassette zur Sicherheit noch einmal ab. Dann ließ er sie wieder zurückspulen und drückte die Aufnahmetaste. Als die alte Aufnahme gelöscht war, betrachtete er seine Notizen. Die Namen sagten ihm immer noch nichts. Schu, Rogalla, Holtkamp, Schröter, Wiederstein. Die Vorwahlen fingen alle mit 02 an, alle aus Nordrhein-Westfalen. Drei Vorwahlen kannte er. Schu war aus Ratingen, Rogalla aus Oberhausen oder Mülheim/Ruhr, Holtkamp aus Köln. Stamm holte das Vorwahlverzeichnis der Telekom und schlug im numerischen Verzeichnis die 0271 nach. Schröter wohnte oder arbeitete in Siegen. Unter der Eintragung 02103, Wiedersteins Domizil, fand er Hilden, gleich um die Ecke.

Er fing vorn an. Erst Schu. Nach dem vierten Klingeln meldete sich eine männliche Stimme mit »Ja bitte?«

»Herr Schu?« fragte Stamm.

»Wer spricht denn da?« fragte die Stimme, ein selbstbewußter Bariton.

»Das würde ich Ihnen gern in einem persönlichen Gespräch sagen. Was ich mit Ihnen zu besprechen habe, eignet sich ohnehin nicht fürs Telefon. Um Ihnen eine Idee zu geben, nenne ich Ihnen zwei Namen: Pfaff und Agger.« Eine Weile war es still in der Leitung. »Das müßte

Sie doch interessieren«, fügte Stamm schließlich hinzu und ärgerte sich im selben Atemzug, daß er zuerst die Nerven verloren hatte.

Schu lachte auf.

»Nun, ich muß zugeben, allmählich interessiert mich diese seltsame Geschichte schon ein wenig. Erst vor wenigen Tagen hat sich eine junge Dame bei mir gemeldet und wollte über einen gewissen Herrn Pfaff sprechen. Sie war immerhin höflich genug, sich vorzustellen. Ihren Namen habe ich vergessen, aber sie war Journalistin. Ich habe allerdings ein Treffen abgelehnt, da ich weder einen Herrn Pfaff noch einen Herrn, wie hieß doch gleich der andere ...«

»Eine Dame, Dr. Sigrun Agger, Wirtschafts- und Verkehrsministerin des Landes Nordrhein-Westfalen«, half Stamm.

»Oh«, machte Schu, »diese Frau Agger. Nun, tut mir leid, ich hatte nie die Ehre, sie persönlich kennenzulernen. Sind Sie eigentlich auch Journalist?«

Stamm biß sich auf die Lippen.

»Ja«, knurrte er.

»Langsam werde ich tatsächlich neugierig. Rufen Sie doch am Montag meine Sekretärin an, Sie wird Ihnen einen Termin geben. Ende nächster Woche könnte noch etwas frei sein.«

»Das ist zu spät«, sagte Stamm. »Ich dachte eher an morgen.«

»Morgen fliege ich nach New York.«

»Dann heute abend«, insistierte Stamm.

Schus Stimme wurde kühl. »Also wissen Sie, so neugierig bin ich nun auch wieder nicht. Nennen Sie meiner Sekretärin Ihren Namen und Ihr Medium und lassen Sie sich einen Termin geben. Oder lassen Sie es bleiben. Auf Wiederhören.«

Stamm legte auf und wischte die Schweißtropfen ab, die ihm über die Stirn allmählich in die Augen liefen.

Er starrte eine Zeitlang Löcher in die Luft und atmete tief durch, versuchte, die Wellen in seinem Gehirn durch langsame Kopfbewegungen zu brechen. Er ließ die lärmende Küchenmaschine, die Eva in perfektem Timing genau im richtigen Moment eingeschaltet hatte, ihre Arbeit beenden und wählte dann Rogallas Nummer.

»Rogalla Tiefbau GmbH«, meldete sich eine resolute männliche Stimme.

»Guten Tag, ich hätte gern Herrn Rogalla gesprochen.«

»Junior oder Senior?«

Stamm überlegte kurz.

»Tja, ich weiß nicht, den Chef halt.«

Die Leitung wurde weggedrückt. Kurz danach meldete sich eine patente Frauenstimme.

»Kalinowski.«

»Ja, guten Tag, Schulze, ich hätte gern Herrn Rogalla gesprochen.«

»Tut mir leid, Herr Rogalla ist gerade raus. Er kommt heute auch nicht mehr wieder.«

»Mist!« fluchte Stamm. »Ich müßte ihn heute unbedingt noch sprechen. Sie können mir nicht zufällig sagen, wo ich ihn erreichen kann?«

Frau Kalinowski überlegte kurz. Dann sagte sie:

»Warten Sie! Kann sein, daß er noch beim Junior reingegangen ist. Ich versuch's da mal.«

Stamm bekam noch mal »Die kleine Nachtmusik« in elektronisch zu hören, bevor sich eine Frau Schmidt meldete. Stamm verlangte nach Rogalla.

»Darf ich fragen, in welcher Angelegenheit?« erkundigte sich die Sekretärin.

»Die Baustelle in Pfaff an der Agger«, sagte Stamm. Fünfmal hatte er das Vergnügen, sich das verhunzte Thema der Kleinen Nachtmusik anzuhören, bis Frau Schmidt wieder dran war.

»Tut mir leid, Herr Schulze, aber Herrn Rogalla ist eine solche Baustelle nicht bekannt. Sind Sie sicher, daß Sie sich nicht irren?«

»Ist Herr Rogalla senior zufällig da?« fragte Stamm.

»Nun, ich weiß nicht ...«

»Stellen Sie mich einfach durch, bitte! Ich möchte den Alten sprechen.«

»Also hören Sie mal ...« begehrte Frau Schmidt auf, aber Stamm unterbrach sie schroff:

»Geben Sie mir bitte Herrn Rogalla senior! Was ich ihm zu sagen habe, ist wichtig.«

Sie zögerte einen Augenblick, stellte dann aber doch durch. Offensichtlich konnten sich die Rogallas nicht recht entscheiden, ob sie das Gespräch annehmen sollten oder nicht. Es dauerte ziemlich lange, bis sich, der Stimme nach zu urteilen, der Junior meldete.

»Rogalla.« Auf schneidend und ungeduldig getrimmt.

»Geben Sie mir Ihren Vater«, sagte Stamm kurz angebunden.

»Mein Vater ist nicht da«, bellte Rogalla.

Stamm lachte kurz in den Hörer hinein.

»Also, ich bin's langsam leid«, fuhr er Rogalla an. »Wenn Ihr Vater nicht da ist, dann rufen Sie ihn jetzt an! Fragen Sie ihn, was ihm lieber ist: daß ich mich mit ihm oder mit den Jungs von der Bildzeitung, gute Freunde von mir übrigens, über den interessanten Fall Pfaff unterhalte. Ich melde mich in einer halben Stunde wieder.«

»Warten Sie!« rief Rogalla, bevor Stamm auflegen konnte. Stamm lächelte und wartete. Obwohl Junior die Hand über die Sprechmuschel gelegt hatte, bekam er mit, daß in Mülheim oder Oberhausen ein aufgeregter Wortwechsel im Gange war. Schließlich war der Junior wieder am Telefon.

»Mein Vater möchte sich mit Ihnen treffen. Am Sonntagabend im Duisburger Hafen.«

»Gott, wie konspirativ«, sagte Stamm. »Geht es nicht auch in seinem Büro?«

»Im Hafen!« bestimmte Rogalla. Er beschrieb Stamm den Treffpunkt. Sie einigten sich auf 20.30 Uhr.

Stamm studierte seinen Zettel und begann, die Kölner Nummer von Holtkamp einzutippen. Nach der Vorwahl legte er den Hörer auf und beugte sich über den Zettel. Er kritzelte Großbuchstaben neben die Namen. Schu – ME, Rogalla – MH/OB, Holtkamp – K, Schröter – SI. Bei Wiederstein zögerte er kurz, dann sprang er auf und holte das Jahrbuch '94 des statistischen Landesamtes aus dem Bücherregal. Er schlug bei den kreisangehörigen Städten nach und fand Hilden im Kreis Mettmann. Er lächelte und trug auch neben dem Namen Wiederstein die Buchstaben ME ein. Er nahm den Hörer wieder auf und wählte Wiedersteins Nummer.

»Ich habe gerade die Nudeln abgeschreckt«, sagte Eva aus der Küchentür.

»Bin gleich fertig«, sagte Stamm, ohne aufzublicken.

»Das sind Spaghetti. Ich kann sie nicht warmhalten. Sie verkleben.«

»Dauert nur zwei Minuten«, versicherte Stamm hastig und konzentrierte sich auf den Piepston im Hörer. Nach dem dritten Läuten schaltete sich ein Anrufbeantworter ein. Eine steife Frauenstimme bestätigte ihm, daß er die richtige Nummer in Hilden gewählt hatte, und verriet ihm, daß der Anschluß der Firma KWB GmbH gehörte. »Leider rufen Sie außerhalb unserer Bürozeiten an...« Stamm legte auf und ging in die Küche. Er sog genießerisch die Luft ein. Das Arrangement auf dem Tisch war von schlichter Ästhetik. Auf den großen grünen Tellern ein Bett aus Spaghetti, in der Mitte eine sämige rote Soße und auf seinem Teller drei grüne Oliven obendrauf. Daneben rotgrün gemusterte Servietten, zwei halbvolle Rotweingläser und eine brennende Kerze.

»Spaghetti alla Paprikamatsche«, sagte Eva.

Stamm ging zu ihr und küßte sie.

»Es sieht phantastisch aus... Und riecht noch besser.«

»Erst kosten, dann loben«, wies ihn Eva zurecht.

Er wickelte einige Nudeln auf seine Gabel, tauchte sie in die Soße und aß. Er kaute lange, schloß die Augen, kostete theatralisch ab, legte eine immer skeptischere Miene auf. Eva beobachtete ihn. Er schluckte endlich hinunter, nahm dann das Weinglas, prostete Eva zu, nahm einen Schluck.

»Soll ich eine Pizza bestellen?« fragte Eva.

Er nickte.

»Für dich. Ich sehe dann zu, daß dieser Fraß nicht umkommt.« Er lächelte. »Das sind die besten Spaghetti, die ich je gegessen habe, und ich schwöre, daß dies die reine Wahrheit ist. Und du wolltest Tomaten und Oliven reintun!«

»Du wirst diese drei Oliven essen!« ordnete Eva an.

»Klar werde ich sie essen«, versicherte Stamm. »Ich wollte ja nur sagen, daß sie in der Soße nichts zu suchen haben.«

Eva nickte ihm mit vollem Mund zu. Stamm kam nicht dazu, seinen zweiten Bissen zu essen. Das Telefon unterbrach die Schlemmerei. Er verzog das Gesicht, stand aber auf und ging ins Wohnzimmer.

»Stamm.«

»Thelen, Büro von Herrn Doktor Marquardt, guten Tag, Herr Stamm. Ich verbinde mit Herrn Doktor Marquardt.«

Wer in der Hauptredaktion des Magazins auf eine Verbindung wartete, wurde mit dem dritten Brandenburgischen Konzert verwöhnt. Stamm bekam nur ein paar Takte zu hören.

»Guten Tag, lieber Herr Stamm. Ich freue mich, Sie so schnell wieder zu Hause anzutreffen.«

»Ich hab's im Krankenhaus nicht mehr ausgehalten«, erwiderte Stamm.

»Ja, ich wollte es doch nicht versäumen, mich nach Ihrem Befinden zu erkundigen. Sie sind ja quasi in Ausübung Ihres Dienstes in diese… nun ja… unangenehme Lage geraten.«

»Danke der Nachfrage, Herr Doktor Marquardt. Ich bin soweit wohlauf. Die Ärzte versichern mir, daß ich keinen bleibenden Dachschaden davontragen werde.«

Der Chefredakteur ließ programmgemäß ein joviales Cheflachen erklingen.

»Freut mich zu hören, hätte mich auch gewundert, wenn die Ihren Dickschädel geknackt hätten.«

Stamm schloß die Augen und nickte vor sich hin. Marquardt räusperte sich. »Ja, also, wie Sie sicherlich wissen, war Frau Lohmeyer bis heute in Hamburg. Sie hat uns vollständig über die… Vorkommnisse informiert. Ich denke, ihre Ausführungen haben einige… Irritationen, die, ich will es nicht verhehlen, hier im Hause aufgrund der Ereignisse aufgekommen waren, äh, doch zerstreut. Ich kann Ihnen versichern, daß wir Ihren… außergewöhnlichen Einsatz in dieser Sache sehr zu schätzen wissen. Wenn wir etwas für Sie tun können, lassen Sie es mich bitte umgehend wissen.«

»Vielen Dank, Herr Doktor Marquardt. Im Moment laufen die Dinge eigentlich sehr gut.«

»Schön. Freut mich wirklich. Dann können Sie sich ja in Ruhe auskurieren.«

»Ach, eigentlich…«

Marquardt unterbrach ihn:

»Nutzen Sie Ihren Krankenstand, gewinnen Sie etwas Abstand. Damit Sie möglichst bald für weitere Schandtaten bereit sind.« Er lachte.

»Ich bin nicht krankgeschrieben«, warf Stamm ein.

»Nicht?«

»Nein. Ich bin so schnell aus dem Krankenhaus weg, daß meine Ärztin gar keine Zeit dazu hatte.«

»Das ist aber leichtsinnig«, rief Marquardt. »Äußerst leichtsinnig.

Ich würde Ihnen dringend empfehlen, ein paar Tage freizunehmen – Sie kriegen selbstverständlich Sonderurlaub.«

»Sehr großzügig«, murmelte Stamm.

»Bitte?«

»Ich sagte, daß ich das sehr großzügig finde. Ich frage mich nur, wer diese Geschichte weiterverfolgen soll. Ich meine, die wird doch jetzt erst richtig interessant.«

Marquardt schwieg. Stamm wartete eine Weile. Da sich der Chef weiterhin in Schweigen hüllte, fragte er schließlich:

»Wen wollen Sie schicken?«

»Heribert Haddel«, stieß Marquardt hervor. Die Erleichterung, daß Stamm ihm diese Brücke gebaut hatte, war ihm anzuhören. Noch leichter wollte es ihm Stamm aber nicht machen. Er schwieg. »Ich halte das für klüger«, fuhr Marquardt gequält fort. Er konnte nicht überspielen, daß er sich in der Defensive fühlte. »Aus einer Vielzahl von Gründen. Wie gesagt, Sie sollten sich eine Weile schonen. So etwas geht nicht spurlos an einem vorbei, ich habe dafür vollstes Verständnis. Und dann sind Sie doch ziemlich involviert in dieses abscheuliche Verbrechen... eine sehr unglückliche Geschichte, nicht wahr... und äußerst komplex...« Stamm nickte vor sich hin, sagte aber nichts. Der Chefredakteur erinnerte sich, wer er war, und fuhr in verändertem Tonfall fort: »Ich würde Sie bitten, Herr Stamm, Haddel ausführlich ins Bild zu setzen.«

»Wann kommt er denn?« fragte Stamm.

»Übermorgen nachmittag, soweit ich weiß. Er steigt im Holiday Inn ab.«

»Er soll mich anrufen«, sagte Stamm kurz.

»Danke für die Kooperation, Herr Stamm. Auf Wiederhören.«

»Wiederhören.«

Er ging zurück in die Küche. Eva sah ihn fragend an.

»Ich bin den Fall los«, sagte Stamm. »Das war der Oberboß, Chefredakteur Doktor Marquardt.«

Sie trank einen Schluck Wein. Stamm starrte nachdenklich auf das Basilikum-Gewächs auf der Fensterbank.

»Wieso?« fragte Eva schließlich.

»Er ist sich wohl nicht sicher, ob ich nicht doch der Mörder bin. Außerdem traut er mir nicht zu, eine so komplizierte Geschichte zu

Ende zu bringen. Er schickt den Starreporter des Magazins hierher. Harry Haddel. Hat Mittmann zu Fall gebracht. Kannst du dich erinnern? Den Bauminister.«

Sie nickte. »Iß deine Spaghetti! Sie werden kalt.«

Er folgte ihrer Aufforderung. Schweigend aßen sie ihre Teller leer.

»Hat vielleicht auch sein Gutes«, sagte Eva, nachdem sie den letzten Bissen mit einem Schluck Wein hinuntergespült hatte.

»Es ist jedenfalls nicht zu ändern«, erwiderte er und wanderte mit seinen Gedanken wieder weit weg. »Hast du Pläne fürs Wochenende?« fragte er schließlich. Sie musterte ihn prüfend, schüttelte langsam den Kopf. »Was hältst du von einem Ausflug in die Umgebung? Neandertal zum Beispiel. Kennst du das neue Museum?«

»Nein.«

»Mußt du unbedingt gesehen haben«, versicherte Stamm.

Sie sagte durch ein Schulterzucken »von mir aus« und fügte laut hinzu:

»Okay. Ich habe auch nichts dagegen, daß du ein paar Informationen sammelst. Aber frühestens Sonntag. Morgen stehst du unter Hausarrest. Du siehst aus wie dein eigener Geist. Und gegen Abenteuer lege ich mein Veto ein... Und ich helfe dir nicht, was auch immer du vorhast.« Stamm grinste, stand auf, ging zu ihr und küßte sie auf den Kopf.

»Du kannst dich solange am Unterbacher See sonnen.« Er fügte hinzu, daß er noch schnell einen Anruf erledigen müsse, und ging ins Wohnzimmer. Er wählte Hanne Lohmeyers Nummer.

»Ich nehme die nächste Woche frei«, sagte er, nachdem sie sich gemeldet hatte. »Ich kriege Sonderurlaub.«

»Ich dachte, du wärst sowieso krankgeschrieben.«

»Ich habe gelogen.«

Hanne Lohmeyer seufzte.

»Was soll der Scheiß?« fragte sie.

»Ich bin jetzt schon das Arschloch. Hat dich Marquardt auch angerufen?« fragte er zurück.

»Nein.«

»Er hat den Fall Pfaff/Winter Harry dem Foxterrier Haddel gegeben und mir dringend empfohlen, mich ein paar Tage zu schonen.« Er erzählte ihr von seinem Gespräch mit dem Chefredakteur.

»Das war abzusehen«, sagte Hanne Lohmeyer. »Bin nur mal gespannt, wann er geruht, mich zu informieren.«

»Laß dich überraschen«, sang Stamm. »Wie gesagt, ich ziehe mich für ein paar Tage zurück und lecke meine Wunden.«

»Hat vielleicht auch sein Gutes«, sagte Hanne Lohmeyer.

Stamm kicherte.

»Inzwischen glaube ich's auch bald. Sag mal, Hanne, eins wollte ich noch wissen. Ich komm einfach nicht drauf. Wo kommt die Agger eigentlich her?« Es war eine Weile still in der Leitung. »Bist du noch da?« fragte Stamm schließlich.

»Sehr witzig«, knurrte Hanne. »Ich lache später.«

»Ähh«, machte Stamm, »muß ich das jetzt verstehen?«

In Hannes Stimme mischte sich Sorge. »Ist wirklich gut, daß du mal Pause machst – bei einem solchen Anfall von Amnesie. Hat Britta die nicht diagnostiziert?«

Stamm zog die Stirn in Falten und dachte angestrengt nach. Dann schüttelte er den Kopf und sagte humorlos:

»Mein Gedächtnis funktioniert einwandfrei. Woher zum Teufel soll ich wissen, wo die Agger her ist? Ich bin doch nicht ihr Biograph.«

»Wer von uns beiden ist Düsseldorfer?« gab Hanne Lohmeyer zurück. »Du oder ich?«

»Die Agger ist aus Düsseldorf?« fragte Stamm ungläubig.

»Gebürtige Gerresheimerin«, betonte sie. »Und gebürtige Sozialdemokratin. Ihr Vater Peter Buchwald zog im Unterbezirk der Partei und im Landtag unauffällig mit an den Strippen. Böse Zungen erzählen, er hätte Anfang der Siebziger, als die Gebietsreform ausgeschachert wurde, die Eingemeindung Unterbachs nach Düsseldorf betrieben, weil er dort bauen, aber Düsseldorfer bleiben wollte. Deshalb dauerte auch für Sigrun die Ochsentour nicht ganz so lang wie für andere. Als sie sechzehn war, legte ihr der Vater ein Parteibuch unter den Weihnachtsbaum, mit fünfundzwanzig oder sechsundzwanzig war sie jüngstes Mitglied im Stadtrat, mit zweiunddreißig beerbte sie den Alten im Landtag. Das muß 1980 gewesen sein. Nachdem sie das erste Mal wiedergewählt wurde, hielt man sie für geeignet, den Unterbezirk Düsseldorf zu führen. Sag bloß, das weißt du alles nicht?«

»Ich bin in Wersten aufgewachsen«, erwiderte Stamm trotzig.

»Was habe ich mit Gerresheim zu tun? Außerdem: Als die Agger in den Landtag kam, war ich fünfzehn. Kennst du einen Fünfzehnjährigen, der sich für Kommunalpolitik interessiert? Als sie Unterbezirksvorsitzende wurde, habe ich meinen Zivildienst in Hof abgerissen, weil ich zu blöd war, mir rechtzeitig in Düsseldorf eine Stelle zu besorgen. Danach habe ich acht Jahre studiert. Ich habe den Namen Agger zum ersten Mal gehört, als sie Verkehrsministerin wurde. Irgendwann Ende der Achtziger.

»Genau«, sagte Hanne. »Da gab's in der Düsseldorfer SPD eine große Party. Und '91 eine noch größere, als sie Vorsitzende des Bezirks Nordrhein wurde. Der legendäre Sieg gegen die Ruhrgebietsmafia, als Willi Schmitt aus Duisburg... nun ja, etwas überraschend seine Kandidatur zurückgezogen hat. Inzwischen hat sie Schmitt ja auch als Wirtschaftsminister abgelöst. Schmitt kriegt jetzt sein Gnadenbrot als Frühstücksdirektor bei der Lottogesellschaft. Noss von Bild hat mir mal erzählt, irgendein Genosse aus Duisburg hätte ihm ganz vertraulich eindeutige Fotos von Schmitt mit einer gewissen Jacqueline, vollbusig und vielseitig, gezeigt, und deshalb wäre er abgestürzt. Aber er hat's mir natürlich nur erzählt, weil er die Fotos nicht kriegen konnte.«

Stamm grinste.

»Wenn es sie gibt, wäre das ja jetzt ein klassischer Fall von Ironie des Schicksals.«

»Wenn es sie gibt...«, sagte Hanne.

»Was soll's«, seufzte Stamm. »Ist Schnee von gestern. Wohnt Frau Agger eigentlich immer noch in Unterbach?«

»Soweit ich weiß, ja«, sagte Hanne. »Der alte Buchwald ist schon zehn Jahre tot. Wahrscheinlich hat sie das Haus geerbt. Sie ist ja das einzige Kind. Und was Nobleres konnte ihr sicherlich auch ihr Mann nicht bieten, obwohl der, glaube ich, Zahnarzt ist.«

»Wie auch immer«, leitete Stamm das Ende des Gespräches ein. »Das alles interessiert mich ja im Moment nicht. Ich mache mir jetzt ein gemütliches Wochenende und wünsche dir schöne Tage mit dem Foxterrier.«

»Mach keinen Blödsinn«, sagte sie.

»Auf keinen Fall«, sagte er und legte auf.

Am Samstag wäre Stamm gar nicht in der Lage gewesen, Blödsinn zu machen. Er döste auf seinem Nordbalkon zum Hinterhof. Wenn er wach war, ließ er sich von Eva abwechselnd Aspirin bringen und kalte Kompressen anlegen. Gegen Abend ebbte der Schmerzrückfall etwas ab. Dennoch schickte ihn Eva ins Bett, noch bevor es dunkel wurde. Nach einer weiteren Schlafkur von zehn Stunden verspürte Stamm eine Unruhe, die Ähnlichkeit mit Energie hatte. Ein Anflug von Schwindel verschwand schon auf dem Weg ins Bad. Den leichten Druck im Kopf ignorierte er. Im Spiegel checkte er seine Augenringe. Sie hatten sich von den Nasenflügeln zum Rand der Augenhöhlen zurückgezogen. »Die Neandertaler warten«, weckte er Eva.

12

Sonntag

Nach zwei Stunden Menschheitsgeschichte und erfrischender Kühle im klimatisierten Neanderthal-Museum mit seiner futuristischen Architektur und Multi-Media-Konzeption hatten sie im Haus Becher gutbürgerlich und für die Hitze etwas zu schwer zu Mittag gegessen. Nach einem kurzen Verdauungsspaziergang durchs Tal der Düssel waren sie gemütlich über Hochdahl nach Hilden gezockelt. Eva hatte keine Lust gehabt, allein im Freibad am Unterbacher See zu liegen.

Stamm fuhr über die Hochdahler Straße nach Hilden und hielt nach einer Telefonzelle mit Telefonbuch Ausschau. Die Telekom machte es ihm nicht leicht. Erst kurz vor dem S-Bahnhof Hilden-Süd, nach drei Fehlversuchen, wurde er fündig. Da war sie, die erste und vielleicht einzige Telefonzelle in Hilden mit Telefonbuch. Er parkte und kam gerade noch einem jungen Mann mit sehr dunklem Teint zuvor, der seine Faust vor lauter Fünfmarkstücken kaum schließen konnte. Stamm notierte sich die Adresse der Firma KWB. Dann suchte er den Namen Wiederstein. Es gab keinen Hildener dieses Namens, oder er hatte eine Geheimnummer.

Als er die Zelle verließ, kam ein älteres Ehepaar dahergeradelt. Stamm hielt sie an und fragte nach der Straße, in der die Firma liegen sollte. Der Mann kratzte sich erst nachdenklich am Kinn, bevor er Stamm Auskunft gab. Sie dauerte sechs Minuten, enthielt fünf Kneipen- bzw. Geschäftsnamen als Orientierungshilfe, ebenso viele Abbiegemanöver und sechs Straßennamen, weil sich der Alte zweimal korrigierte. Gelegentlich schielte er in den Peugeot, wo Eva ihre nackten Beine auf der Ablage abstützte. Stamm nickte eifrig und nahm sich vor, im Auto den ADAC-Atlas Rhein-Wupper zu konsultieren.

Eva verpaßte mit den Sohlen ihrer Turnschuhe der Windschutzscheibe ein Muster. Sie war eingenickt.

»Ich will ans Meer«, murmelte sie, als Stamm die Fahrertür zuschlug.

»Du wolltest nicht an den Unterbacher See«, sagte er vorwurfsvoll.

»Das ist kein Meer«, maulte sie und schloß wieder die Augen.

Er fuhr los, nachdem er sich mit Hilfe des Stadtplanes den Weg eingeprägt hatte. Erstaunlich problemlos fand er das Gewerbegebiet, in dem die KWB sein mußte. Es war so groß, daß sich hier ein Großteil der Hildener Betriebe niedergelassen haben mußte. Die Adresse Auf dem Sand 20 war eine langgezogene Produktionshalle mit einem zweistöckigen Bürogebäude in Kastenbauweise, gleich neben einer großen Ford-Werkstatt. »KWB GmbH Beleuchtungssysteme« stand in Messing-Lettern neben der zweiflügeligen Eingangstür aus Glas. Auf dem Parkplatz hätte man Fußball spielen können. Kein Auto weit und breit. Leider auch keine Tore. Stamm hielt eine halbe Minute vor der Tür, machte sich aber nicht die Mühe auszusteigen. Der Anblick der in der sengenden Sonne vor sich hin bratenden Halle war es auch nicht wert, Eva zu wecken. Er legte den ersten Gang ein und fuhr vom Gelände.

Mit dreißig zockelte er über die breite Straße durchs Gewerbegebiet. Ein plötzliches Heulen riß ihn unsanft aus seinen Gedanken. Wie aus dem Nichts schoß ein getunter Golf an ihnen vorbei, als würden sie stehen. Er hatte mindestens hundert drauf. Eva war hochgeschreckt und legte die Hände auf die Brust.

»Jetzt Bulle sein«, seufzte sie.

»Arschloch«, bestätigte Stamm. Er gab etwas mehr Gas. An der nächsten Kreuzung folgte er dem Schild Richtung Düsseldorf und bog nach links ab. Nach wenigen hundert Metern hatten sie Hilden hinter sich gelassen und passierten die Auffahrt zur A 46. Stamm fuhr jetzt zügig auf der Landstraße am Unterbacher See entlang.

»Na, sollen wir nicht doch noch einen Sprung in den See machen?« fragte er.

Eva warf einen Blick nach links, wo der Parkplatz des Strandbades begann. Man sah den Wald vor lauter Blech nicht.

»Da ist doch jetzt mehr Pipi als Wasser drin«, gähnte sie. Stamm zuckte die Schultern und fuhr an der Einfahrt zum Nordstrand vorbei. Wenige hundert Meter weiter ordnete er sich aber doch noch links ein und bog auf den Parkplatz zum Bootshafen ab. Eva sah ihn fragend an.

»Ich hab Durst«, erläuterte er.

Er fand einen Parkplatz wenige Meter vor dem Seerestaurant. Sie stiegen aus und schleppten sich auf die Terrasse. Sie war natürlich proppevoll, nur an einem großen Tisch in der prallen Sonne waren noch drei Stühle frei. Die anderen beiden waren von einem Teenagerpärchen besetzt. Stamm fragte, ob sie sich dazusetzen könnten. Mit seinem Blick drückte der Junge den Wunsch aus, Stamm möge alle seine Pickel und die Krätze dazu bekommen, aber er traute sich nicht, die Plätze für besetzt zu erklären.

Eva faltete ihr ohnehin kurzes Top bis unter den Busen hoch, legte die Beine auf den freien Stuhl, setzte die Sonnenbrille auf und sonnte sich. Stamm lehnte sich zurück und beobachtete durch sein Ray-Ban-Imitat mit wachsendem Vergnügen den Jungen mit dem zarten Flaum auf der Oberlippe. Wenn er sich vorher mit seiner kleinen Freundin unterhalten hatte, dann war das jetzt jedenfalls vorbei. Er hielt zwar weiter ihre Hand, aber seine ganze Konzentration verwendete er darauf, unauffällig zu Eva hinüberzuschielen. Als die Kellnerin kam, bestellte Stamm zwei Pils. Die Teenies hatten noch einen Alibi-Schluck im Glas und wichen den fragenden Blicken der Kellnerin aus.

Irgendwann wurde dem Jungen klar, daß er Evas Top beim besten Willen nicht durchdringen konnte. Er wandte sich wieder seiner Freundin zu und flüsterte ihr etwas ins Ohr.

»Geht nicht«, sagte sie.

»Wieso denn nicht?« Die Enttäuschung ließ ihn lauter werden. Dann fing er wieder an zu flüstern. Stamm schnappte etwas von sturmfreier Bude auf.

»Und wie soll ich nach Hause kommen?« Sie sah keinen Grund, Geheimnisse zu machen. Stamm konnte förmlich sehen, wie eine Stichflamme aus Frust in das Gesicht des Jungen schoß.

»Ich fahr doch auch jeden Tag nach Hilden«, preßte er hervor. Sein Argument verpuffte.

»Aber nicht Sonntagabend«, gab sie sachlich zurück. Sie lehnte ihren Kopf an seine Schulter, aber er setzte sich abrupt auf und entzog sich ihr. Er warf Stamm einen wütenden Blick zu, weil er ihn daran hinderte, den Streit auszutragen. Aber Stamm hatte das Interesse an dem Teenagergeplänkel verloren. Er stand auf und ging ins leere Restaurant.

An der Theke fragte er nach einem Telefonbuch. Der Zapfer trocknete sich die Hände ab, kramte ein paar Sekunden unter dem Tresen und gab ihm den Wälzer. Stamm schlug ihn weit hinten auf und blätterte sich zum W durch. Wiederstein gab es dreimal: Klaus, Horst und M. Er bat um einen Stift und notierte sich Klaus' Adresse und Telefonnummer, unterstrich beides mit einer fetten Linie und schrieb darunter noch die Adressen von Horst und M. Wiederstein. Er suchte noch nach Agger, Dr. Sigrun, fand sie aber erwartungsgemäß nicht.

Am Tisch hatten sich die Fronten verhärtet. Die Hände der beiden Kinder hatten sich gelöst, sie starrten in verschiedene Richtungen.

»Dein Bier wird warm«, warnte er Eva, die nur einmal an ihrem Glas genippt hatte.

»Wenn ich das austrinke, kannst du mir den Blinddarm rausnehmen, und ich merke es nicht«, murmelte sie. Sie griff trotzdem nach dem Glas und nahm einen Schluck.

»Ich bin sofort wieder da«, sagte Stamm. Er ging zum Auto und kam mit dem Städteatlas zurück. Er schlug das Straßenverzeichnis auf und suchte Am Hexbusch in Düsseldorf. Eine klitzekleine Sackgasse am Waldrand in Unterbach. Stamm konnte sich den Ansatz einer Beckerfaust nicht verkneifen. Er nahm einen tiefen Zug aus Evas Bierglas. Sie bemerkte seinen plötzlichen Elan.

»Was ist los?«

»Wir statten Herrn Wiederstein einen Besuch ab«, sagte er. Er fischte einen Zwanziger aus dem Portemonnaie und legte ihn vor dem Jungen auf den Tisch.

»Bist du so lieb und zahlst für uns?« Sie waren so schnell weg, daß der Junge es nicht einmal schaffte, das Kriegsbeil zu begraben.

Stamm fuhr nach Unterbach rein, bog links in die Vennstraße und am Ende rechts in die Gerresheimer Landstraße ein. Gleich die nächste links war die Flachskampstraße. Die Einfamilienhäuser rechts und links zeugten von solidem bürgerlichen Wohlstand. Die Grundstücke waren bestimmt doppelt so groß wie der Düsseldorfer Durchschnitt. Wer hier sein Haus abbezahlt hatte, durfte sich Millionär nennen. Stamm hoffte, daß sein Diesel ihm keine Anzeige wegen Ruhestörung einbringen würde. Die Straße wand sich den Hang hinauf. Nach wenigen hundert Metern wurde die Bebauung rechts von Buchenmischwald abgelöst. Die Flachskampstraße machte schließlich eine Linkskurve, während geradeaus ein Wanderpfad mit verschiedenen Markierungen weiterging. Kurz nach der Kurve ging es nach rechts in den Hexbusch. Höchstens zehn Häuser auf beiden Seiten, noch eine Spur nobler als auf der Flachskampstraße, dann endete die Sackgasse in einem Wendehammer. Wiedersteins Haus war rechts, mit direktem Anschluß zum Wald. Es unterschied sich durch den frischen, leuchtend gelben Anstrich und eine avantgardistische Dachform von den Nachbarhäusern. Stamm fuhr daran vorbei, drehte und stellte den Diesel ab.

Bevor er ausstieg, öffnete er das Handschuhfach und holte eine Packung Aspirin heraus. Er warf nacheinander zwei Tabletten ein und schluckte sie mit verzogenem Gesicht. »Schlaf weiter«, forderte er Eva auf. »Ich spreche mit Herrn Wiederstein lieber allein.« Eva räkelte sich im Autositz und murmelte:

»Wenn du in einer halben Stunde nicht wieder hier bist, hole ich die Bullen.«

Er lachte.

»Gib mir eine Stunde.«

Er schlenderte zurück. Vor dem gelben Haus zögerte er einen Augenblick und drückte dann die Klinke des schmiedeeisernen Gartentürchens hinunter. Er absolvierte die paar Schritte durch den Vorgarten, stieg zwei Stufen zum Eingang hinauf und drückte auf den Klingelknopf. Mit leichter Verzögerung erklang ein tiefes Glockenspiel. Nach zehn Sekunden setzte er den Zeigefinger erneut an, zog die Hand aber zurück, als er im Haus Bewegung wahrzunehmen glaubte. Das Geräusch kam immer näher.

»Hast du den Schlüssel –?« Das Mädchen sprach die Frage nicht zu Ende, als sie Stamm sah. Sie war höchstens achtzehn und hatte ihre glatten hellblonden Haare zu einem Pferdeschwanz zusammengebunden. Sie trug nur ein dünnes weißes T-Shirt, unter dem sich ihre Brustwarzen abzeichneten und das knapp die Oberschenkel erreichte. Sie war bildhübsch.

»Entschuldigung«, lächelte Stamm so freundlich er konnte. »Frau Wiederstein?«

»Sie … sie ist nicht da«, sagte sie. Sie hielt sich an der Tür fest und schob sie langsam ein Stück zu.

»Macht nichts«, sagte Stamm gut gelaunt. »Ich wollte ja auch zu Herrn Wiederstein.«

»Der ist auch nicht da«, sagte sie.

Stamm nickte vor sich hin, als hätte er sich schon so etwas gedacht.

»Würden Sie Ihrem Vater … Sie sind doch bestimmt die Tochter …?«

Jetzt lächelte auch sie schwach.

»Nein, bin ich nicht. Die Tochter ist anderthalb Jahre alt. Ich passe nur auf sie auf. Herr und Frau Wiederstein sind beim Schützenfest.«

»Verstehe«, sagte Stamm und fuhr dann, mehr an sich selbst gerichtet, fort. »Na ja, da kann man wohl nichts machen. Was soll's, hat auch noch Zeit bis Montag … Entschuldigen Sie die Störung.«

»Macht nichts«, sagte sie leise. Die Tür war inzwischen schon fast geschlossen. Er kehrte zum Auto zurück.

»Das ging aber schnell«, sagte Eva, als er beim Peugeot ankam. Sie rauchte eine Zigarette.

»Er war nicht da«, sagte Stamm. »Aber ich habe das Gefühl, daß er gleich kommt.« Er startete den Diesel und rollte den Hexbusch hinunter. Er bog in die Flachskampstraße ein und weiter unten in die Straße Am Silberberg. Dort parkte er wieder. Er beugte sich über Eva, öffnete das Handschuhfach und holte das kleine Fernglas heraus.

»Ich muß dich noch einmal allein lassen«, sagte Stamm.

»Wohin gehst du denn jetzt?« fragte sie.

»Vögel beobachten«, antwortete Stamm, während er ausstieg.

Er lief die Flachskampstraße hoch. An der Linkskurve folgte er dem Fußweg geradeaus in den Wald. Hier dominierten Fichten. Der Pfad wurde zum Hohlweg und stieg leicht an. Nach etwa fünfzig Metern schlug sich Stamm nach links in die dicht stehenden Bäume. Die Äste erschwerten ihm den Weg. Die Fichten hatten das Weihnachtsbaumalter zwar lange hinter sich, aber Riesen waren sie auch noch nicht. Stamm kämpfte sich durch und verbuchte das Pieken der Nadeln als Hautmassage. Es ging stetig leicht bergauf. Er orientierte sich an den Zäunen der Grundstücke und näherte sich ihnen vorsichtig. Das dritte Haus war leuchtend gelb. Stamm stapfte langsam näher, stieg noch weiter den Hang hinauf, um einen Blick in den Garten zu erhaschen. Der Hang war nicht steil genug. Er begutachtete die Bäume. In der dritten Reihe hinter dem hohen Jägerzaun fand er eine Fichte, deren Äste sowohl kräftig genug waren, um ihn zu tragen, als auch weit genug auseinander wuchsen, um ihm das Klettern zu ermöglichen. Er saute sich die Hose ein, zerkratzte sich die Unterarme, seine Hände waren mit Harz verklebt, aber in der ersten Etage der Fichte hatte er einen Logenplatz. Zwischen einem Apfelbaum und einer Zeder, die auf dem Rasen in dem großen, von den Nachbargrundstücken völlig abgeschirmten Garten standen, konnte er die Terrasse und darauf das Mädchen erkennen. Sie saß im Schatten eines Sonnenschirms auf einem Gartenstuhl und las in einer Zeitschrift. Er setzte das Fernglas an und erkannte das Magazin. Auf einem weißen Tisch stand ein Glas.

Einige Minuten rührte sich nichts in dem Haus. Stamms linkes Bein schlief ein, aber er konnte es nicht bewegen, weil er sonst heruntergefallen wäre. Dann sprang das Mädchen plötzlich auf und wandte Stamm den Rücken zu. In der Terrassentür erschien ein Mann in weißem Hemd mit dunkler Krawatte und dunkler Hose, die zwei helle Streifen an der Naht hatte. Er schien noch relativ jung zu sein, ein drahtiger, großer Mann mit vollem dunklem Haar. Das Mädchen redete auf ihn ein. Er hörte eine Zeitlang zu, zuckte die Schultern und setzte sich auf den Gartensessel, den sie freigemacht hatte. Er griff zum Glas, trank einen Schluck und stellte es wieder ab. Sie stand unmittelbar neben dem Stuhl und redete weiter. Er lächelte plötzlich anzüglich, setzte sich ein wenig auf, um sie besser erreichen zu können und fing an, ihren Oberschenkel zu streicheln. Seine Hand wanderte langsam höher und kreiste auf ihrem Hintern. Plötzlich setzte sie sich rittlings auf seinen Schoß. Seine Bewegungen wurden hektischer. Er faßte ihr T-Shirt am Saum und zog es hoch. Sie half ihm, indem sie die Arme hob. Sie umschlang seinen Kopf und preßte ihn auf ihren Busen. Er küßte sie und massierte ihren Rücken, dann schob er sie weg und sagte etwas. Das Mädchen stand sofort auf. Sie trug noch einen Slip. Der Mann setzte sich auf und zog ihn langsam herunter. Dann stand auch er auf, ergriff ihre Hand, und sie verschwanden im Haus.

Beim Runterklettern handelte sich Stamm einen Riß im Hosenstoff und in der Haut des Oberschenkels ein. Fluchend bahnte er sich einen Weg durch die Fichten. Fünf Minuten später saß er wieder im Auto.

»Ich denke, diese Fahrt war nicht umsonst«, sagte er. »Frau Wiederstein würde nicht sehr begeistert sein, wenn sie erfährt, welche Sonderaufgaben ihr Babysitter noch übernimmt.« Er berichtete Eva, was er gesehen hatte. Als er fertig war, sagte sie:

»Vielleicht ist das gar nicht der Mann, den du suchst. Vielleicht ist das ihr Freund, und sie nutzen die sturmfreie Bude.«

Stamm war einen Moment irritiert. Dann sagte er:

»Das ist leicht herauszufinden. Ich muß mich ihm ja sowieso vorstellen.«

»Glaubst du, er könnte etwas mit den Morden zu tun haben?« fragte Eva.

»Er ist einer von Fünfen, auf die ich ganz vage Hinweise habe, und einer von dreien, die in die etwas engere Wahl kommen, weil ihr Autokennzeichen mit M anfängt.« Er erzählte ihr, was ihm der Penner am Rheinstrand gesagt hatte.

»Und dem willst du dich vorstellen?« fragte Eva.

Stamm zuckte die Schultern.

»Wenn er's war, kennt er mich sowieso.« Er startete den Wagen und fuhr wieder in Richtung Hexbusch. Auf Höhe der Einmündung hielt er kurz an. Fünfzig Meter weiter stand ein dunkler Mercedes auf der Straße, der vorhin noch nicht da war. Stamm setzte das Fernglas an und las das Kennzeichen. Dann fuhr er weiter, drehte bei der nächsten Gelegenheit und parkte dreißig Meter vor der Einmündung.

Es vergingen zehn Minuten, dann rollte der dunkle Mercedes auf die Flachskampstraße und entfernte sich. Stamm startete den Peugeot und folgte dem Benz. Es war höchste Zeit. Die Gardinen in dem letzten Haus der Straße bewegten sich schon seit einigen Minuten leicht. Stamm hoffte, daß der Beobachter die Bullen noch nicht alarmiert hatte.

Stamm blieb dem Benz dicht auf den Fersen, machte sich nicht die Mühe, unbemerkt zu bleiben. Wiederstein bog von der Flachskampstraße nach links in die Gerresheimer Landstraße und strebte Erkrath-Unterfeldhaus entgegen. In Unterrath war Schützenfest, und Wiederstein gehörte dazu. Kurz vor dem Ortsende bog Wiederstein auf den Parkplatz des Hotels Am Zault ab. Links und rechts säumten

Autos den Straßenrand, standen halb auf dem Bürgersteig. Stamm hielt unschlüssig auf der Straße an und handelte sich ein Hupkonzert ein. Erschreckt ließ er die Kupplung kommen und sprang dem Benz hinterher auf den Parkplatz. Auf der Wiese links vom Hotel war Kirmes. Mittendrin stand das Schützenzelt. Wiederstein hielt sich nicht lange mit der Parkplatzsuche auf. Er fuhr vor den Hoteleingang und stellte seinen Wagen so illegal ab, wie es sich nur ein Freund des Hauses leisten konnte.

»Am besten, du steigst aus und gehst ihm hinterher«, scheuchte er Eva aus ihrer schläfrigen Haltung auf. »Ich komme, sobald ich einen Parkplatz gefunden habe.« Eva protestierte mit einem Blick, der klar genug ausdrückte, welche Zumutung ein solcher Auftrag darstellte. »Schnell!« drängte er. »Ich will ihn nicht verlieren. Ich bin nicht sicher, ob ich ihn im Gewühl wiedererkenne.« Sie murmelte einen Fluch, stieg aber aus. Stamm wendete und bog wieder in die Hauptstraße ein. Er mußte weit in den Millrather Weg hineinfahren, bevor er am Straßenrand eine Lücke für seinen Peugeot fand. Er joggte zurück, überquerte die Gerresheimer Landstraße und betrat die Kirmeswiese. Noch hielt sich der Rummel in Grenzen. Stamm erkundete die Örtlichkeit. Der größte Menschenauflauf war gleich neben dem Zelt am Schießstand der Schützenbruderschaft St. Hubertus Unterbach von 1870. Uniformierte ballerten in gemütlicher Folge auf den Holzvogel. Er war schon ein wenig gerupft und bestand nur noch aus Rumpf und einem Flügel. Stamm sah sich gründlich um, konnte aber weder Eva noch einen Mann, der Ähnlichkeit mit dem Ficker vom Hexbusch hatte, ausmachen. Stamm ließ das Schießen links liegen und ging ins Zelt.

Auf einen Blick sah er sowohl Eva als auch den mutmaßlichen Wiederstein. Er hatte eine Operetten-Uniformjacke leger über die Schulter geworfen und unterhielt sich mit zwei Männern. Eva stand an der Theke. Stamm nickte ihr zu und stellte sich daneben.

»Hast du was bestellt?« fragte er. Als Eva den Kopf schüttelte, orderte er zwei Bier. Es wurde Frankenheim ausgeschenkt, wogegen er nichts einzuwenden hatte. Schweigend beobachteten sie Wiederstein und das Treiben im Zelt. Dann ging der Lampenunternehmer hinaus. Stamm folgte ihm. Wiederstein gesellte sich zu den Schützen am Schießstand und beobachtete einige mißglückte Schüsse. Dann war er dran. Er zielte kurz und holte den rechten Flügel herunter. Die Schützen quittierten es mit lautem Hallo und Hurra. Der erfolgreiche Pfänderschütze mußte etliche Hände schütteln und sich die Schulter kräftig abklopfen lassen. Eine temperamentvolle Blonde mit eleganter Kurzhaarfrisur, die ihr konturloses Gesicht umrahmte, fiel ihm um den Hals und küßte ihn, was weiteren Applaus einbrachte. Der Mann löste sich lachend und stürmte ins Zelt. Schnurstracks ging er zur Theke. Er zwängte sich an Eva vorbei und rief:

»Mach 'ne Runde fertig, Manni, geht auf mich!« Er unterstützte seine Bestellung mit einer ausladenden Armbewegung und erwischte mit dem Ellbogen Evas Bierglas. Das gute Frankenheim schwappte auf Evas Hals, von wo es unter ihr Top floß. Sie sprang zurück und schüttelte sich. Dabei lief noch mehr Bier über und floß auf Evas Hand. Sie stellte das Glas auf die Theke. Wiederstein wandte sich ihr mit dem Ausdruck der Untröstlichkeit zu.

»Oh, verzeihen Sie!« rief er und holte ein blütenweißes Taschentuch aus seiner Hosentasche. Er nahm ihre Hand und wischte das Alt weg. Dann beugte er sich ein wenig vor, um ihren Hals besser zu sehen. Ohne ihre Hand loszulassen, tupfte er die Flüssigkeit ab.

»Wie kann ich das nur wieder gutmachen?« fragte er.

»Gar nicht«, knurrte Stamm hinter ihm. »Sie ist kein Babysitter und außerdem volljährig.«

Der Mann ließ Evas Hand los und drehte sich langsam um. In seiner Miene kämpften Schock, Angriffslust und Neugierde. Stamm sah ihn ausdruckslos an. Die Aggressivität verblaßte.

»Ich verstehe nicht ganz«, sagte er.

»Ich kann's Ihnen erklären – Herr Wiederstein.« Der Mann nahm es hin. »Ich kann's hier tun, wir können uns ein ruhiges Plätzchen suchen… ich kann's auch mit Ihrer Frau regeln, wenn Ihnen das lieber ist.« Inzwischen hatte sich auch der Schock ein wenig aus Wiedersteins Gesichtsausdruck zurückgezogen.

»Gehn wir raus«, schlug er vor, »es ist ein bißchen stickig hier drin.«

Stamm bedeutete ihm mit einer Handbewegung, vorzugehen. Wiederstein erwies sich als geistesgegenwärtig.

»Was ist mit der Runde, Manni?« rief er dem Zapfer zu, der unschlüssig herumstand. »Die Jungs haben Durst!« Manni setzte sich in

Bewegung. Wiederstein auch, und Stamm folgte ihm nach draußen. Als sie das Zelt zwischen sich und dem Rummel am Schießstand gebracht hatten, blieb Wiederstein stehen.

»Wer sind Sie?« fragte er.

Stamm sah ihn durchdringend an, aber die Miene des Unternehmers hatte sich inzwischen wieder vollkommen geglättet.

»Ich bin derjenige, der vorhin bei Ihnen zu Hause war.«

»Ja, unser Babysitter erzählte mir, daß jemand da war. Ich wollte kurz nach dem Rechten sehen...«

Stamm grinste ihn so breit an, daß er sich unterbrach.

»Ich bin ein Anhänger des Fairplay«, sagte Stamm. »Deshalb sollen Sie die Regeln kennen, nach denen wir spielen. Aus dem Fichtenwald oberhalb Ihres Gartens hat man einen ausgezeichneten Blick auf Ihre Terrasse, vor allem, wenn man zufällig ein Fernglas dabei hat. Kommen wir also zur Sache. Ich möchte erstens wissen, was Sie mit der Ministerin Sigrun Agger zu schaffen haben. Zweitens möchte ich wissen, wie der verblichene Rainer Pfaff da hineinpaßt. Und drittens möchte ich etwas über Nadja Winter hören.« Wiederstein stützte sich mit der linken Hand am Gestänge des Zeltes ab. Er blickte ins Leere. Dann sah er Stamm mit einem schwachen Lächeln an.

»Sie haben starke Argumente«, sagte er. »Fangen wir also von hinten an. Den letzten Namen, den Sie genannt haben, höre ich zum ersten Mal. Dazu kann ich Ihnen leider nichts sagen. Pfaff... nein, warten Sie, auf Pfaff komme ich später. Es ist vielleicht besser, wenn ich chronologisch vorgehe. Also, ich habe ein Unternehmen in Hilden. Ich stelle Beleuchtungskörper her, vor allem energiesparende Systeme für Großkunden. Werk- und Lagerhallen, Schulen, Sportstätten und natürlich Bürogebäude. Ich habe die Firma von meinem Vater übernommen, habe sie aber in den letzten Jahren umgekrempelt und stark vergrößert. Wo alle Welt über Umweltfreundlichkeit spricht, habe ich beim Energiesparen die Chance gesehen und mich nicht getäuscht. Natürlich habe ich auch Kontakt zu Frau Agger aufgenommen. Wie Sie vielleicht wissen, wohnt sie hier in Unterbach. Es kann natürlich nichts schaden, wenn die Wirtschaftsministerin weiß, daß es in ihrem Dunstkreis erfolgreiche, innovative Mittelständler gibt. Das Land hat eine Menge Großimmobilien, bei denen sich irgendwann die Frage nach einem neuen, intelligenten Beleuchtungssystem stellt. Ich wollte für den Fall der Fälle den Fuß in der Tür haben. Ich denke, das ist absolut legitim.«

Er machte eine Pause und suchte in Stamms Gesicht nach Zustimmung. Stamm tat ihm den Gefallen und nickte leicht.

»Nun ja, also irgendwann kam dann auch eine Ausschreibung, Renovierung im Wirtschaftsministerium. Frau Agger wies mich sogar darauf hin. Alles ganz unverbindlich, versteht sich, nur damit mir die Chance nicht entgeht. Okay, ich entwerfe also mein Angebot und reiche es ein, das war vor zwei, drei Monaten. Zwei Wochen später ruft mich dann dieser Pfaff an und sagt, er könne mir einen Gefallen tun... Nun, ich muß natürlich an meine Belegschaft denken, also willige ich ein, mich mit ihm zu treffen. Ich will es kurz machen: Er erzählte mir, er könne dafür sorgen, daß ich den Auftrag kriege. Er war erfrischend offen. Wollte fünfundzwanzigtausend Mark haben, nicht im voraus, sondern wenn ich den Auftrag in der Tasche habe. Der Mann hatte eindeutig Insider-Informationen, sonst hätte er gar nicht gewußt, daß ich ein Angebot abgegeben habe.« Wiederstein machte wieder eine Pause, um einen kleinen Exkurs zu entwerfen. »Schauen Sie, die Sache ist doch so. Solche Typen wie Pfaff, die irgendwo an den Schaltstellen über einen entscheidenden Hebel verfügen oder zumindest überzeugend den Eindruck erwecken können, sie hätten einen, sind weit verbreitet. Die kriegen die Liste der Bewerber in die Hand und rennen dann von einem zum anderen und versprechen, sie könnten dafür sorgen, daß man den Auftrag bekommt. Einer bekommt ihn dann auch. Er weiß zwar nachher nie, ob dieser... Vermittler tatsächlich Einfluß hatte, aber im voraus kann man das erst recht nicht einschätzen. Und eins muß man sehen: Wir sprechen hier von einem Auftragsvolumen in Millionenhöhe. Da kann man bescheidene fünfundzwanzigtausend Mark leichten Herzens abschreiben.«

»Oder in die Rechnung einbauen«, ergänzte Stamm.

Wiederstein zeigte Stamm die offenen Handflächen – zum Zeichen, daß er sich ihm offenbart hatte.

»Haben Sie den Auftrag gekriegt?« fragte Stamm.

»Ja.«

»Und haben Sie Pfaff bezahlt?«

»Natürlich.«

»Haben Sie später noch einmal von ihm gehört?«

»Indirekt. Ich habe zufällig davon gelesen, daß er erschossen worden ist.« Wiederstein lockerte seine Uniformkrawatte. Große Schweißflecken hatten sich unter den Achseln ausgebreitet. Stamm sah ihn nachdenklich an.

»Und Sie haben Pfaff nicht gefragt, wie er Ihnen den Auftrag besorgt hat?«

Wiederstein lächelte. »Natürlich habe ich ihn gefragt. Aber ich habe nicht erwartet, daß er es mir sagt, und er hat es mir auch nicht verraten. Aber jetzt kann ich mir einen Reim drauf machen. Ich denke, er hat Frau Agger erpreßt, weil er diese Sexgeschichten kannte.«

Stamm nickte nachdenklich vor sich hin. Schließlich sagte er:

»Sie hatten Glück, daß der Auftrag vergeben wurde, bevor die Bombe geplatzt ist.«

»Vielleicht«, sagte Wiederstein. »Ich glaube allerdings eher, daß ich den Auftrag sowieso bekommen hätte. Ich habe aber trotzdem gezahlt, weil ich Pfaff zugetraut habe, einen Skandal loszutreten. Und das kann ich weiß Gott nicht gebrauchen.«

Sie schwiegen eine Weile. Schließlich sah Stamm Wiederstein an und sagte:

»Sie müßten bald mit Ihrem nächsten Schuß dran sein.« Er wollte sich in Bewegung setzen, doch Wiederstein ergriff seinen Arm.

»Hören Sie, ich habe Ihnen alles gesagt, was ich weiß. Ich meine, Sie wollen doch nicht mit meiner Frau ...«

Stamm schüttelte Wiedersteins Arm ab. »Das ist Ihre private Schweinerei«, sagte er und ging zum Zelteingang.

Eva unterhielt sich mit dem Zapfer. Als Stamm die Theke erreichte, widmete der sich wieder seiner Aufgabe.

»Gehen wir!« sagte Stamm und legte einen Zehner auf den Tresen.

»Und?« fragte Eva, als sie draußen waren.

»Ein Mosaiksteinchen«, sagte Stamm. »Es hat sich bestätigt, was ich eh vermutet habe. Pfaff muß die Agger erpreßt haben. Aufwendig, aber nicht unpfiffig. Er hat sich sein Geld offenbar von Unternehmen geholt, die vom Ministerium Aufträge bekommen haben.« Er berichtete, was Wiederstein ihm erzählt hatte. »Ehrlich gesagt, hätte ich ein so umfassendes Geständnis gar nicht erhofft«, schloß er, während er Eva die Autotür öffnete.

»Er hat eine Menge zu verlieren«, sagte sie.

»Sicher«, sagte Stamm, während er um den Wagen herumging. »Junge Familie, die Tochter gerade anderthalb, der Ruf...« Er stieg ein und startete den Wagen. Er setzte rückwärts aus der Parkbucht.

»Und die Firma«, sagte Eva.

»Und die Firma«, wiederholte Stamm. Er schaltete in den ersten Gang und fuhr vom Parkplatz. »Wieso denn die Firma?« fragte er plötzlich und warf Eva einen erstaunten Blick zu.

Sie lächelte überlegen.

»Na ja, die Firma Wiederstein halt..., in der viel, viel Geld von Frau Wiederstein steckt. Die Ampel ist rot!« Stamm sah nach vorn und bremste abrupt ab. Dann wandte er sich wieder Eva zu. Sie lachte jetzt lauthals los. »Entschuldige bitte, wenn ich dein Schnüffelprivileg untergraben habe«, sagte sie, als sie sich wieder beruhigt hatte. »Ich konnte mich aber echt nicht dagegen wehren. Andererseits bin ich ziemlich sicher, daß du nicht einmal die Hälfte erfahren hättest. Dein Ausschnitt ist nicht tief genug. Die Ampel ist grün.« Stamm fuhr los. Er biß sich auf die Lippen, um sich nicht die Blöße zu großer Neugier zu geben. »Der Zapfer«, sagte sie endlich. »Als ihr weggegangen seid, hab ich mich ein wenig gelangweilt. Ich gucke also in die Runde, und da steht diese Frau... so eine Blonde, Kurzhaarige. Die steht da so rum und starrt mich an... also ich kann mich nur wundern, daß ich noch lebe. Ich schätze, die muß gesehen haben, wie Wiederstein an mir rumgewischt hat. Na jedenfalls höre ich plötzlich hinter mir ›das ist Frau Wiederstein‹. Ich tue so, als hätte ich sie nicht gesehen und drehe mich unauffällig um. Der Zapfer spült seine Gläser und grinst mich an. ›Die paßt auf ihren Mann auf, was?‹, sag ich. ›Da kannste Gift drauf nehmen‹, sagt er, ›sie hat ja auch anständig für ihn geblecht‹. Tja, und dann war er nicht mehr zu halten. Ich mußte nur kurz fragend gucken, und er sprudelte wie ein Wasserfall. Ihr Vater muß stinkreich sein. Alteingesessener Bauer, dem ein Haufen Land in Unterfeldhaus und Hilden gehört hat. Irgendwann kam ein Gewerbegebiet auf einen Acker, eine neue Wohnsiedlung auf den anderen, und der Mann war in nullkommanichts Multimillionär. Ohne das Geld seiner Frau hätte Wiederstein die Firma nie und nimmer so groß machen können. Interessant, nicht?«

»Sicher«, sagte Stamm. »Hat aber mit meiner Geschichte nichts zu tun.«

»Stinkstiefel«, murrte Eva.

13

Um achtzehn Uhr kehrten Eva und Stamm von ihrer Landpartie zurück. Stamm hörte den Anrufbeantworter ab. Heribert Haddel hatte angerufen und seine Nummer im Holiday Inn hinterlassen. Hauptkommissar Korn wollte noch einmal anrufen. Ein Anruf ohne Nachricht. Noch einmal Harry Haddel, ungeduldig. Stamm ließ ihn warten, folgte Eva erst mal unter die Dusche.

Während er anschließend den Stadtplan von Duisburg wälzte, um sich auf sein bevorstehendes Treffen mit Rogalla vorzubereiten, klingelte das Telefon.

»Stamm.«

»Haddel. Wo zum Teufel stecken Sie? Ich wähle mir hier noch die Finger wund.«

»Ich weiß«, sagte Stamm.

Haddel brauchte ein paar Sekunden, um zu merken, daß Stamm nicht vorhatte, weiterzusprechen.

»Na wie auch immer, jetzt habe ich Sie ja. Also schießen Sie mal los!« Stamm lachte auf.

»Sind das jetzt die hohen Weihen des investigativen Journalismus?« fragte er Haddel. »Schießen Sie mal los? Muß ich mir merken, dann werde ich vielleicht auch Starreporter, wenn ich groß bin.« Wieder war es eine Weile still. Haddel brauchte die Zeit, um seine Stimme auf leise drohend umzustellen.

»Ich bin nicht hierher gekommen, um mich von Ihnen verarschen zu lassen.«

»Dann benehmen Sie sich auch wie jemand, der nicht verarscht werden will. Formulieren Sie ein paar präzise Fragen, und rufen Sie mich einfach noch mal an!« Stamm legte auf.

Schon um zehn nach acht, zehn Minuten früher als kalkuliert, verließ Stamm in Meiderich die Duisburger Stadtautobahn. In der Kurve warf er einen Blick auf den Zettel auf dem Beifahrersitz und ordnete sich bei den Linksabbiegern ein. Von der hohen Autobahnbrücke über den Hafen hatte er das atemberaubendste Industriepanorama des Ruhrgebiets genossen. Die Schlote reckten sich der Abendsonne entgegen, aber sie rauchten nicht. Der Himmel über der Ruhr war einigermaßen bläulich. Nicht strahlend blau, wie der Landesvater gern erzählte, aber das lag am diesigen Wetter des Niederrheins und nicht an den Hochöfen. Unten in Meiderich war es so grau, wie es sich für ein Arbeiterviertel gehörte. Die stumpfen Häuserfassaden blätterten ab, die Pommesbude war nichts für heikle Naturen, an der Trinkhalle war die Neonbeleuchtung kaputt. Meiderich war mit Haut und Haar in Duisburg aufgegangen. Sogar seinen ruhmreichen Sportverein hatte es abgegeben und sich mit einem Buchstaben im Namen begnügt. Aber schon in Köln wußte keiner mehr, daß das M des MSV Duisburg für Meiderich stand. Wenn in Schalke jemand auf die Idee käme, den Club in FCS 04 Gelsenkirchen umzubenennen, würden die Jungs mit den blau-weißen Schals das Clubhaus abfackeln.

Stamm zählte die Querstraßen ab und bog an der dritten rechts in die Gerrickstraße ab. Nach hundert Metern hörten die Häuser auf, die Straße machte eine S-Kurve, es ging unter der Eisenbahn durch, und Stamm war im Hafen. An der Verzweigung unmittelbar hinter der Unterführung hielt Stamm sich links und nahm Gas weg. Er näherte sich einer hohen Betonmauer auf der rechten Seite, dahinter überragt von mächtigen Tanks und dem riesigen Schriftzug »Eisenlegierungen«. Davor ging eine Straße ab, ein grünes Schild gab die Richtung an: Pontwert, Kiffward. Rogalla hatte ihn zum Kiffward, der Landzunge zwischen Hafenkanal und Hafenbecken C, bestellt. Stamm bog ab und fuhr langsam die verlassene Straße entlang. Er unterquerte die Stadtautobahn, über die er vorhin gekommen war. Zehn Sekunden später erkannte er die Auffahrt zur Stahlbrücke über den Hafenkanal, gleich dahinter das mächtige Schleusenhaus. Es sah aus wie ein hochkant aufgestellter Schuhkarton. Hier endete der Hafenkanal, und der Rhein-Herne-Kanal, die Erholungsader des nördlichen Ruhrgebiets, begann.

Stamm verließ die Hauptstraße vor der Brückenauffahrt und fuhr rechts davon einige Meter parallel zur Brücke, bevor die Straße den Hafenkanal erreichte und eine Biegung nach rechts schlug. Es war still auf dem Kanal. Auch auf der Straße am anderen Ufer war nichts los, genauso wenig wie in den beiden Backsteinhäusern auf der rechten

Seite. Nach wenigen Metern endete die Straße in einem Wendehammer. Hier war er mit Rogalla verabredet. Er war eine Viertelstunde zu früh, aber bei der Aussicht würde ihm das Warten nicht lang werden. Er hatte das Herzstück des größten Binnenhafens der Welt fast vollständig im Blick. Die Schrottberge gleich am anderen Ufer des Beckens C hätten das Wedaustadion leicht ausfüllen können. Ladekräne, von denen aus man das Dach des Kölner Doms hätte flicken können. Dahinter schimmerten die Kohlehalden auf der Kohleinsel in der Sonne. Noch ein Stück dahinter die Ölinsel. Aus den Tanks hätte man die zwei Millionen Autos im Ruhrgebiet ein Jahr lang volltanken können. Dann war Schluß mit dem Hafen. Er ging nahtlos in die Hochöfen des Thyssen-Hüttenwerks über, das halb Ruhrort bedeckte.

Stamm stieg aus. Er ließ das Radio laufen und die Tür offen. Das T-Shirt klebte ihm am Rücken. Selbst auf den wenigen Schiffen, die hier vor Anker lagen, war kein Leben erkennbar. Er beugte sich in den Wagen und nahm die Packung Gauloises Blondes vom Beifahrersitz. Er zog eine Zigarette raus, zündete sie an und legte die Packung aufs Wagendach. Er ging einige Schritte, betrachtete das industrielle Stilleben. Er kehrte zum Wagen zurück und schaltete das Radio ein. Er würgte den Nachrichtensprecher ab, indem er eine Kassette in den Schacht schob. Er nahm einen Zug, verzog das Gesicht und warf die halbgerauchte Zigarette weg. R.E.M. spielten »It's the end of the world as we know it«. Stamm stand wieder auf und stützte sich mit den Unterarmen auf die offene Tür. Er hatte die Zufahrtstraße nicht voll im Blick, ging ein paar Schritte in Richtung Kanal. Er betrachtete die Fenster hoch oben im Schleusenhaus. Von hinten kam eine schwache Brise auf und kühlte seinen nassen Rücken. Ein Knall durchbrach die Stille. Stamm versuchte, die Quelle zu orten – er hätte von überall kommen können. Auch der zweite Knall hätte ihn nicht weiter beunruhigt, wenn ihm nicht ein kurzes, bedrohlich nahes Zischen vorangegangen wäre. Der dritte viel lautere Knall wenige Meter hinter ihm ertönte fast gleichzeitig. Stamm warf sich auf den Boden, als ihm aufging, daß eine Kugel einen Baucontainer getroffen hatte. Die dritte Kugel schlug auf dem Asphalt auf, vielleicht fünf Meter vor ihm. Der Schweiß brach ihm am ganzen Körper aus. Er rollte sich in Richtung Wagen. Mit blutenden Ellbogen erhob er sich wenige Meter davor und hastete geduckt zur Beifahrertür. Er kroch in den Peugeot und rutschte auf den Fahrersitz. Hastig startete er den Motor. Er holte das Fernglas aus dem Handschuhfach und versuchte, den Schützen zu finden. Er mußte auf oder unter der Brücke über dem Hafenkanal stehen. Stamm konnte von seiner Position den einzig möglichen Standort nicht erkennen. Er fuhr Zentimeter um Zentimeter vor, bis er die gesamte Brückenrampe im Blick hatte. Alles lag genauso ruhig da wie zuvor. Plötzlich tauchte eine helle Wagenschnauze im Sichtfeld des Fernglases auf. »Wahrscheinlich grau«, murmelte Stamm. »BMW? Mercedes? Mercedes.« Der Wagen blieb etwa zehn Sekunden lang stehen. Dann setzte er mit Vollgas zurück und war verschwunden. Stamm blieb einige Sekunden sitzen und überlegte fieberhaft. Er zerrte das T-Shirt aus der Hose und wischte sich den Schweiß aus den Augen. Dann legte er den Gang ein und fuhr langsam vor. Er behielt die Brücke im Auge, doch darauf bewegte sich nichts. Kurz vor der Kurve, die die Straße vom Kanal wegführte, gab er Gas.

Die Straße lag tot da. Stamm schaltete herunter und jagte seinen Diesel hoch. An der Sympherstraße glaubte er rechts in weiter Entfernung ein fahrendes Auto zu erkennen. Er raste hinterher. Die Sympherstraße war so breit, daß man quer vier gegen vier Fußball spielen konnte. Stamm beschleunigte auf hundertzwanzig und hoffte, daß die Duisburger Polizei hier nicht Jagd auf Kadett- und Golf-Rennfahrer machte. Er kam dem Wagen vor sich ein Stück näher, nahe genug jedenfalls, um ihn an der Ampel, die weit vorn auftauchte, halblinks fahren zu sehen. Als Stamm an der Kreuzung ankam, zeigte die Ampel Rot. Stamm vergewisserte sich, daß er allein auf der Straße war, und fuhr. Er kam dem grauen Benz mit Mülheimer Kennzeichen immer näher. Er bog in die Varziner Straße ab. An der Essen-Steeler-Straße ging es noch einmal rechts und kurz danach auf die A 3 Richtung Köln.

Auf der Autobahn hatte Stamm Mühe, dem Benz zu folgen. Aber die drei Kilometer bis zum Kreuz Kaiserberg reichten nicht aus, um ihn abzuschütteln. Der Mercedes wechselte auf die A 40 und verließ sie sofort wieder an der Abfahrt Kaiserberg. Auf den Kurven der Auf- und Abfahrten machte Stamm wieder Boden gut und folgte dem Mercedes nach links. Hinter dem Duisburger Zoo ging es nach links in Richtung Mülheim. Gleich hinter dem Ortsschild bog der Benz nach rechts in eine Wohnstraße. An Einfamilienhäusern vorbei, die nicht unerheblich zu Mülheims Status als dritteuerster Stadt Nordrhein-Westfalens beitragen dürften, ging es eine Anhöhe hinauf. Die Prinzenhöhe wurde zum Bussardweg. Stamm hielt sich jetzt nah am Benz, um ihn im Gewirr der Wohnstraßen nicht aus den Augen zu verlieren. Der fuhr schwungvoll nach links in einen anderen Greifvogelweg, dann noch mal links und dann rechts, jedesmal ohne zu blinken. Der Benz verließ die feine Siedlung im Stadtteil Speldorf. Stamm folgte ihm, Saarner Straße, Blötter Weg, Uhlenhorstweg. »Was soll der Scheiß?« murmelte Stamm, folgte dem Benz aber zurück in Richtung Duisburg. Nach einem guten Kilometer durch den Wald überquerten sie die A 3. Der Mercedes fuhr links in die Bissingheimer Straße und ordnete sich gleich wieder links ein. »Arschloch«, rief Stamm, als ihm klar wurde, daß der Benz auf die Autobahn wollte. Die Rennstrecke A 3 war leer. Stamm würde dem Benz keinen Kilometer folgen können. Er fuhr an der Auffahrt vorbei und wendete bei der nächsten Gelegenheit. Er fuhr zurück nach Mülheim und suchte in Speldorf eine Telefonzelle. Schon in der ersten gab es ein Telefonbuch. Er fand die K.-J. Rogalla Tiefbau GmbH und einen Rogalla, Karl-Josef privat. Wohin würde er fahren? Vermutlich nach Hause. Was sollte er um diese Zeit im Büro? Es wurde allmählich dunkel, die Autos fuhren mit Licht. Stamm studierte den Ruhrgebietsstadtplan und fand das Planquadrat mit der Straße, in der Rogalla, Karl-Josef wohnte. Beim Maßstab 1:100.000 waren nur die Namen der Hauptstraßen eingetragen. Stamm hatte die Wahl zwischen acht Straßen, die alle der Falkenweg sein konnten. Rogalla war vorhin an seinem Zuhause vorbeigefahren.

Stamm fand ohne Mühe zurück. Rogalla mußte mit seinen Preßlufthämmern und Planierraupen schönes Geld verdient haben, wenn ihm der großzügige Klinkerbau in bester Mülheimer Sonnenlage gehörte. Drei Garagen, der kleine Park rund ums Haus von einem schmiedeeisernen Zaun umgeben, Licht in einem Zimmer des Erdgeschosses und in der gesamten ersten Etage. Stamm fuhr vorbei, bog in die nächste Seitenstraße ein und stellte den Peugeot am Straßenrand ab. Dann schlenderte er zurück und warf im Vorübergehen einen Blick auf das Klingelschild am Tor. K.-J. Rogalla und darüber

P. Rogalla. Junior schien auch hier zu wohnen. Stamm wechselte die Straßenseite und spazierte hin und her, so daß er immer eine der beiden mächtigen Kastanien gegenüber Rogallas Haus in Sprungnähe hatte.

Er mußte nicht lange warten. Die runden Scheinwerfer der neuen Mercedes S-Klasse erschienen am Ende der Straße. Aus dem Schatten einer der Kastanien beobachtete Stamm den Wagen, dem er durchs halbe Ruhrgebiet gefolgt war. Rogalla nahm Gas weg und rollte langsam auf seine Garage zu. Er war allein im Wagen. Geräuschlos öffnete sich eines der drei Garagentore. Als der Mercedes halb drin war, sprintete Stamm los. Er huschte in die Garage, als sich das Tor wieder nach unten in Bewegung setzte. Es wurde nicht ganz dunkel, denn von vorn fiel das letzte Tageslicht durch eine offene Tür. Rogalla stieg aus und wischte sich mit dem Ärmel seines weißen Hemdes über die Stirn. Ein kleiner, untersetzter Sechzigjähriger mit Igelfrisur, die Krawatte weit gelockert. Er schlug die Autotür zu und machte einen Schritt auf die offene Tür zu.

»Wollen Sie das Gewehr im Auto lassen?« fragte Stamm.

Rogalla zuckte heftig zusammen und erstarrte dann. Stamm glaubte schon, der Schlag hätte ihn getroffen, als er sich schließlich langsam umdrehte.

»Tun Sie so etwas nie wieder!« sagte Rogalla. Es hätte leise klingen sollen, aber mit dieser Whisky-Stimme konnte der Mann nicht leise sprechen. »Ich habe einen Herzinfarkt hinter mir.«

»Dann würde ich aber die Finger von solchen Abenteuern lassen«, sagte Stamm. »Es muß ziemlich nervenaufreibend sein, im Duisburger Hafen herumzuballern.«

»Sie sind Herr Schulze, nehme ich an«, wich Rogalla aus. Er hatte sich wieder im Griff.

»Nee... ja, klar bin ich Schulze. Wir hatten ein Rendezvous. Erinnern Sie sich? Beinahe wäre es mein letztes gewesen. Ich wollte nun aber doch wissen, was der Quatsch sollte. Sie konnten doch nicht ernsthaft glauben, mich aus dieser Entfernung zu treffen.«

»Ich glaube, wir müssen eins klarstellen, Herr Schulze. Ich habe nicht auf Sie geschossen.« Er ging zur Tür und schaltete das Licht in der Garage an. »Sie können gern meinen Wagen durchsuchen. Da ist kein Gewehr.«

Stamm trat ins Licht und machte eine wegwerfende Handbewegung.

»Weiß der Teufel, was Sie gemacht haben, nachdem Sie auf die Autobahn gefahren sind. Vielleicht liegt das Gewehr im Straßengraben, vielleicht in der Ruhr. Tatsache ist, daß außer uns beiden niemand wußte, daß wir uns im Hafen treffen. Außer Ihrem Sohn natürlich. Wo ist der überhaupt?«

»Im Hunsrück. Auf der Jagd.«

»Auf der Jagd?« fragte Stamm interessiert. »Was jagt er denn so?«

Rogalla schürzte mehrmals nervös die Lippen, als ihm bewußt wurde, wohin Stamms Gedanken gingen.

»Hören Sie!« sagte er. »Mein Sohn hat nicht auf Sie geschossen. Er hat ja gar keinen Grund dazu.«

»Nein?« fragte Stamm.

»Nein... Ich wüßte wirklich nicht...«

»Ja?« hakte Stamm nach, als Rogalla nicht weiterredete. Der kleine Unternehmer wirkte etwas zerstreut. Er sah aus, als versuchte er, sich an etwas zu erinnern.

»Also, das ist ganz unmöglich«, sagte er schließlich lahm.

»Wäre jedenfalls keine schöne Vorstellung, stimmt's? Wieso hat er mich denn ausgerechnet in den Hafen bestellt?«

»Das war meine Idee«, sagte Rogalla. »Ich wollte jedes Aufsehen vermeiden. Nach allem, was passiert ist...«

»Da kommt es auf einen Toten mehr oder weniger auch nicht an«, führte Stamm den Satz zu Ende. Ein Ruck ging durch Rogallas Körper. Fast wäre sogar seine Igelfrisur aus der Façon geraten.

»Um Gottes Willen nein!« Er wirkte ehrlich erschrocken. Er sah Stamm hündisch an.

Stamms Gesichtsausdruck wurde milder. Er versuchte, aus Rogalla schlau zu werden. Der nutzte die Zeit, sich zu sammeln.

»Wer sind Sie eigentlich?« fragte er plötzlich.

»Ich heiße Stamm und bin vom Magazin«, sagte Stamm.

»Sie heißen gar nicht Schulze?«

Stamm schüttelte den Kopf und machte eine wegwerfende Handbewegung.

»Hören Sie«, fuhr Rogalla fort, »ich habe mit diesen Morden nichts zu tun.«

Stamms Blick wurde wieder aufmerksamer.

»Welche Morde meinen Sie denn?«

»Ich meine Pfaff und diese Journalistin von dem Revolverblatt.«

»Woher wissen Sie denn, daß die beiden Geschichten zusammenhängen?« fragte Stamm überrascht. »Davon stand in keiner Zeitung etwas.«

Rogalla lehnte sich gegen den Kotflügel seines Benz und starrte zu Boden.

»Sie hatte mich angerufen und nach Pfaff gefragt. Deshalb wollte ich Sie auch unbedingt irgendwo treffen, wo uns bestimmt keiner sieht. Diese Geschichte wird mir allmählich unheimlich. Ich will sie vom Hals haben.«

Stamm kratzte sich am Hinterkopf.

»Was hatten Sie eigentlich mit Pfaff zu schaffen?« fragte er. Rogalla lachte kurz auf.

»Fragen Sie lieber, was er mit mir zu schaffen hatte. Er tauchte irgendwann aus heiterem Himmel auf und wollte mir dicke Aufträge verschaffen. Ich habe keine Ahnung, wie ich zu der Ehre gekommen bin.«

»Was für Aufträge?«

»Autobahnbau, Bundesstraßen, große Projekte.«

»Haben Sie ihn nicht gefragt, wie er das bewerkstelligen will?«

Rogalla lächelte überlegen.

»Klar hab ich ihn gefragt. Ich hab ihm auch gesagt, daß ich bisher ganz gut allein über die Runden gekommen bin. Ich weiß schon, wie ich an Aufträge komme, das braucht mir nicht so eine windige Type zu erzählen.«

»Ja, und?« fragte Stamm ungeduldig.

»Der Kerl ließ sich nicht abwimmeln. Sagte, um so besser, dann bräuchte er sich ja darum nicht zu kümmern. Aber ich könnte ja schließlich nur Aufträge bekommen, die auch vergeben werden.« Er machte wieder eine Pause.

»Heißt im Klartext?« drängte Stamm wieder.

Rogalla grinste.

»Heißt im Klartext, wo kein Bauvorhaben, da auch kein Auftrag. Logisch, ne? Pfaff wollte mir weismachen, daß er dafür sorgen kann, daß bestimmte Autobahnprojekte, nämlich die A 44, die DüBoDo, wissen Sie, die iss ja nur Stückwerk, daß er also dafür sorgen kann, daß da bestimmte Teilstücke überhaupt beschlossen werden, Bochum und Ratingen zum Beispiel. Dafür sollte ich Geld bezahlen. Ich hab ihm gesagt, ich wär doch nicht bescheuert. So viele Millionen für all die Abgeordneten hat nicht einmal das RWE.«

»Sie haben ihn rausgeschmissen?« fragte Stamm.

»Jaaa«, erwiderte Rogalla, »zuerst.« Er lächelte entschuldigend. »Aber Pfaff sagte, daß es nur um eine einzige Person ginge, und die hätte er im Sack. Diese Bauabschnitte stünden genau auf der Kippe. Da müßte nur der richtige Mensch ihnen einen klitzekleinen Schubs geben, und sie fallen ins richtige Töpfchen.«

»Wissen Sie, wen er gemeint hat?« fragte Stamm.

»Ich bin schon 'n paar Jährchen im Geschäft«, sagte Rogalla.

»Wieviel wollte er?«

»Fünfzig Mille.«

»Und?«

»Ob ich gezahlt hab?«

»Ja.«

»Ich bin doch nicht bescheuert.«

»Hätten Sie denn gezahlt, wenn er Erfolg gehabt hätte?«

Rogalla grinste und schüttelte kaum merklich den Kopf.

»Die Frage stellt sich ja nicht mehr.« Rogallas Lächeln wurde langsam überlegener.

Stamm versuchte, ein ähnlich breites Grinsen zustandezubringen.

»Wußte Ihr Sohn eigentlich von Ihren Abmachungen?«

»Klar«, erwiderte der Baulöwe aufgeräumt, »er soll ja eines Tages den Laden übernehmen.«

Stamms Grinsen wurde spöttischer.

»Sie sollten besser aufpassen, wenn Sie mit Journalisten sprechen, Herr Rogalla«, sagte er. »Ich hätte das jetzt auch als Bestätigung verstehen können, daß Sie mit Pfaff eine Abmachung hatten.«

Rogalla unterbrach sein Lächeln nur für einen kurzen Moment.

»Na und?« fragte er herausfordernd.

»Ich mein ja nur«, sagte Stamm. »Ist ja auch egal. Aber eins würde mich noch interessieren. Wieso sind Sie nicht zu unserem Treffpunkt gekommen?«

Rogalla ließ sich Zeit mit der Antwort. Stamm gab sie ihm, entließ ihn aber nicht aus seinem fixierenden Blick. Schließlich sagte Rogalla:

»Unter der Brücke war ein Mann mit einem Gewehr. Er verschwand schnell hinter dem Brückenkopf, als ich näherkam. Ich habe eine Zeitlang wie ein Idiot mitten auf der Straße gestanden, bevor mir klar wurde, daß ich eine erstklassige Zielscheibe abgab. Dann bin ich abgehauen.«

»Wie sah er aus?« fragte Stamm.

Rogalla zog die Schultern hoch.

»Keine Ahnung. Er war zu schnell weg. Ich dachte, vielleicht hat er da seinen Wagen stehen. Ich habe dann irgendwann gemerkt, daß Sie hinter mir herfahren. Das hätte natürlich auch der Kerl mit dem Gewehr sein können. Deshalb bin ich auf die Autobahn gefahren.«

Rogalla knetete seine Finger.

»Sie überlegen, ob der Typ mit der Wumme nicht vielleicht doch Ihr Sohn gewesen sein könnte, stimmt's?« fragte Stamm.

»Er war's nicht«, sagte Rogalla. Er sah Stamm nicht an.

»Aber Sie haben überlegt, ob er's gewesen sein könnte«, insistierte Stamm.

»Nein«, entgegnete Rogalla. Er hob den Kopf.

Stamm begegnete ihm mit einem langen, forschenden Blick. Schließlich fragte er:

»Sagen Sie mal, Herr Rogalla, hat sich eigentlich die Polizei bei Ihnen gemeldet?«

»Nein.«

Stamm erzählte Eva nichts von dem Attentat im Duisburger Hafen. Er schilderte ihr das Gespräch mit Rogalla.

»War wohl wieder nichts«, schloß er. »Es ergäbe keinen Sinn. Pfaff hätte Rogalla nur lebend etwas genützt.«

Eva zappte von Spiegel TV zum Spielfilm auf Pro 7 und machte einen Schnelldurchgang durchs private Spätprogramm. Auf MTV blieb sie bei einer Bande Gangsterrappern hängen.

»Er hätte ihm aber nur was genützt, solange niemand wußte, daß die Agger was für Sex übrig hat«, sagte sie gähnend. »Als das raus war, war sie doch nicht mehr erpreßbar.«

Stamm sah sie verblüfft an.

»Scheiße«, murrte er. »Mußt du alles so verkomplizieren?« Das Telefon klingelte. Das Display des Videorecorders zeigte 23.15 Uhr.

»Wer zum Teufel ist das um diese Zeit?« fragte Stamm.

»Dieser Haddel«, sagte Eva. »Ist das dritte Mal, seit du weggefahren bist.«

Stamm seufzte und ging zum Telefon.

»Stamm.«

»Haddel.«

»Haben Sie Ihr Interview vorbereitet?«

»Treiben Sie's nicht auf die Spitze«, sagte der Star. »Das von vorhin will ich mal einfach vergessen.«

»Sehr großmütig«, sagte Stamm, wurde aber sofort konstruktiv: »Passen Sie auf, wir lassen das mit dem Interview, um diese Uhrzeit habe ich keine Lust auf Spielchen. Ich erzähle Ihnen von den beiden Morden und sage Ihnen dann, wo Sie ansetzen können. Einverstanden?«

»Schießen Sie los!« forderte ihn Haddel auf.

Stamm gab einen knappen, präzisen Bericht ab. Als der Star im Bilde war, ging es an die Handlungsanweisung.

»Der Schlüssel liegt im Wirtschafts- und Verkehrsministerium. Pfaff hat die Ministerin erpreßt, Nadja Winter hat's herausgefunden und mußte ebenfalls dran glauben. Der Job hat's also in sich. Mein Vorschlag: Wedeln Sie im Ministerium mit einigen größeren Scheinen – ich nehme an, Sie sind autorisiert, Schecks zu unterschreiben – und versuchen Sie, alles über folgende drei Unternehmer herauszufinden: Wiederstein, Hilden, Beleuchtungssysteme, Rogalla, Mülheim an der Ruhr, Tiefbau, Schu, Ratingen, ich weiß nicht was. Haben Sie das?«

»Ja.«

»Das sollte für den Anfang reichen. Das sind Namen von Pfaffs Diskette. Es gibt noch zwei, aber die halte ich aus bestimmten Gründen für weniger heiß.«

»Okay«, murmelte Haddel, »das ist ja ein Anfang. Ach, was ich noch fragen wollte… Ist Ihnen zufällig ein Typ vom Spiegel über den Weg gelaufen?«

»Nein, wieso?«

»Hier ist einer im Hotel. Ich habe ihn beim Abendessen gesehen.«

»Na ja«, machte Stamm. »Erstaunt Sie das? Unser Blatt hat doch auch seinen besten Mann geschickt.«

14

Montag

Um halb sieben wachte Stamm auf und konnte nicht mehr einschlafen. Er stand auf, ging in die Küche, stellte sich ans Fenster und starrte einige Minuten Löcher in die Sommerluft. Auch die Amseln auf dem Geländer des Balkons konnten ihn mit ihrem enthusiastischen Gesang kaum aufheitern. Er schlich wieder ins Schlafzimmer, fischte eine Sporthose und ein T-Shirt aus dem Kleiderschrank, zog sich die Jogging-Schuhe an und verließ leise die Wohnung. Er fuhr in den Aaper Wald und lief seine altbewährte Fünfkilometerrunde. Sie machte ihm schwer zu schaffen. Am Berg mußte er nach dem halben Anstieg eine Gehpause einlegen, gerade rechtzeitig, um sich nicht übergeben zu müssen. Vorsichtshalber hatte er erst gar keine Uhr mitgenommen.

Auf dem Rückweg hielt er an der Tankstelle an der Grafenberger Allee und kaufte eine Stange Gauloises Blondes und ein Kilo Zeitungen. Kurz vor acht war er wieder zu Hause. Eva schlief immer noch. Er setzte sich an den Küchentisch und blätterte die Zeitungen durch. Diesmal hatte die Bildzeitung den Hit gelandet. Endlich hatte sie eine Nachricht, die mit der Verlagspolitik kompatibel war.

»War der Killer ein Spanner?« lautete die blattbreite Headline. Unterzeile: »Polizei: Schöne Tote aus Oberkassel liebte ausgefallene Sexspielchen«. Lang war Rüttgers Artikel nicht: *»Am liebsten hatte sie es in Fesseln. Ein Ex: ›Mit Zärtlichkeiten brauchte ich gar nicht anzufangen. Sie wollte es auf die harte Tour.‹ Interessant: Die schöne Nadja W. war ans Bett gefesselt, als sie letzte Woche in ihrem Oberkasseler Nobelapartment ermordet wurde. Ein Zusammenhang? ›Es spricht einiges dafür‹, so ein Kripomann zu Bild. ›Es gibt Hinweise auf einen Spanner.‹ Über seinen Anwalt hat sich ein Exliebhaber bei der Kripo gemeldet. Ein Kö-Promi, der ungenannt bleiben will. In seiner Villa ging es hoch her. Die schöne Nadja wollte es* *immer bei Licht machen, am liebsten sado-maso auf dem Couchtisch. Der Liebhaber: ›Ein paarmal hatte ich das Gefühl, da ist jemand im Garten und guckt zu.‹*

Für die Ermittler wird so ein Schuh aus der vertrackten Geschichte. ›Der wollte keine Scheibe mehr zwischen sich und seiner Traumfrau haben‹, vermutet ein Kripomann. ›Er bricht in ihre Wohnung ein. Beim wilden Liebesspiel mit dem neuen Verehrer läuft er heiß...‹

Jetzt sucht die Polizei fieberhaft nach dem unbekannten Spanner. Bevor er wieder zuschlägt.

Nadjas Liebhaber gehört offenbar nicht mehr zum Kreis der Verdächtigen. Laut ärztlichem Befund kann er's nicht gewesen sein. Die Kripo: ›Der war im Reich der Träume.‹«

Bild hatte die Story exklusiv. In den anderen Blättern stand nichts, nicht einmal in ›Extra‹. Stamm nahm die Zeitung, ging ins Wohnzimmer und griff zum Telefon. Er rief im Präsidium an und verlangte Hauptkommissar Korn.

»Haben Sie die Bildzeitung schon gelesen?« fragte Stamm, als sich Korn gemeldet hatte.

»Damit fange ich jeden Morgen meinen Dienst an.«

»Und?«

»Und was?«

»Was soll das mit diesem Spanner?« blaffte Stamm.

»Ich leite die Ermittlungen nicht mehr«, entgegnete Korn frostig. »Und selbst wenn ich es täte, würde ich mich darüber nicht mit Ihnen austauschen.«

»Ist ja auch egal«, sagte Stamm. »Würden Sie mir wenigstens verraten, wo ich Rademacher erreichen kann.«

Korn gab sich betont förmlich.

»Selbstverständlich. Sie erreichen Herrn Kriminalrat Rademacher unter ... haben Sie was zu schreiben?«

»Ja.«

Korn diktierte ihm eine Nummer. Stamm bedankte sich und wollte schon auflegen, als ihm etwas einfiel.

»Warten Sie. Sie hatten doch am Sonntag angerufen ...«

»Hat sich erledigt«, sagte Korn kurz.

»Auch gut«, machte Stamm, drückte auf die Gabel und wählte die Nummer, die Korn ihm gegeben hatte. Meinhardt meldete sich.

»Stamm. Ich wollte Rademacher haben.«

»Was wollen Sie?« fragte der Rotschopf.

»Mit Rademacher sprechen«, betonte Stamm.

»Da haben Sie Pech«, sagte Meinhardt. Stamm konnte ihn grinsen sehen. »Er ist nicht da.«

»Dann erzählen *Sie* mir doch einfach mal, was die Scheiße in der Bildzeitung soll«, raunzte Stamm.

Meinhardt schien die Sache Spaß zu machen.

»Ich weiß gar nicht, was Sie wollen. Sie sind fein raus und stehen auch noch als Hengst da. Dafür würde mancher Geld bezahlen.«

»Ich find's nicht gerade witzig. Sie wissen doch genau, daß das Schwachsinn ist.«

»Was genau meinen Sie?« fragte Meinhardt süffisant. »Daß Sie's nicht gewesen sein können? Da habe ich tatsächlich auch noch meine Zweifel.«

Mit einer kleinen Verzögerung entgegnete Stamm: »Wissen Sie was, Herr Kriminalhauptkommissar? Sie sind ein inkompetentes Arschloch.« Der Rotschopf ließ sich nicht beeindrucken.

»Reißen Sie sich zusammen! Noch so ein Blackout, und ich hänge Ihnen ein Verfahren wegen Beamtenbeleidigung an. Im übrigen gebe ich Ihnen einen guten Rat. Und der ist sehr ernst und, auch wenn Sie es nicht glauben werden, gut gemeint: Hören Sie auf mit der Wühlerei! Um Sie wäre es ja nicht schade. Aber es täte mir sehr leid, wenn Ihrer netten Freundin etwas zustoßen würde.«

Stamm knallte den Hörer auf.

»Ist etwas passiert?« Eva stand in der Tür und rieb sich den Schlaf aus den Augen. Stamm schlug mit dem Handrücken auf die Bildzeitung, die neben ihm auf der Couch lag. Eva kam zu ihm, nahm das Blatt und las den Artikel.

»Ich hab die Bullen zur Sau gemacht«, sagte Stamm, als sie die Zeitung sinken ließ.

»Ist das aus ihrer Sicht so abwegig?« fragte Eva. Sie sah ihn nicht an.

»Die reinste Desinformation«, erwiderte Stamm. Sie hob die Zeitung wieder in Leseposition und ging den Artikel noch einmal durch. Im Umdrehen warf sie die Zeitung auf die Couch und ging zur Küchentür.

»Hast du schon gefrühstückt?« fragte sie.

»Nein«, sagte Stamm. Er starrte grüblerisch die Küchentür an, hinter der Eva verschwunden war. Mit einem Ruck löste er sich, ging zum Schreibtisch und durchsuchte die Schubladen oberflächlich. Fluchend brach er die Aktion ab, nahm einen Notizblock und einen Bleistift, ging zurück zum Telefon und wählte die Auskunft. Er ließ sich die Nummer des Ratinger Boten geben, die er sofort eintippte.

»Ratinger Bote, guten Morgen.« Die Stimme der Anzeigenannehmerin hatte im letzten halben Jahr nichts an Charme eingebüßt.

»Stamm, guten Morgen. Ich hätte gern Herrn Kaiser gesprochen.«

»Oh, das tut mir leid, Herr Kaiser ist noch nicht im Haus. Ich weiß auch nicht... einen Augenblick, bitte. Ich sehe gerade seinen Wagen auf dem Parkplatz. Wollen Sie einen Augenblick warten?«

»Selbstverständlich«, sagte Stamm.

Sie drückte ihn weg. Die schlichte Tatsache, daß er weder mit digitaler Muzak belästigt noch mit »Please hold the line«-Appellen genervt wurde, erfüllte ihn mit einer seltsamen Zufriedenheit. Zwei Minuten wartete er, dann war es mit der Stille vorbei.

»FSK hier! Ja sagen Sie mal, leben Sie noch?« Der Verleger Franz S. Kaiser und seine unwiderstehliche gute Laune.

»Na ja«, erwiderte Stamm lächelnd. »Ich hatte halt Glück.«

»Aha?« machte Kaiser.

»Tja. Um ein Haar wäre ich bei Ihnen auf den Familienseiten gelandet. Das heißt natürlich nur, wenn sich meine Ratinger Freunde an mich erinnert hätten. Aber sagen Sie bloß, Sie kriegen zehn Kilometer weiter nicht mit, was hier in Düsseldorf die Schlagzeilen beherrscht?«

»Sie wissen ja, man hat alle Hände voll zu tun, die Ferkeleien hier in Ratingen nicht aus den Augen zu verlieren. Aber Sie haben mich jetzt doch neugierig gemacht.«

Stamm erzählte von seiner Rolle beim Mord an Nadja Winter, ohne Pfaff, ohne die Ministerin, ohne Interpretationen. »Sie sehen«, schloß er, »nicht nur Ratingen ist ein Sumpf des Verbrechens.«

»Sie werden es nicht glauben«, erwiderte Kaiser, »aber seit Sie sich hier nicht mehr herumtreiben, ist in unserer kleinen, aber liebenswerten Stadt nicht mehr viel los. Seit Brings und Ehlerding vor den Herrn getreten sind, haben wir an politischer Intrige nichts mehr zu bieten. Aber was Sie mir da erzählen, hört sich auch nicht gerade politisch an. Oder?«

»Die Polizei tappt im dunkeln«, sagte Stamm zurückhaltend.

»Hmm«, machte Franz S. Kaiser. »Und Sie?«

»Ich auch. Aber ich meine da zwei, drei kleine Silberstreifen am Horizont zu erkennen.«

»Und einer geht über Ratingen auf?« lachte der Herausgeber des Ratinger Boten.

Stamm lachte mit und sagte dann:

»Sagen Sie mal, sind Sie immer noch der bestinformierte Mann im schönen Ratingen?«

»Ich und meine siebenundfünfzigtausend schweigsamen Leser«, witzelte Kaiser.

»Na schön«, sagte Stamm. »Können Ihre Leser etwas mit dem Namen Schu anfangen?«

»Schu?« fragte Kaiser. Er war ernst geworden.

»Ohne H«, präzisierte Stamm.

Es blieb eine Weile still in der Leitung. Stamm ließ Kaiser Zeit zum Nachdenken, welche Taktik er anwenden sollte, um möglichst viel zu erfahren.

»Es gibt da einen Unternehmer Schu. Macht in Biotechnik.«

»Hmhh«, machte Stamm. »Könnte der sein, den ich meine.«

»Mister Erfolgreich«, sagte Kaiser, »Echter Vorzeigeunternehmer, ein Sohn der Stadt, der sich in einem Zukunftsmarkt mit Fleiß und Können etwas aufgebaut hat. Vom Labor in der Garage zum Mittelständler mit sechzig Mitarbeitern. Ständig auf Expansion. Erst kürzlich habe ich in der WZ gelesen, daß er demnächst in einem Pilotprogramm der Landesregierung mitmischt. Die Region als Modellstandort einer Zukunftsbranche, und Schu als eines der Zugpferde.«

»In der WZ? Im Lokalteil oder auf den Wirtschaftsseiten?« fragte Stamm.

»Lokales«, erwiderte Kaiser. »Tja, wissen Sie, es gibt Leute, die wollen ihre Neuigkeiten lieber einem kleinen Insiderkreis mitteilen, anstatt sich richtig bekannt zu machen.«

Stamm grinste wieder.

»Und die wichtigste Ratinger Zeitung informiert er gar nicht?« fragte Stamm.

»Jedenfalls seit einigen Monaten nicht mehr«, gluckste Kaiser fröhlich, »seit wir den Ratingern mitgeteilt haben, daß er seine Mitarbeiter behandelt wie den letzten Dreck. ›Die dunkle Seite eines Ratinger Musterunternehmers‹ hieß, glaube ich, die Überschrift. Drei seiner Angestellten waren zu uns gekommen und fragten, ob es uns interessiere, daß Schu die Telefongespräche der Belegschaft abhört, daß er Stammkunde am Arbeitsgericht ist, daß er einem Mitarbeiter sogar einen Detektiv auf den Hals gehetzt hat. Der hat ihm eine Falle gestellt, damit Schu einen Grund hatte, ihn fristlos zu kündigen. Wir sind seitdem nicht mehr die besten Freunde... So, und jetzt raus damit, was hat Schu mit Ihrer Geschichte zu tun?«

»Vielleicht gar nichts«, sagte Stamm, »vielleicht sehr viel. Auf jeden Fall nichts zum Schreiben, vorläufig. Es könnte sein, daß Rainer Pfaff und später Nadja Winter etwas ziemlich Unschönes über Schu herausgefunden hatten. Ich weiß aber weder, ob es da etwas gibt, noch, was es sein könnte. Sein Name und einige andere Namen waren auf einer Diskette notiert, die meiner Meinung nach mit dem Mord zusammenhängt.« Kaiser pfiff durch die Zähne. »Sollte Schu drinstecken, sind Sie natürlich als erster mit dabei. Ich will mich erst mal mit ihm unterhalten. Da ist es ganz gut zu wissen, was für ein Typ er ist.«

»Seien Sie vorsichtig!« gab ihm Kaiser mit auf den Weg. Der Mann wußte, wann er nicht mehr weiterzufragen brauchte.

Stamm ging ins Schlafzimmer. Er holte seine helle Jeans aus dem Kleiderschrank und den Zettel mit den Namen von der Diskette aus der Hosentasche. Zurück am Telefon wählte er Schus Nummer.

»Jessica Schu«, meldete sich eine Mädchenstimme.

»Guten Morgen«, sagte Stamm. »ich würde gern deinen Papa sprechen.«

»Moment«, sagte das Mädchen und legte den Hörer hin. »Papa!« hörte Stamm sie rufen. »Telefon.« Er verstand das Gemurmel im Hintergrund nicht. Nach einer Weile ging Schu dran.

»Ja bitte.«

»Guten Morgen, Herr Schu, hier Stamm.«

»Ja?«

»Ich hatte Sie am Freitag angerufen, erinnern Sie sich? Wie war das Wetter in New York?«

»Keine Ahnung. Die Büros dort sind alle klimatisiert.«

»Ich würde Sie nach wie vor gern treffen«, sagte Stamm.

»Hatte ich Ihnen nicht gesagt, Sie sollen sich von meiner Sekretärin einen Termin geben lassen?«

»Doch, das hatten Sie wohl. Jetzt fällt's mir wieder ein.«

»Sie sind ziemlich aufdringlich, wissen Sie das?«

»Ergebnisorientiert«, korrigierte ihn Stamm. »Ich halte es für effizienter, gleich mit Schmidt und nicht mit Schmidtchen zu sprechen, wenn ich schon seine Nummer habe. Das muß Ihnen als erfolgreichem Unternehmer doch einleuchten.«

Es entstand eine kleine Pause.

»Trotzdem muß ich Sie…« begann Schu.

»Wann können Sie's heute einrichten?« ging Stamm dazwischen. »Wie wär's mit Mittagessen?«

»Unterbrechen Sie mich nicht!« herrschte ihn Schu an. »Ich werde mich nicht mit Ihnen treffen. Ich habe keine Zeit und außerdem nichts zu sagen, was Ihr Magazin interessieren könnte.«

»Sie sind nicht sehr klug, Herr Schu. Ich…«

»Ich möchte das Gespräch beenden«, unterbrach ihn der Unternehmer. Er legte auf.

Stamm hielt den Hörer eine Zeitlang in der Luft, bevor er ihn langsam auf die Gabel legte. Dann ging er in die Küche. Eva saß am Tisch und las in der NRZ. Sie blickte nicht auf. Stamm holte sich ein Brett und ein Messer und setzte sich ihr gegenüber. Dann stand er wieder auf, ging ins Wohnzimmer und kam mit ›Extra‹ und Express zurück. Er strich Butter auf sein Brot, musterte Eva gelegentlich, die ganz in ihre Zeitung vertieft war, und blätterte sich durch das Revolverblatt. Es gab wirklich nichts über Nadja Winter. Während er in sein Salamibrot biß, legte er ›Extra‹ zur Seite und nahm sich den Express vor. Mit dem letzten Bissen hatte er auch den durch. Er lehnte sich zurück.

»Sag mir einfach, was los ist!« forderte er Eva auf.

Sie hielt die Augen noch einige Sekunden auf die Zeitung gerichtet, dann starrte sie an Stamm vorbei zum Fenster.

»Ich mag diese Geschichte nicht«, sagte sie schließlich. »Und ich hasse sie um so mehr, als ich mich über mich selbst ärgere.« Stamm zog überrascht die Stirn kraus. »Ich… ich kann mich davon einfach nicht losmachen. Ich meine, der Witz ist…, also das Wichtigste ist, und das geht mir ständig durch den Kopf, daß du an diesem Abend losgegangen bist, um dich mit dieser Frau zu treffen. Ich überlege die ganze Zeit, was du wohl vorgehabt hast. Du gehst mit ihr fast um Mitternacht aus der Kneipe in ihre Wohnung, sie sieht toll aus... Ich finde einfach keine andere Erklärung, als daß du entschlossen warst, mit ihr ins Bett zu gehen. Worauf ich aber keine Antwort finde, ist, ob du in sie verliebt warst oder ob du es aus Kalkül getan hättest...im Dienst sozusagen. Ich weiß wirklich nicht, welche Version ich schlimmer finden soll.« Sie machte eine längere Pause und fuhr dann fort: »Und was mich überhaupt nicht losläßt, ist die Zeit davor, als ich angekommen bin, und wie du dich am Abend verabschiedet hast. So... indifferent, als würdest du zu einem Geschäftsessen gehen, so... ich weiß nicht, so falsch.« Stamm saß wie angewurzelt auf seinem Stuhl. Er wollte gerade zu sprechen beginnen, als Eva weiterredete. »Und gleichzeitig ärgere ich mich über mich selbst. Ich meine, es ist ja schon ganz schön egoistisch... als ob es in dieser schrecklichen Geschichte nichts Wichtigeres gäbe...«

Sie saßen sich eine Weile stumm gegenüber. Stamm schloß die Augen und grübelte. Schließlich sagte er:

»Frag mich nicht, was ich vorhatte. Ich weiß es nicht. Ich hatte nichts vor. Ich habe gar nicht darüber nachgedacht, wie es enden könnte. Ich nehme an, ich habe für die Story alles in Kauf genommen. Aber ich kann es nicht mehr ändern. Ich kann dir auf deine Fragen keine guten Antworten geben. Ich weiß nur, daß ich sehr froh bin, daß du hier bist. Obwohl es wahrscheinlich vernünftig wäre, dich für eine Weile auszuquartieren. Ich habe das Gefühl, daß sich die Sache bald zuspitzt.«

Sie sah ihn zum ersten Mal an, seit er in die Küche gekommen war.

»Das kommt überhaupt nicht in Frage«, sagte sie. »Ich will nicht, daß mich dieses Scheißgefühl total beherrscht. Abstand gewinnen ist scheiße. Kann ich im Moment gar nicht, will ich auch nicht.« Sie rieb sich die Augen, fuhr sich dann mit den Fingern durchs Haar. Schließlich schüttelte sie leicht resigniert den Kopf und zog die Mundwinkel hoch. »Irgend jemand muß dich zumindest vor den schlimmsten Dummheiten bewahren. Ich kann mir kaum vorstellen, daß du die Sache auf sich beruhen läßt.«

»Ich auch nicht«, erwiderte Stamm. Er lächelte vorsichtig. Sie sah ihn melancholisch an… doch, melancholisch, nicht unglücklich. Stamms Lächeln wurde zuversichtlicher. »Ich fahr wohl gleich mal nach Ratingen. Kommst du mit?«

»Nein.«

»Nein? Ich dachte…«

»Du hast doch nichts Gefährliches vor?«

»Nur ein paar Erkundigungen einziehen.«

»Dann fahr allein. Es reicht, wenn ich in deiner Wohnung bin.«

Stamm sagte der jungen Frau in der Anzeigenannahme, daß er gern mit Herrn Kaiser sprechen wollte. Sie sagte ihm, daß Herr Kaiser nicht da sei. Stamm fragte, ob jemand in der Redaktion sei.

»Herr Lang«, sagte sie.

»Erste Etage, nicht wahr?« fragte Stamm. Sie bestätigte es.

Lang, ein kräftiger Dreißigjähriger mit dicker Brille, sehr kurzen Haaren und etwas gekrümmter Körperhaltung, versuchte sich sichtlich zu erinnern, woher er Stamm kannte.

»Stamm. Vom Magazin«, half er ihm.

Lang schnipste mit den Fingern.

»Richtig. Ist schon eine Weile her«, fügte er entschuldigend hinzu. Er bat Stamm hinein und führte ihn ins Konferenzzimmer.

»Ich hab vorhin mit Herrn Kaiser gesprochen. Er sagte, ihr hättet vor einigen Wochen einen häßlichen Artikel über einen Unternehmer Schu gebracht.«

»Nichts als die häßliche Wahrheit«, grinste Lang.

»Alles andere hätte mich auch gewundert. Kannst du ihn auf die Schnelle finden?«

»Klar«, sagte Lang. »Das muß kurz nach Ostern gewesen sein.« Er verschwand aus dem Zimmer und kehrte sofort mit einem Zeitungsband zurück. Er mußte keine Minute blättern, bis er die Ausgabe gefunden hatte. Er drehte den Band so, daß Stamm den Artikel lesen konnte. »Die dunkle Seite eines Ratinger Musterunternehmers«, wie Kaiser gesagt hatte. BRS GmbH hieß das Unternehmen von Richard Schu, der seine Firma »nach Gutsherrenart« führte, wie es in der Unterzeile hieß. Unter dem Vorspann ein Foto des Sympathieträgers: ein langsam ergrauender Mittvierziger mit wachen Augen und einem akkurat geschnittenen schwarzen Schnurrbart.

»Habt ihr das Foto im Original?« fragte Stamm, nachdem er den Artikel gelesen und Kaisers knappe Informationen hübsch ausgeschmückt bestätigt gefunden hatte.

»Sicher«, sagte Lang und verschwand wieder. Diesmal blieb er etwas länger weg. Stamm angelte sich die neueste Ausgabe des Ratinger Boten von der Mitte des großen ovalen Tisches zu seinem Platz und las die Aufmacher-Schlagzeile: »Schrottberge als Abenteuerspielplatz«. Es ging um eine stillgelegte Gießerei, zu der sich Jugendliche einen Zugang verschafft hatten, indem sie eine Mauer einfach geschleift hatten. Klar, daß sie für die später hingeworfenen NATO-Drahtrollen nur ein müdes Lächeln übrig hatten. Der Bote kritisierte, daß das gefährliche und ungesicherte Gelände für jedes Kindergartenkind leicht zugänglich war.

Als Lang zurückkehrte, warf er vier Fotos auf den Tisch. Das Originalporträt und Schu in Farbe und Aktion. Sie waren offensichtlich alle bei demselben festlichen Anlaß aufgenommen worden. Schu immer im dunkelblauen Anzug, einmal ernst vor dem übermannshohen Schriftzug seiner Firma, wahrscheinlich eine Rede haltend, zweimal mit einem dünnen Lächeln in Gesellschaft anderer würdevoller Anzugträger. Stamm betrachtete die Bilder lange, dachte angestrengt nach und schüttelte dann den Kopf.

»Bei der Eröffnung seines supermodernen neuen Labors«, sagte Lang. »Mit Bürgermeister, Stadtdirektor, Staatssekretär und so weiter.«

Stamm nickte gedankenverloren.

»Er kommt mir irgendwie bekannt vor, aber ich weiß beim besten Willen nicht, woher.« Er sah Lang an. Der zuckte die Schultern.

»Woher soll ich es wissen?« fragte er. »Was hat er denn jetzt wieder ausgefressen?«

Stamm schürzte die Lippen und schüttelte dann den Kopf.

»Kann ich noch nicht erzählen. Wenn ich soweit bin, gebe ich euch einen Wink ... Kann ich eins von den Fotos haben?«

»Klar.« Stamm nahm ein Lächelbild.

»Wo liegt denn diese Firma BRS?«

»In Tiefenbroich«, sagte Lang und stand erneut auf. Diesmal kehrte er mit einem Stadtplan zurück und zeigte Stamm den BRS-Standort im Gewerbegebiet.

»Und wo wohnt er?« fragte Stamm.

»Keine Ahnung«, sagte Lang. Er sah im Telefonbuch nach, aber Schu war nicht eingetragen. Stamm bedankte sich, steckte die Fotos in den Ratinger Boten und verabschiedete sich von Lang.

Die BRS hatte ihr Domizil in einem zweistöckigen, schmucklosen Zweckbau. Von der Hauptstraße sah er recht schmal aus, doch er zog sich weit in eine kleine Stichstraße hinein. Sie mündete in einen Parkplatz, dessen Parzellen teilweise der BRS, teilweise einer Elektronikfirma in einem benachbarten Gebäude zugeteilt waren. Einige Plätze waren frei. Stamm setzte rückwärts in eine Lücke der Elektronikfirma, stellte den Motor ab und stieg aus. Einige Parkplätze waren für bestimmte Nummernschilder reserviert. Stamm fand die Buchstabenkombination RS nach dem ME für den Kreis Mettmann nicht. Beim zweiten Gang blieb er vor einem schwarzen Mercedes S-Klasse mit dem Kennzeichen ME-RU stehen.

»Auf die Eitelkeit ist doch Verlaß«, murmelte er vor sich hin. »Der erste und der letzte Buchstabe des Namens.« Er ging zurück zu seinem mickrigen Peugeot und setzte sich hinein. Kein guter Standort für eine längere Beobachtung. Die Uhr zeigte 12.25 Uhr, der Wagen stand in der prallen Sonne. Stamm schloß trotzdem die Tür, kurbelte aber alle Fenster herunter und zog das Schiebedach auf. Er kam gar nicht dazu, zu schwitzen. Um 12.31 Uhr trat Schu aus dem Haupteingang des BRS-Gebäudes. Stamm mußte das Foto nicht zu Rate ziehen, um ihn zu erkennen. Trotz der Hitze trug Schu Sakko und natürlich Krawatte. Er kramte in der Sakkotasche, blieb kurz stehen und führte dann die Hände zum Mund. Schu rauchte Zigarillos. Stamm ließ sich tief in den Fahrersitz sinken. Schu ging gemächlich zu seinem schwarzen Mercedes.

Stamm ließ ihm einen kleinen Vorsprung und folgte ihm dann. Beim Abbiegen in die Straße Am Roten Kreuz ließ Stamm extra einen Wagen durchfahren, um ihn zwischen sich und Schu zu haben. Der Firmenboß bog nach links in die Kaiserswerther Straße ein, überquerte dann die Bahngleise und fuhr weiter geradeaus durch die kühle Kastanienallee. Links davon das idyllische Bild einer ausgedehnten

Pferdeweide mit einem Wasserschloß mittendrin. An der Kreuzung Mülheimer Straße wollte sich hinter Schu keiner auf der Linksabbiegespur einordnen. Stamm stand gleich hinter dem schwarzen Mercedes. Er drehte den Kopf zur Seite, aus den Augenwinkeln und durch die Sonnenbrille verdeckt beobachtete er aber Schu in dessen eigenen Rückspiegel. Er zog ruhig an seinem Zigarillo und schien auf seine Umwelt nicht zu achten. Plötzlich schnippte Stamm wie bei der Aufklärung eines Déjà-vu mit den Fingern.

Durch den Wald ging es in Richtung Autobahn, doch Schu bog am Schwarzebruch nach rechts ein, ließ dann Eggerscheidt rechts liegen und fuhr Hösel, dem Stadtteil mit der unvergleichlichen Millionärsdichte, entgegen. Kurz hinter der Ortseinfahrt blinkte Schu und bog links ab. Stamm drosselte das Tempo und fuhr langsam an der Straße vorbei. Bellscheider Weg hieß die Villensackgasse. Er wendete in einer Grundstückseinfahrt, fuhr langsam zurück und bog in die Sackgasse ein. Fünfzig Meter weiter stand der schwarze Daimler vor einer weißen Villa mit ausladendem Walmdach, das Grundstück hermetisch durch einen hohen Zaun abgeschlossen. Von Schu war nichts zu sehen. Stamm fuhr vorbei, wendete am Ende der Straße und merkte sich im Vorüberfahren die Hausnummer der weißen Villa.

Auf der Hauptstraße fuhr Stamm rechts ran und holte den ADAC-Rhein-Wupper-Städteatlas aus dem Handschuhfach. Er prägte sich den Weg nach Ratingen-West ein, und zehn Minuten später stand er auf der Erfurter Straße vor dem Haus, in dem Hans-Jürgen Brax wohnte. Er stieg aus und klingelte. Nach einer Minute Stille trat er zurück und sah am Haus hoch. Er versuchte, sich an die Lage von Brax' Wohnung zu erinnern. Er legte sich auf die linke Wohnung in der zweiten Etage fest. Ein Fenster und die Balkontür standen auf Kippe. Er ging zurück zur Tür und klingelte bei Schmidt, dem Namen neben Brax.

»Ja bitte«, meldete sich eine viel zu laute ältliche Frauenstimme.

»Ich habe hier etwas für Brax. Er ist aber nicht da. Kann ich es bei Ihnen lassen?« Sie zögerte eine Weile, betätigte dann aber den Summer. Im zweiten Stock angekommen, erspähte er hinter dem offenen Türspalt eine graue Dauerwelle und ein neugieriges Auge. Stamm setzte sein Schwiegersohnlächeln auf und ging langsam auf die Tür zu. In einer Geste der Ratlosigkeit hob er die Schultern und sagte:

»Ich versuche seit Tagen, Herrn Brax zu erreichen, aber ...«

»Der is' nich' da, ne«, sagte sie. »Der wollt' doch in Urlaub, hat er gesagt. Sechs Wochen Mallorka, sacht' er. Ich sach noch, sechs Wochen, das is' aber 'n bißken viel. Nee, der is' weg.«

»Ja, dann kann ich ja lange probieren«, lachte Stamm. »Wann ist er denn gefahren?« Sie überlegte.

»Warten Se mal, heut' is' Montach, ne... So vor 'ner Woche, ne. Dienstag mittag war dat. Genau, ich kam grade von meiner Tochter. Wissense, ich paß ja Dienstag morgen immer auf mein Enkelkind auf. Da geht meine Tochter immer arbeiten, man muß sich ja heutzutage was dazuverdienen. Ich mein, mein Schwiegersohn verdient ja nicht schlecht, der is' ja bei Balcke-Dürr, aber die mußten sich ja gleich 'n Haus kaufen, ich hab ihnen gesagt, Kinder, nich' so eilig, wo wollt Ihr denn dat ganze Geld holen? In Ratingen mußt du ja Bankdirektor sein, um ein Haus zu bezahlen, aber se wollten ja nich' hören, und jetzt geht et nich' mit dem Kredit, wenn dat Irmgard nich' wat dazuverdient...«

»Ja, man hat's nicht leicht«, unterbrach Stamm ihren Redefluß. »Dienstag mittag sagten Sie, ja?«

»Auf jeden Fall«, bestätigte Irmgards Mutter. »Ich treff ihn im Treppenhaus und ich sach zu ihm, diese Woche wäre er mit Putzen dran. Wissense, dem müssense dat dreimal sagen, und er rührt den Besen trotzdem nicht an. Aber ich will dat doch auch nich' jedesmal für ihn machen, vor allem bei der Hitze, mein Arzt sacht sowieso, Frau Schmidt, mit Ihrem hohen Blutdruck müssen Sie jetzt kürzer treten, deshalb wollte ich den Jürgen jetzt doch mal... ich mein', ich versteh dat ja, so 'n junger Mann, der hat dat nich' so mit dem Putzen... ja, und dann sacht er mir, er wär' jetzt erst mal weg für sechs Wochen, und verabschiedet sich noch nich' mal... der Jung muß endlich mal unter die Haube...

»Meinen Sie wirklich, er ist weg? Seine Fenster stehen auf Kippe.«

»Hab ich auch schon gesehen, aber bei dem is' sowieso nix zu holen ...«

»Alles klar, Frau Schmidt, dann weiß ich Bescheid.« Stamm trat den Rückzug an.

»Hörense mal«, rief ihn Frau Schmidt zurück. »Sie wollten doch was abgeben für den Jürgen.«

»Das lohnt sich nicht«, sagte Stamm. »In sechs Wochen ist das sowieso zu spät.«

15

In der Garageneinfahrt gegenüber seines Wohnhauses stand ein Ford Mondeo, und am Steuer saß Kriminalkommissar Leonhardt. In der Bruchstraße fand Stamm einen halblegalen Parkplatz in zweiter Reihe, kam zu Fuß zurück und ging auf Leonhardt zu. Als der ihn kommen sah, wies er mit dem Finger nach oben in Richtung Stamms Wohnung. Stamm hob den Zeigefinger zum Zeichen, daß er verstanden hatte, und drehte ab.

Hauptkommissar Korn und Eva feierten eine Stehparty im Wohnzimmer.

»Das muß aber wichtig sein, wenn Sie extra auf mich warten«, sagte Stamm im Hereinkommen.

»Wann haben Sie Hans-Jürgen Brax zuletzt gesehen oder gesprochen?« fragte Korn direkt.

»Ist er tot?« fragte Stamm. Korn sah ihn durchdringend an und nickte dann langsam.

»Sonntag vor einer Woche nach der Pfaff-Pressekonferenz. Das erste und letzte Mal. Ich war bei ihm, und er wollte mir eine angeblich heiße Story verkaufen. Einen Restposten von Pfaff, Sie wissen schon, die Diskette. Hab ich Ihnen erzählt, wenn ich mich nicht irre. Ich habe nichts gekauft, ich bin nicht autorisiert, Schecks zu unterschreiben. Frau Winter schon. Ich habe gesehen, wie die beiden hinterher zusammensaßen. Er hat ihr die Diskette verscherbelt. Würde mich aber nicht wundern, wenn er parallel dazu eine Extratour gefahren wäre. Diese Diskette ist der Schlüssel zum …«

»Überlassen Sie mir die Schlußfolgerungen!« unterbrach ihn Korn. »Beantworten Sie einfach nur meine Fragen!«

Stamm schüttelte den Kopf und schwieg. Korn grübelte vor sich hin. Nach einer Weile warf sich Stamm seufzend aufs Sofa.

»Wo bleiben denn Ihre verdammten Fragen? Ich habe noch was vor.«

Korn musterte ihn mit zusammengezogenen Brauen, was Stamm mit einem weiteren Seufzer quittierte.

»Was haben Sie letzten Montag und Dienstag gemacht, bis Sie sich mit Frau Winter getroffen haben?«

»O Gott«, murmelte Stamm. Er fixierte Korn kopfschüttelnd und rapportierte: »Ich war im Dienst. Am Montag war ich erst im Studentenwohnheim, um bei einer Freundin von Pfaff nach irgendwas zu suchen. Ich wußte nicht, wonach, ich kannte nur die Adresse, weil ich einen Blick in Nadja Winters Notizbuch geworfen hatte. Ina Mittelstraß heißt sie übrigens, Strümpellstraße 13 ... « Korn notierte. »Ich habe aber nichts gefunden. Dann war ich in der Redaktion, habe mich mittags für zwei Stunden aufs Ohr gehauen, bin wieder in die Redaktion gefahren ... Fragen Sie unsere Sekretärin Christa Kümmel, wenn Ihnen das unglaubwürdig vorkommt. Abends habe ich vor der Kiste gesessen und mich durchs Programm gezappt. Am Dienstag war ich den ganzen Vormittag in der Redaktion, was Ihnen meine Chefin bestätigen kann. Am Nachmittag bin ich direkt nach Hause gefahren, wo Frau Vossen hier auf mich gewartet hat.«

Korn setzte sich in den Sessel.

»Montag abend und auch nachts waren Sie also allein zu Hause, richtig?«

Stamm sah Korn humorlos an.

»Nein, das habe ich vorhin nur so dahergesagt.« Korn zog überrascht die Stirn kraus. »In Wirklichkeit bin ich gegen Abend zu Brax nach Ratingen gefahren. Ich habe ihn geschickt überredet, mit mir zu gehen. Wir sind zum Tatort gefahren ... Wo, sagten Sie, war das noch mal? Im Wald? Sagen wir, im Wald. Dort habe ich ihn dann erschossen. Oder hab ich ihn erstochen? Ich weiß es nicht mehr so genau, ist ja schon eine Woche her. Ich überlege nur, warum ich ihn umgelegt habe. Kann sein, daß er mir einfach unsympathisch war. Genau, und außerdem war ich sauer, weil er mir die Informationen nicht gegeben hat. Wie haben Sie das bloß so schnell herausgefunden? Ich dachte, ich hätte alle Spuren meisterhaft verwischt.«

»An Ihrer Stelle wäre ich mit solchen geschmacklosen Scherzen vorsichtiger«, sagte Korn. Den Notizblock hatte er längst zugeklappt.

»Sie wissen doch, wie wir Journalisten sind. Zynisch bis in die Haarspitzen. Aber jetzt mal ehrlich: Ich habe von Ihren schwachsinnigen Verdächtigungen die Schnauze gestrichen voll. Wie viele Beweise wollen Sie eigentlich noch dafür, daß ich mit Nadja Winters Tod nichts zu tun habe? Steh ich jetzt auf Ihrer Liste der üblichen Mordverdächtigen?«

Korn sah ihn ruhig an.

»Von welchen Beweisen träumen Sie?« fragte er. »Abgesehen von Ihrer Aussage gibt es nicht einmal einen Hinweis darauf, daß außer Ihnen und Frau Winter jemand in der Wohnung war.«

»Ach so«, machte Stamm. »Und diese Hautfetzen habe wahrscheinlich ich jemandem abgekratzt und hinterher unter Nadjas Fingernägel geprokelt!«

Korn sah ihn verständnislos an.

»Von welchen Hautfetzen sprechen Sie?«

Stamm lächelte boshaft.

»Hat man Sie bei diesen Ermittlungen so kaltgestellt, daß Sie nicht einmal den Bericht des Gerichtsmediziners bekommen?«

Korns Blick wurde wachsam.

»Woher kennen Sie ihn?« fragte er.

»Ich kenne ihn nicht«, erwiderte Stamm. »Ich habe nur gehört, daß unter Nadjas Fingernägel Hautfetzen gefunden wurden. Und da ich ganz sicher bin, daß sie nicht von mir stammen, muß der Vergleich mit meiner Blutprobe wohl zwangsläufig ergeben, daß nicht ich mich über sie hergemacht habe.«

Korn wirkte irritiert. Er blickte einen Augenblick zu Boden und rieb sich den Nasenrücken.

»Sie haben was Falsches gehört«, murmelte er, als er wieder aufsah. »Es gibt keine Hautfetzen. Wer hat Ihnen das erzählt?«

Stamm beugte sich vor und fischte eine Zigarette aus der Packung auf dem Couchtisch. Er zündete sie an.

»Sind Sie sicher?« fragte er zurück.

Korn forschte aufmerksam in Stamms Miene. Schließlich verzog er den Mundwinkel und deutete ein Kopfschütteln an.

»Ich werde den Bericht noch mal lesen«, sagte er und stand auf. »Vielleicht habe ich ihn mir nicht aufmerksam genug angesehen. Wenn man mit dem Fall nur noch mittelbar befaßt ist...« Stamm erhob sich ebenfalls. Aus den Augenwinkeln schnappte er Evas skeptischen Blick auf. Mit einem Aschenbecher in der Hand lehnte sie am Rahmen der Küchentür und rauchte. »Was den Fall Brax angeht...«

»Brax hat am Dienstag noch gelebt«, unterbrach ihn Stamm. »Ich komme gerade aus Ratingen. Ich hab mit seiner Nachbarin gesprochen. Sie hat ihn am Dienstag noch getroffen. Frau Schmidt, selbe Etage.« Korn klappte seinen Block wieder auf und machte eine kurze Notiz. »Wo und wann haben Sie ihn eigentlich gefunden?«

»Angler haben ihn heute früh in einem See entdeckt. Gehört noch zu Ratingen, gleich an der Düsseldorfer Stadtgrenze. Der Silbersee. Er lag im Röhricht an einem schwer zugänglichen Ufer. Wenn die Stadt nicht vor kurzem das Fischen am Silbersee erlaubt hätte, hätte er noch Monate unentdeckt da liegen können. Wir haben übrigens keine Verletzungen gefunden. Er ist wahrscheinlich ertrunken. Die Frage ist nur: Unfall, Mord oder Selbstmord?«

»Armes Schwein«, murmelte Stamm. »Frau Schmidt sagte mir übrigens, er wollte groß auf Reisen gehen. Klingt nicht unbedingt nach Selbstmord, oder?«

Korn zuckte die Schultern.

»Wir werden sehen.« Er drehte sich um und ging zur Wohnungstür. Stamm folgte ihm.

»Auf Wiedersehen«, verabschiedete sich Korn von Eva. Sie nickte ihm zu.

»Sie wissen ja, wo Sie mich erreichen, wenn Ihnen noch etwas einfällt«, wandte er sich im Treppenhaus noch einmal an Stamm.

»Würden Sie mir Bescheid sagen, was in dem Bericht steht?« fragte Stamm.

»Schaun mer mal«, sagte Korn.

Stamm ging zurück ins Wohnzimmer. Eva stand immer noch in der Küchentür.

»Was hältst du davon?« fragte er.

»Es steht nichts in dem Bericht«, sagte sie. »So was übersieht der nicht.«

»Seh ich auch so«, sagte Stamm. »Dann verstehe ich aber nicht, warum mir Britta so einen Blödsinn erzählt.« Er griff zum Telefon und tippte schnell eine Nummer ein. »Mal sehen, ob sie immer noch dieselbe Durchwahl hat«, murmelte er vor sich hin. Eva stand mit verschränkten Armen vor ihm.

Eine unbekannte Männerstimme meldete sich.

»Stamm, guten Tag. Könnte ich Frau Doktor Schindler sprechen?«

»Ich schau mal, ob sie da ist«, sagte der Mann.

Sie war da.

»Was macht der Kopf?« fragte sie, ohne zu grüßen.

»Ich zerbreche ihn mir gerade. Du hast mir doch Blut abzapfen lassen wegen dem Vergleich mit diesen Hautfetzen. Was ist daraus geworden?«

»Ich nehme an, die Probe ist analysiert worden. Ich habe sie Matthias gegeben... meinem Verlobten, du weißt schon. Wieso?«

»Hast du eigentlich den Bericht gelesen?« fragte Stamm.

»Ich gebe Matthias meine Diagnosen auch nicht«, erwiderte sie.

»Aber er hat dir definitiv etwas von Hautfetzen gesagt?«

»Natürlich... Sag mal, was soll das? Meinst du, ich erzähle dir Scheiß?«

»Ich... nein, es ist nur, dieser Korn von der Kripo Düsseldorf wußte nichts davon, obwohl er den Bericht gelesen hat.«

Britta schwieg.

»Tja, das ist schon etwas komisch. Kann ich mir nicht recht erklären. Sollte ich da was falsch verstanden haben?«

»Kannst du...?«

»Ich werd Matthias noch mal fragen«, fiel sie ihm ins Wort. »Bist du zu Hause?«

»Gleich nicht mehr«, sagte Stamm. »Ich ruf dich wieder an. Halbe Stunde?«

»Stunde«, sagte sie. »Er hat wahrscheinlich gerade Mittagspause.«

»Okay«, sagte Stamm. »Ach, Britta, kannst du ihn vielleicht auch fragen, wer den Bericht abgeholt hat?«

»Sicher«, sagte sie.

Er legte auf.

»Sie will ihren Verlobten noch mal fragen«, sagte er zu Eva. »In einer Stunde wissen wir mehr.«

»Wo willst du hin?« fragte sie.

»Ich leide unter Aktionitis. Ich kann hier nicht herumsitzen. Kommst du mit?«

»Wohin?«

»Ins Holiday Inn. Mal sehen, ob unser Starreporter da ist.«

Eva überlegte kurz und nickte dann.

»Ich ziehe mich nur um.«

Eva machte offenbar eine nostalgische Phase durch. Sie hatte ein altes punkiges Outfit gewählt: knallenges schwarzes Top, das den Bauchnabel frei ließ, hellblaue, löcherige Röhrenjeans, die gerade mal die Waden bedeckten, schwere Schnürschuhe, ein halbes Pfund Silber im rechten Ohrläppchen. Sie fuhren mit der Straßenbahn bis zum Graf-Adolf-Platz. Im Hotel war es am frühen Nachmittag ruhig. Die Hitze hielt sowieso die ganze Stadt in einem Zustand der Lähmung. Sommerferien, keine Messen, kein Wetter für Städtereisen.

»Ich möchte zu Herrn Haddel«, wandte sich Stamm an die junge Dame an der Rezeption. Sie blätterte im Gästebuch und drehte sich zur Schlüsselwand um.

»Zimmer 206, er müßte da sein. Soll ich Sie anmelden?«

»Wenn's Ihnen die Langeweile vertreibt. Mein Name ist Stamm.«

»Zweiter Stock, aus dem Aufzug links«, sagte sie.

»Danke.«

Trotz der Hitze nahmen sie die Treppe. Stamm klopfte an die 206. Haddel öffnete schnell. Er trug ein Handtuch um die Hüften. Sein dunkelblondes Haar und der Vollbart waren naß. Er war nicht viel älter als vierzig, unruhige kleine graue Augen wanderten von Stamm zu Eva und zurück. Dann blickte er an sich hinunter und grinste entschuldigend.

»Damenbesuch ist mir nicht angekündigt worden.«

»Eva Vossen«, stellte Stamm vor. Er reichte Haddel die Hand. Der Star machte eine einladende Handbewegung. Stamm ließ Eva den Vortritt und trat dann auch ins Zimmer.

»Diese Scheißministerien sind nicht klimatisiert«, sagte Haddel. »Zwei Stunden da drin und man fühlt sich, als wäre man eine Woche nicht mehr aus den Klamotten gekommen.« Haddel war drahtig. Kein Bodybuilder, aber eindeutig trainiert. Wahrscheinlich Langstreckenläufer.

»Möchten Sie ein Bier?« fragte er. Auf dem Tisch neben dem Fenster stand eine offene Dose Becks.

»Gern«, sagte Eva, bevor Stamm antworten konnte. Stamm nickte zustimmend. Haddel ging zum Minikühlschrank und nahm zwei Dosen heraus. In bester Hollywood-Manier warf er sie ihnen nacheinander zu. Die Aktion ging cool über die Bühne. Weder Eva noch Stamm hatten Fangschwierigkeiten. Stamm zog die Lasche auf und saugte den herausdrängenden Schaum ab. Sie setzten sich in die tiefen Sessel.

»Wir sind Kollegen, ich bin der ältere und heiße Harry. Bitte nicht Heribert, wenn's geht.«

»Hans«, sagte Stamm. Haddel lächelte Eva ermunternd an.

»Eva«, sagte sie.

»Richtig«, erinnerte sich Haddel. Er wandte sich wieder Stamm zu. »Nur um von Anfang an keine Mißverständnisse aufkommen zu lassen: Ich bin nicht nachtragend. Ich kann es verkraften, wenn ich mit Klasse vorgeführt werde. Und wenn ein Kollege sauer ist, weil man ihm eine Geschichte kaputtmacht, bin ich der letzte, der das nicht versteht. Ich hatte es nur so verstanden, daß es eher aus gesundheitlichen Gründen geschehen ist.«

»Reden wir nicht mehr drüber«, sagte Stamm. »Die Geschichte gibt genug her, daß sich zwei austoben können. Ich mach das mehr aus Hobby.«

Haddel prostete ihm mit der Bierdose zu. Stamm trank einen Schluck, wischte sich den Schaum vom Mund und fragte: »Wie war's im Ministerium?«

»Stickig, wie gesagt«, sagte Haddel. »Aber die Hitze macht die Beamten gesprächig.«

Stamm baute einen Hauch Bewunderung in seinen Blick ein. Haddel quittierte es mit einem überlegenen Lächeln.

»Wie fängt man denn so was an?« fragte Stamm, »ich meine, du kennst doch da niemanden.«

»Tjaa«, machte Haddel, »im Grunde ist das ziemlich einfach. Man wahrt die Etikette und fragt brav beim Pressesprecher nach. Der kann einem schon ganz gut weiterhelfen. Und wenn man nett drum bittet, kommt auch mehr als ein offizielles Statement heraus. Bei schwierigeren Fragen kennt er auf jeden Fall die richtige Tür.«

»Logisch.« Stamm nickte beifällig. Aus den Augenwinkeln sah er, daß Eva in ihrem Sessel mit einem Lachanfall kämpfte. Er kramte umständlich die Gauloises aus der Jeans und fragte Haddel, ob er rauchen dürfe.

»Gib mir auch eine«, sagte Haddel. Stamm hielt ihm die Packung hin und gab ihm Feuer. »So! Jetzt willst du aber wissen, was ich herausgefunden habe«, sagte er, während er den Rauch ausblies. »Also, dieser Lampenfritze aus Hilden, der hat bei der Renovierung das Ministerium ausgestattet. Kein schlechter Auftrag. Volumen so um die achthunderttausend Mark. An der Vergabe gibt es im Prinzip nichts auszusetzen, er hatte das günstigste Angebot. Aber im Ministerium wurde wohl damals ein wenig getuschelt, weil die Agger im selben Stadtteil wohnt oder so was. Ich versuche noch herauszufinden, ob er sich irgendwann in den Vorgang eingeschaltet hat. Okay. Dann dieser...«, er hob seinen Notizblock vom Tisch und warf einen Blick darauf. »Ah ja, dieser Schu. Macht in Biotechnik. Ist im Ministerium kein Unbekannter. Die haben da ein fettes Förderprogramm angeworfen. Prestige- und von daher Chefsache. Die Entscheidungen wurden in Aggers engstem Dunstkreis getroffen. Sieht so aus, als hätte die zuständige Abteilung zunächst Schus Teilnahme abgelehnt, weil er wohl schon zu groß ist. Das Programm hat wohl eher den Charakter einer Anschubfinanzierung für jüngere Existenzgründer, die den Sprung von der Forschung in die Produktion wagen wollen. Trotzdem kam die Order, Schu reinzunehmen. Begründung: Die Region Niederrhein soll insgesamt als Standort für diese Zukunftstechnologie gestärkt werden, und da müsse man auch Etablierte an Bord haben. Die Fördersumme für Schu sollte nicht unbeträchtlich sein. Siebenstellig auf jeden Fall, wieviel genau und ob als zinsloser Kredit oder echter Zuschuß, das erfahre ich noch. Ist aber vielleicht auch nicht ganz so wichtig, denn vor wenigen Tagen kam plötzlich die Kehrtwende. Keine müde Mark mehr für Herrn Schu.«

»Wann war das?« fragte Stamm.

»Ganz frisch. Letzte Woche.«

Stamm nickte, zog noch einmal an der Zigarette und drückte sie aus.

»Und Rogalla? Der Bauunternehmer?«

»Zu dem hab ich noch nichts. Mit Straßenbau haben die im Ministerium im Grunde auch nichts zu tun. Ausführende Behörden sind die Landesstraßenbauämter. Ich müßte da mal einen anzapfen.«

Stamm lehnte sich zurück. Auch Haddel schwieg.

Eva lachte plötzlich leise auf.

»Das ist alles schon ziemlich interessant. Da scheint ja jeder Dreck am Stecken zu haben. Ich wette, bei diesem Bauunternehmer kommt auch noch was raus.«

»Perfekt beobachtet«, lobte Haddel großmütig. »Wir müssen ihnen auf den Zahn fühlen.« Er sah Stamm an. Der wiegte bedächtig den Kopf.

»Ich bin im Grunde raus aus dem Spiel. Marquardt hat mir Urlaub angeordnet.«

»Mach dir um Marquardt keine Sorgen. Die Recherche ist mein Hoheitsgebiet. Wir haben keine Zeit zu verlieren. Ich muß noch ein bißchen auf der Ministeriumsschiene fahren. Da hab ich gerade die Weichen gestellt. Es wäre schon nicht schlecht, wenn einer den Unternehmern auf den Zahn fühlen würde. Ich würde sagen, erst der Lampenfritze. Das ist am einfachsten.«

Stamm nickte nachdenklich vor sich hin.

»Okay«, sagte er schließlich. »Hast du 'ne Adresse?«

»Brauchen wir so was?« fragte Haddel.

Stamm grinste.

»Ich komm schon klar.«

»Na, das meine ich aber auch«, sagte Haddel. Er sah Stamm durchdringend an. »Und ich möchte sofort einen genauen Bericht.«

»Ich hab schon mal im Team gearbeitet«, sagte Stamm.

Haddel grinste zufrieden. Stamm schälte sich aus dem Sessel. Mit einer geschmeidigen Bewegung stand Eva neben ihm. Haddel streckte ihr die Rechte entgegen. Er hielt ihre Hand zwei, drei Sekunden zu lange fest und versicherte ihr mit einem leicht anzüglichen Grinsen, wie sehr es ihn gefreut habe. Dann gab er Stamm die Hand und begleitete ihn zur Tür.

»Ich höre von dir«, sagte er und schlug ihm aufmunternd auf die Schulter.

Sie nahmen die Treppe.

»Eingebildeter Wichser«, sagte Eva, als sie die ersten drei Stufen runtergestiegen war. Stamm wirkte nachdenklich.

»Ich frage mich, ob ich etwas übersehe, oder ob er wirklich so ein Trottel ist«, sagte er. »Er will mich auf ein Abstellgleis führen. Er geht davon aus, daß man sich bei den Unternehmern die Zähne ausbeißt. Und währenddessen kann er sich in Ruhe im Ministerium herumtreiben, wo, wie er glaubt, die Musik spielt. Stimmt's?« Er sah Eva fragend an.

»So seh ich das auch«, sagte sie.

»Dann ist er tatsächlich ein Trottel. Da ist nichts mehr zu holen.«

Als sie aus dem klimatisierten Hotel auf die Graf-Adolf-Straße traten, wehte ihnen ein leichter Wüstenwind entgegen. Sie schlenderten langsam in Richtung Hauptbahnhof. Irgendwann fragte Eva:

»Und jetzt?«

»Wir statten Hanne einen Besuch ab. Wir haben schließlich Teamwork vereinbart.« Er legte den Arm um ihre Schultern. Kurz hinter Horten gluckste er in sich hinein und sagte: »Beim nächsten Mal erwarte ich aber etwas mehr Selbstbeherrschung. Ich konnte ihn gerade noch von deinem Lachanfall ablenken.«

»Kann ich nicht garantieren, wenn du weiter so dick aufträgst.« Sie äffte ihn nach: »›Wie macht man denn so was?‹ Hättest mich wenigstens drauf vorbereiten können.«

»Du hast mir gerade noch gefehlt«, begrüßte ihn Hanne Lohmeyer. »Hallo Eva, schön, dich wieder zu sehen.« Sie stand auf und küßte Eva auf die Wange.

»Was ist denn hier los?« wandte sich Stamm an Christa Kümmel, die gerade den Hörer auflegte, nachdem sie Hanne verleugnet hatte.

»Ich glaube, ich nehme auch einen Krankenschein«, erwiderte Christa Kümmel und blickte betont gequält in Hannes Richtung. Stamm schlenderte zu seinem Schreibtisch und checkte mit einem Blick, wie dick der Papierstoß aus lebenswichtigen Pressemitteilungen und Briefen geworden war, seit er nicht mehr im Dienst war. Er schreckte hoch, als gleich neben seiner Hand ein halbes Pfund gebundenes Papier aufschlug. Hanne hatte sich nach ihrem gezielten Wurf schon wieder abgewandt. Es war nicht die Titelgeschichte im neuen Spiegel. Die widmete sich der Frage, ob die wochenlange Hitzewelle schon ein Vorbote der Erwärmung der Erdatmosphäre war. Aber im diagonalen gelben Band unten links stand's: »Agger-Skandal: Was wußte das Bundeskanzleramt?« Stamm schlug das Nachrichtenmagazin auf und blätterte sich zur Seite 82 durch. »Top Secret mit Verfallsdatum« lautete die Überschrift. Der Artikel begann so:

»Die Teilnehmer an der informellen Runde im Bundeskanzleramt wurden jäh aus ihrer Montagsroutine gerissen. Der knappe BKA-Bericht, den des Kanzlers getreuer Ekkehard Willemsen vom Blatt ablas, elektrisierte das Küchenkabinett. Es gebe Hinweise, daß die Wirt-

schafts- und Verkehrsministerin von Nordrhein-Westfalen, Sigrun Agger, regelmäßig Gigolo-Clubs besuche, wo sie sich dann gern mit zwei oder gar drei Boys gleichzeitig zurückziehe. Selbst Kanzleramtsminister Holz, unter Freunden als Genießer von Herrenwitzen geschätzt, war so perplex, daß ihm keine passende Anzüglichkeit einfallen wollte. Er steckte den Bericht kommentarlos ein und erklärte die Angelegenheit für streng geheim. Wie sich zeigte, ein Top Secret mit Verfallsdatum. Denn zwei Monate später, rechtzeitig vor Beginn des Landtagswahlkampfes, schockte das Murray-Revolverblatt ›Extra‹ die Genossen an Rhein und Ruhr mit der explosiven Nachricht von der sexsüchtigen Ministerin. Sogar von sexueller Belästigung von Mitarbeitern war jetzt die Rede. Im ursprünglichen BKA-Bericht stand davon noch kein Wort.

Der Schlag unter die Gürtellinie saß. Die Chefetage der nordrhein-westfälischen SPD bewegt seitdem nur noch die Frage, ob eine Nymphomanin wirtschaftliche Kompetenz haben kann. Die letzten Meinungsumfragen zeigen: offenbar nicht. Die sicher geglaubte absolute Mehrheit ist mit Agger nicht mehr zu holen. Ohne die angeschlagene Ministerin aber auch nicht, denn es ist niemand in Sicht, der die Powerfrau ersetzen kann. Der lethargischen CDU im Lande hat die Nachricht einen Adrenalinstoß versetzt. ›Ein Geschenk Gottes‹, frohlockte der CDU-Landesvorsitzende Blatter hinter verschlossenen Türen vor der Wahlkampfkommission der Christdemokraten. Offenbar führte der liebe Gott in diesem Fall aus dem Bonner Adenauer-Haus Regie.« Stamm überflog den Rest und strich sich dann über den Viertagebart.

»Puhh«, machte Stamm, »starker Tobak.«

»Findet Marquardt auch«, sagte Hanne Lohmeyer. »Er hat mich angerufen und gefragt, wieso er so was im Spiegel lesen muß.«

»Arschloch«, sagte Stamm. »Wieso fragt er die Kollegen in Bonn nicht?«

»Das hat er mir nicht gesagt.« Sie ließ ihre Brille auf die Nasenspitze rutschen und knetete ihren Kugelschreiber. »Er hat mir die Pistole auf die Brust gesetzt. Am Donnerstag will er einen Knaller im Blatt haben.«

»Ein Interview mit der Agger«, sagte Stamm.

Hanne hob die Augen und blickte ihn über den Rand ihrer Brille scharf an.

»Sehr originell«, fauchte sie.

»Wieso?« fragte Stamm. »Bisher habe ich noch nirgends eins gelesen.«

»Eben«, sagte Hanne. »Kannst du mir vielleicht sagen, wie ich da bis morgen ran kommen soll? Sie gibt keine Interviews. Sie läßt dürre Statements verbreiten. Ich bin mir auch nicht sicher, ob sie im Interview mehr zu sagen hätte.«

»Das kommt auf die Fragen an. Und auf den Gewinn, den sie dabei hat. Gerade jetzt müßte sie doch was zu sagen haben.«

»Es sind noch drei Tage bis Donnerstag«, warf Hanne ein. Sie war aber nachdenklich geworden.

»Aber der Spiegel erscheint bis dahin nicht. Man muß nur verhindern, daß sie wieder eine Pressemitteilung in Umlauf bringen. Oder haben sie schon?«

»Ich hab noch nichts«, sagte sie.

»Na also«, sagte Stamm. »Ähhm, ich muß übrigens sowieso mit Frau Agger sprechen. Von daher wäre ein schneller Interviewtermin schon opportun.« Hanne zog die Augenbrauen zusammen und ließ eine Warnung aufblitzen. Vorsicht, mein Freund, dies ist nicht der richtige Zeitpunkt für kleine Neckereien. »Wir müssen ihr was anbieten«, sagte Stamm.

»Und was zum Beispiel?« fragte Hanne mit einer Prise echtem Interesse.

»Zum Beispiel könnten wir ihr eine... äh, eine faire Berichterstattung garantieren.«

»Ach Gottchen«, stieß sie enttäuscht hervor.

»Na gut«, erwiderte Stamm grinsend. »Dann schlagen wir ihr vor, daß wir bestimmte Informationen nicht verbreiten werden.«

Hanne nahm die Brille ab und sah ihn durchdringend an.

»Als da wären?«

»Ihre eigentümliche Bekanntschaft mit den Herren Wiederstein, Schu, vielleicht Rogalla... und Pfaff. Zwei Morde machen genug Wind, um jemanden von einem sowieso schon wackligen Stuhl zu schubsen. Halt, es sind ja inzwischen drei. Brax hätte ich ja fast vergessen, das arme Schwein.«

»Wer ist Brax?« fragte Hanne.

Stamm erklärte es ihr, erzählte ihr von seinen Wochenenderlebnissen und von seinem Besuch bei Haddel. »Der rangiert jetzt erst mal auf seinem toten Gleis im Ministerium hin und her«, schloß Stamm seinen Rapport. »Und wir unterhalten uns mit der Agger.«

Hanne hatte sich einige wenige Notizen gemacht. Sie vertiefte sich eine Weile in ihren Block, sah dann entschlossen auf, atmete tief durch, sagte »Dann wollen wir mal« und griff zum Telefonhörer. Eva, die bis dahin an Stamms Schreibtisch gelehnt hatte, zog sich in eine Ecke des großen Büros zurück und setzte sich auf den Stuhl des an den Masern laborierenden Redakteurs Werner Meister. Stamm hob die Beine auf den Schreibtisch und demonstrierte Gelassenheit. Hanne Lohmeyer tippte schnell eine Nummer ein und lehnte sich in ihrem Stuhl zurück.

»Lohmeyer vom Magazin«, meldete sie sich, »ich hätte gern Herrn Gatzke gesprochen.« Sie hörte für die Dauer von zwei kurzen Sätzen zu. Dann sagte sie: »Ich nehme an, Sie dürfen ihn nur wegen wirklich wichtiger Angelegenheiten stören. – Dann seien Sie doch bitte so lieb und holen ihn heraus. Es ist *besonders* wichtig und dringend. Ähh, für ihn vielleicht noch etwas wichtiger als für mich.« Das Schweigen dauerte fast zwei Minuten. Niemand im Raum rührte sich. Schließlich straffte sich Hanne. »Hallo, lieber Herr Gatzke, wie ist die Lage? Etwas entspannter nach der Lektüre des Spiegel? – Ja, das ist wohl nicht auszuschließen. Haben Sie eigentlich dazu ein Statement herausgegeben? – Nein, nein, hören Sie mal, Sie müssen sich nicht entschuldigen, ich will gar keins haben. Ich wollte Sie gerade bitten, vorerst auch keins rauszuschicken … – Nein, passen Sie auf, die Ministerin könnte doch alles, was ihr auf der Seele lastet, in einem, nun … fairen Exklusivinterview mit dem Magazin loswerden.« Sie hörte kurz zu und lachte dann charmant auf. »Ja, ich hatte irgendwie erwartet, daß Sie so was in der Richtung sagen. Aber Sie könnten sie ja wenigstens mal fragen … ich meine, in Anbetracht unserer bisher doch ziemlich guten Zusammenarbeit … – Jetzt enttäuschen Sie mich aber, Herr Gatzke. Den kleinen Gefallen können Sie mir doch tun. Wenn Frau Agger partout nicht will, akzeptiere ich das natürlich. Dann müssen wir halt ohne ihre Stellungnahme berichten. Ach, übrigens, es soll ja kein Geheimnis sein, unter Freunden: Richten Sie Ihrer Chefin doch einfach mit einem schönen Gruß von mir aus, daß wir unter diesen … oder sagen wir einfach unter Umständen unsere Berichterstattung um einige nicht uninteressante neue Aspekte anreichern werden. Sie haben zu tun mit den Herren Wiederstein, Schu und Pfaff. Könnte sein, daß ihr die Namen etwas sagen.« Ein Lächeln breitete sich auf Hannes Gesicht aus, während sie zuhörte. Dann sagte sie: »Ich bin im Büro. Meine Nummer haben Sie ja. Und, Herr Gatzke, ich bräuchte das Interview bis spätestens morgen um elf. Vormittags. Von mir aus auch heute um Mitternacht. – Alles klar, bis nachher.« Sie legte auf.

Stamm zog einen imaginären Hut.

»Hätte ich nicht besser machen können.«

»Noch bin ich ja auch hier die Chefin«, erwiderte sie. Ihre ganze Autorität konnte jedoch nicht verhindern, daß sich ein paar rote Flecken auf ihrem Gesicht ausbreiteten. »Er will sich melden. Ich denke, es wird nicht lange dauern.«

»Glaubst du, er kannte die Namen?« fragte Stamm.

»Schwer zu sagen. Eher nein. Es gibt Dinge, die nicht einmal ein persönlicher Referent weiß. Aber wenn er gut ist, weiß er sehr genau, wo seine Entscheidungskompetenz endet und er anfangen muß, Schleifen zu drehen. Und Gatzke ist der beste. Der wird mal Botschafter ...«

»Ist er eigentlich ein kleines Dickerchen, oder warum arbeitet er noch für die Agger?« unterbrach Stamm sie. Hanne ließ die Brille auf die Nase rutschen, um ihrem Blick mehr Mahnkraft zu geben.

»Eine Schreckschraube«, sagte sie lächelnd, »wie Robert Redford in ›Barfuß im Park‹. Seine Kompetenz macht ihn aber unnahbar.« Sie verließ das Thema sofort und blickte nervös auf die Uhr. »Jetzt kommt's drauf an, ob wir die Agger wirklich erschrecken können.« Stamm zuckte die Schultern und griff zum Telefon. Er wählte Brittas Durchwahl im Marien-Hospital. Sie ging selbst dran.

»Ich bin's«, meldete sich Stamm. »Hast du deinen Verlobten erreicht?«

»Ja«, antwortete sie. »Er hat aber nicht ganz verstanden, was du meinst. Er hat die Hautfetzen natürlich erwähnt. Dieser Polizist muß es übersehen haben. Matthias hat sich extra noch einmal den Bericht im Computer angesehen.«

»Und wie ist das Ding zur Polizei gelangt?«

»Die vom BKA haben sich erkundigt, ob er fertig ist, und dann hat ihn einer abgeholt. Matthias kann sich nicht mehr an seinen Namen erinnern, wohl aber an seine roten Haare.«

»Vielen Dank, Britta. Ihr habt ein Hochzeitsgeschenk gut.«

»Ich will dich morgen zur Untersuchung hier haben.«

»Natürlich«, sagte er und legte auf.

»Was ist?« fragte Hanne Lohmeyer.

»Korn muß sich geirrt haben. Die Hautfetzen stehen drin.«

»Und wie ist der Bericht zu ihm gelangt?«

»Auf dem Dienstweg.« Stamm stand auf. »Ich habe Hunger. Wie sieht's aus?« fragte er Eva. Sie nickte und erhob sich aus Werner Meisters Stuhl. »Soll ich euch was mitbringen?« fragte Stamm Hanne und Christa Kümmel. Sie schüttelten beide den Kopf. »Ich schau gleich noch mal rein«, sagte er zu Hanne. »Ich möchte beim Gespräch mit Frau Agger unbedingt dabei sein.«

»Das habe ich befürchtet«, seufzte sie.

Mit ein paar Sashimi vom japanischen Imbiß an der Klosterstraße im Magen kehrten Stamm und Eva eine Dreiviertelstunde später zurück. Gatzke hatte sich gemeldet. Das Gespräch würde um zweiundzwanzig Uhr im Hotel Ramada Renaissance stattfinden.

16

Die Ministerin trank toskanischen Rotwein. Selbst ohne Fahrer hätte sie ihren Führerschein nicht gefährdet – die Wirtschafts- und Verkehrsministerin hatte nie einen Lappen besessen, wie alle Welt wußte. War vor kurzem ein toller PR-Gag gewesen für Frau Agger, die ein paar umstrittene Autobahnen bauen wollte.

Martin Gatzke, eine kecke blonde Strähne in der Stirn, hatte sie im Foyer erwartet. Er schloß die Tür hinter Hanne Lohmeyer und Stamm. Die Großzügigkeit des Zimmers und die edlen Kirschholzmöbel ließen im allgemeinen die Messebesucher das Leben aus dem Koffer als etwas weniger trostlos empfinden.

»Ich hoffe, das wird kein Kreuzverhör«, sagte Dr. Sigrun Agger launig und stand aus ihrem Sessel auf. Aus der Nähe sah ihr Gesicht grober aus als im Fernsehen, die vorstehenden Schneidezähne dominierten stärker, gleichzeitig waren ihre Züge weniger maskenhaft, ihr Lächeln wirkte einnehmend. Sie gab Hanne die Hand, versicherte ihr, daß es sie freue, sie wiederzusehen, und wandte sich dann interessiert Stamm zu.

»Mein Kollege, Herr Stamm«, sagte Hanne.

Die Ministerin nickte und hielt ihm die Rechte entgegen.

»Ich habe mich Frau Lohmeyer aufgedrängt«, sagte Stamm. »Sie konnte mich nicht abschütteln.«

»Ich habe nichts dagegen«, erwiderte die Ministerin. »Sie wissen ja, daß ich gern hübsche Männer um mich herum habe.« Mit einem koketten Lächeln gab sie das Zeichen, daß über ihren gewagten Scherz gelacht werden durfte. Stamm und Hanne taten ihr den Gefallen. Dann fuhr sie fort: »Ich spreche gern mit Leuten, die … Interessantes erlebt haben. – Herr Gatzke, wären Sie so freundlich, noch einen Sessel heranzurücken.«

Der persönliche Referent kam der Bitte ohne Eile nach und arrangierte den dritten Sessel so, daß ein gleichschenkeliges Dreieck um den runden Couchtisch entstand. Sigrun Agger forderte sie mit einer Geste auf, sich zu setzen. Sie folgten der Einladung. Neben der Flasche stand ein Weinglas auf dem Kopf.

»Ein Gläschen Wein?« fragte die Ministerin.

»Gern«, sagte Hanne. Stamm nickte zustimmend. Gatzke, der sich in dem Zimmer zurechtfand, als sei er zu Hause, öffnete eine Buffettür und förderte ein weiteres Glas zu Tage. Er stellte es auf den Tisch. Sigrun Agger nickte ihm unmerklich zu, worauf er sich zurückzog und das Zimmer verließ. Die Ministerin nahm die Flasche und goß Stamm einen Schluck ein.

»Kosten Sie!« forderte sie ihn auf. »Ein 88er Brunello von Barbi, ganz bemerkenswert.« Sie lachte leise auf. »Den haben wir wohl den vielen Italienern zu verdanken, die zur Igedo und zur Schuhmesse nach Düsseldorf kommen.«

Stamm trank den Schluck zu schnell.

»Hervorragend«, gab er das von ihm erwartete Statement ab. Sigrun Agger lächelte dünn und füllte erst Hannes und dann Stamms Glas. Dann setzte sie sich auch und lehnte sich mit ihrem Glas in der Hand bequem zurück. Sie schaffte es, trotz des engen Kostümrocks die Beine elegant übereinanderzuschlagen.

»Schießen Sie los!« sagte sie.

Stamm führte die ersten Verhandlungen.

»Wir sind in unterschiedlicher Mission unterwegs. Frau Lohmeyer möchte ein Interview fürs Magazin. Ich brauche ein paar vertrauliche Informationen.«

Die Ministerin nippte an ihrem Glas, ließ den Wein mit geschlossenen Augen durch den Mund rollen, bevor sie ihn hinunterschluckte.

»Ich bin Ihnen dankbar, daß Sie nicht um den heißen Brei herumreden«, sagte sie. »Die Sache ist nur die, daß ich mir nach dem ersten… Hetzartikel dieser bedauernswerten Kollegin von Ihnen einen vorläufigen Interview-Stop verordnet habe. Bisher habe ich ihn noch nicht wieder aufgehoben. Und was gar vertrauliche Informationen angeht – bitte verstehen Sie, wir kennen uns gar nicht. Warum sollte ich?«

»Sie bekommen eine Berichterstattung nach Maß«, sagte Hanne.

»Die hat mir der Spiegel heute frei Haus geliefert.«

»Richtig«, bestätigte Hanne Lohmeyer. »Aber die hatten was zu verkaufen. Wir leider nicht… Außer natürlich Wiederstein, Pfaff und Schu. Aber die Karte möchten wir eigentlich nicht ausspielen.«

»Sind Sie sicher, daß das keine Luschen sind?« fragte Sigrun Agger. Sie strich mechanisch über ihr Weinglas.

»Sie waren einverstanden, uns hier zu empfangen«, übernahm Stamm wieder. Die Ministerin lächelte versonnen, sagte aber nichts. Stamm fuhr fort: »Ich will ehrlich sein: Um im Bilde zu bleiben – Sie sind offenbar Skatspielerin – Es sind vielleicht nicht gerade drei Buben, die wir da haben, aber Sie wissen ja, wie das ist: Wenn Sie viele Trümpfe gegen sich haben, verlieren Sie mit Spitze. Und Sie haben schon verdammt viele Stiche abgegeben. Die Trumpf-Sieben könnte spielentscheidend sein.«

Sigrun Agger nickte emotionslos. Sie ließ ihr Weinglas durch die Hände gleiten und blickte dann lächelnd auf.

»Ich schenke Ihnen das Spiel, wenn Sie eine einzige Bedingung akzeptieren.« Hanne Lohmeyer und Stamm sahen sie mit gezügelter Spannung an. »Ich möchte einen Abgang erster Klasse.«

Hanne und Stamm reagierten gegensätzlich. Während er sich zurücklehnte, beugte sich Hanne gespannt vor.

»Sie wollen zurücktreten? Warum?« fragte Hanne Lohmeyer.

»Behalten wir uns das für das Interview vor«, sagte Agger.

»Wann geben Sie ihn bekannt?« insistierte Hanne.

»Na, am Donnerstag natürlich. Sonst haben Sie's ja nicht exklusiv.« Sigrun Agger lachte. Sie schenkte sich Wein nach. Hanne Lohmeyer und Stamm hatten bisher kaum genippt. Wie auf Kommando ergriffen beide ihre Gläser. »Wir sind uns einig, ja? Nur ein autorisiertes Interview!«

»Ist doch selbstverständlich«, sagte Hanne Lohmeyer.

»Okay«, sagte die Ministerin. »Dann kommen wir zunächst zum schmutzigen Teil. Oder?«

»Sicher«, sagte Stamm. Er hatte Mühe, seine Gedanken zu ordnen. »Also gut, Sie kennen ja die Namen, zu denen ich gern was wissen ...«

»Einen Augenblick, bitte«, unterbrach ihn Sigrun Agger und wandte sich an Hanne Lohmeyer. »Entschuldigen Sie bitte, Frau Lohmeyer, es ist mir wirklich sehr unangenehm, aber wäre es wohl möglich, daß Sie für ein paar Minuten Herrn Gatzke Gesellschaft leisten? Er wird sich an der Bar sicher recht einsam fühlen.« Hanne sah sie einen Moment betreten an. »Das müssen Sie verstehen«, erläuterte die Ministerin. »Ich bin sicher, Herr Stamm wird Ihnen alles haarklein erzählen. Aber ich muß darauf bestehen, daß in dieser Angelegenheit, rein juristisch betrachtet natürlich, gegebenenfalls Aussage gegen Aussage steht.«

Hanne sah Stamm an. Er nickte.

»Natürlich«, sagte sie, stand auf und verließ das Zimmer. Als die Tür ins Schloß gefallen war, sagte Sigrun Agger:

»Ich möchte nicht, daß Sie etwas notieren.«

»Hatte ich nicht vor«, sagte Stamm. Er saß aufrecht.

Die Ministerin ließ sich zurücksinken. Sie wirkte klein in dem tiefen Sessel.

»Es geht um folgendes, Frau Doktor Agger: Ich habe, wie Sie wissen, ein ziemlich übles Erlebnis hinter mir. Ich möchte wissen, wer Nadja Winter ermordet hat, während ich im Nebenzimmer lag. Ich glaube, dieser Mord steht in Verbindung mit dem Mord an Rainer Pfaff. Und ich glaube, beide stehen in Verbindung mit Ihnen. Und es gibt inzwischen einen dritten Mord, an Pfaffs Partner Hans-Jürgen Brax, den Sie, wie ich ferner glaube, als einzigen nicht kennen. Ich glaube, nein, ich bin sicher, daß Sie nichts mit den Morden zu tun haben. Ich muß das erwähnen, weil in diesem unglaublichen Fall nichts ausgeschlossen scheint. Ich nehme an, alle drei mußten sterben, weil sie zuviel wußten – einerseits; andererseits wußten sie aber nicht genug, um sich schützen zu können. Ich bin inzwischen auch auf einem gefährlichen Wissensstand. Ich möchte aber nicht auch mit einer Kugel im Kopf enden. Ich möchte von Ihnen die Informationen erhalten, mit denen ich meine Haut retten kann. Ich sehe das doch richtig, daß Rainer Pfaff Sie erpreßt hat.« Dr. Sigrun Agger nickte. »Er hat gedroht..., das, was er von Ihnen wußte, an die große Glocke zu hängen. Er wollte aber kein Geld. Vielmehr sollten Sie Ihren Einfluß geltend machen, um bestimmte Entscheidungen herbeizuführen, durch die der eine oder andere Unternehmer Vorteile hatte.« Sie bestätigte es durch ein weiteres Nicken. »So hat Wiederstein den Beleuchtungsauftrag bei der Renovierung des Ministeriums bekommen?«

»Er hätte ihn sowieso bekommen«, ließ sich die Ministerin erstmals laut vernehmen. »Er hatte das beste Angebot.«

»Schröter?« fragte Stamm. »Aus Siegen oder so?«

»Der hat, glaube ich, die Büromöbel geliefert.«

»Holtkamp, Köln?« Sie dachte nach und schüttelte dann den Kopf.

»Sagt mir nichts.«

»Der wollte Pfaff wohl keine Provision bezahlen«, murmelte Stamm, um lauter fortzufahren: »Rogalla, Mülheim?«

Die Ministerin wirkte erstaunt. »Den kenne ich«, sagte sie. »Ein großer Tiefbauunternehmer. Ich wußte aber nicht, daß er was mit Pfaff zu tun hatte.«

Stamm machte eine abhakende Handbewegung.

»Okay, schließlich noch Schu, Biotechnik aus Ratingen. Warum sollte er ursprünglich in Ihr großes Förderprogramm, obwohl er als etablierter Mittelständler eigentlich nicht mehr hineinpaßte, und warum ist er vorige Woche dann doch wieder rausgeflogen?«

Sigrun Agger zog die Stirn kraus.

»Wie kommen Sie darauf, daß er nicht ins Programm paßte?« fragte sie zurück.

»Soweit ich das verstanden habe, sollte die Förderung eher den Charakter einer Anschubfinanzierung haben. Einer, der sechzig Leute beschäftigt, braucht die wohl nicht mehr.«

»Das ist nur teilweise richtig. Wir wollten auch ein paar Größere im Programm haben. Sie brauchen auch ein paar Fixsterne, um die Region als Zentrum einer Zukunftsbranche zu stärken.«

»Frau Doktor Agger«, sagte Stamm leise und eindringlich, »wir sind hier nicht in einem Untersuchungsausschuß. Es interessiert mich nicht, ob Schu formal die Fördervoraussetzungen erfüllt oder nicht. Ich möchte wissen, ob seine Hereinnahme Teil von Pfaffs Erpressung war.«

»Nein«, sagte sie.

»Nein?« fragte Stamm.

»Nein.«

Stamm sah die Ministerin ratlos an. Nach einer Weile schüttelte er genervt den Kopf.

»Er ist doch wohl nicht einfach so auf dem offiziellen Weg ins Programm gekommen?« Sie schüttelte den Kopf. Stamm warf die Stirn in tiefe Falten. Schließlich glättete er sie durch einen Schlag mit dem Handballen. »Teufel, er hat Sie selbst erpreßt, stimmt's?«

»Ja«, bestätigte Dr. Sigrun Agger. Sie gab sich recht erfolgreich Mühe, Haltung zu bewahren, aber ihre müden Augen konnten die Trostlosigkeit, die sie verspüren mußte, nicht verbergen. Stamm mußte sie wieder zum Sprechen bringen, um sie zurück in die Welt zu holen.

»Warum war er plötzlich nicht mehr opportun?« fragte Stamm. »Die Entscheidung ist wohl noch ziemlich frisch.«

»Es sind Hinweise aufgetaucht, daß Schu unsaubere Geschäfte macht«, sagte Sigrun Agger trocken. Sie genehmigte sich einen Schluck Brunello.

»Die wären?« fragte Stamm. Die Ministerin beugte sich vor und hielt die Weinflasche fragend hoch. Stamm nickte, und sie goß ihm ein. Dann leerte sie die Flasche in ihr Glas. Während sie sich wieder zurücklehnte, begann sie ihre Ausführungen:

»Die BRS unterhält in Odessa ein Joint-Venture, die Firma Fudrex. Wir haben eher zufällig davon erfahren. Mein Staatssekretär war vor zwei Wochen in der Ukraine. Verhandlungen zur wirtschaftlichen Zusammenarbeit. Die Fudrex wurde ihm allerdings im inoffiziellen Teil an der Bar genannt. Schu hat das Projekt, vorsichtig ausgedrückt, nicht gerade an die große Glocke gehängt. Wie auch immer, normalerweise begrüßen wir ja diese Art der Zusammenarbeit. Wenn in der Ukraine mit deutscher Technik entwickelte Kartoffelpflanzen, die gegen den Kartoffelkäfer resistent sind, angebaut werden und so ein Versorgungsproblem lösen – wer wollte dagegen was sagen. Es ist prinzipiell auch nichts dagegen einzuwenden, daß Erzeugnisse der Fudrex über das Schwarze Meer nach Trabzon in die Türkei transportiert werden. Ein wenig ungewöhnlich ist dieser Weg aber durchaus. Und wenn wir vorsichtshalber Nachforschungen anstellen und erfahren, daß die Ware in Trabzon in einen Wagen verladen wurde, der dann in Kurdistan spurlos verschwunden ist – und wenn dies mindestens zweimal im letzten Jahr passiert ist, dann fragen wir uns natürlich, was die Fudrex geliefert hat und wo es geblieben ist.«

»Und wo ist die Ware geblieben?«fragte Stamm.

Die Ministerin lachte auf.

»Wir haben da eine gewisse Auswahl, was den Adressaten angeht. Lauter erste Adressen. Wir fanden es vorläufig nicht mehr opportun, der BRS mit Steuergeldern unter die Arme zu greifen.«

»Zumal das Unternehmen sowieso nicht der geborene Subventionsempfänger ist«, ergänzte Stamm. Sigrun Agger schwieg. Nach einer Pause fragte Stamm: »Und die Ware?«

»Kartoffeln eben – angeblich. Diese Sorte soll besonders gut im Gebirge gedeihen.« Sie zuckte mit den Schultern.

»Sie glauben das nicht?« hakte Stamm nach.

»Sie vielleicht?« fragte sie zurück.

»Keine Ahnung. Ich weiß nicht, ob man mit so was Geld verdienen kann.«

»Ich, ehrlich gesagt, auch nicht. Aber es gibt in der ganzen Ukraine keine Gegend, in der ähnliche klimatische Bedingungen herrschen wie im kurdischen Hochland. Das am Rande. Es gibt aber noch was. Dieser Informant meines Staatssekretärs Breiden – Sie wissen schon, der aus der Bar, Breiden nannte ihn übrigens undurchsichtig, also ist natürlich Vorsicht geboten –, dieser Informant also berichtete, die Fudrex würde ihre Superkartoffeln auf einer inzwischen privatisierten Kolchose im Hinterland von Odessa testen. Dort soll Anfang Mai eine Schafherde notgeschlachtet worden sein... wegen einer Milzbrand-Epidemie.«

Stamm starrte die Ministerin an.

»Scheiße«, stieß er hervor. »Die Fudrex hat Biowaffen geliefert? Ist es das, was Sie glauben? An wen?«

Sigrun Agger hob die Arme abwehrend hoch und schüttelte einige Male mit schnellen, kurzen Bewegungen den Kopf.

»Iran, Irak, die PKK, das türkische Militär, was weiß ich. Wir wissen nichts Genaues. Wir konnten die Behörden in Kiew noch nicht dazu bewegen, eine Durchsuchung der Fudrex zu veranlassen. Man würde wahrscheinlich sowieso nichts mehr finden. Das war übrigens wohl auch das Motiv dieses... undurchsichtigen Barbesuchers, sich an Breiden zu wenden. Bei der Polizei in Odessa hat er auf Granit gebissen. Wir kennen nicht einmal seinen Namen. Vielleicht ist er inzwischen auch schon tot. Vielleicht gehört er einer rivalisierenden Mafiagruppierung an... Die Milzbrand-Epidemie hat es jedenfalls gegeben. Das alles war uns schon Grund genug, die Firma BRS zumindest vorläufig aus dem Förderprogramm herauszunehmen.«

Stamm dachte nach. Er ließ sich in den Sessel zurücksinken und starrte das abstrakte Bild hinter Sigrun Aggers Kopf an. Schließlich fixierte er die Ministerin und fragte:

»Könnte Pfaff davon gewußt haben?«

Sie schüttelte den Kopf.

»Schwer vorstellbar. Wir haben zwar das LKA eingeschaltet, aber soweit ich weiß, stochern die noch ganz vorsichtig an der Oberfläche herum. Der Kreis derjenigen, die die Geschichte kennen, ist sehr klein.«

Auf Stamms Stirn bildeten sich tiefe Furchen der Konzentration. Schließlich schüttelte er die komplizierten Gedanken ab.

»Warum erzählen Sie mir das alles eigentlich?« fragte er. Auf ihrem Gesicht erschien ein breites, einnehmendes Lächeln.

»Ich kann mich nicht erinnern, Ihnen irgend etwas erzählt zu haben.«

Stamm stand auf. Sie erhob sich sofort auch.

»Ich schicke Frau Lohmeyer hoch«, sagte Stamm und streckte der Ministerin die Hand entgegen. An der Tür blieb er noch einmal stehen und drehte sich um.

»Warum treten Sie zurück?« fragte er. »Unter uns gefragt!«

Sie lächelte melancholisch.

»Ich habe Familie. So eine Geschichte bleibt an Ihnen kleben, da können Sie nichts dagegen machen. Wenn ich im Blickpunkt der Öffentlichkeit bliebe, würde sich immer wieder jemand finden, der sie wieder aufwärmt. Ich habe das nicht nötig.« Der letzte Satz klang trotzig. Stamm sah ihr in die Augen.

»Die Partei hat Sie fallengelassen, stimmt's... Wer soll jetzt eigentlich Nachfolger von Herrn Tack werden?«

Sie holte Luft, um etwas zu erwidern, doch dann atmete sie nur wieder aus und öffnete die Tür.

Stamm fuhr mit dem Aufzug ins Erdgeschoß und fragte an der Rezeption nach der Bar. Hanne Lohmeyer erzählte, und Martin Gatzkes charmantes Lächeln drückte Aufmerksamkeit aus.

»Deine Zeugin«, sagte Stamm, als er neben den beiden Barhockern stand.

»Du kannst meinen Campari haben«, sagte sie und rutschte vom Hocker herunter. Das Glas war noch mehr als halb voll.

»Ich hoffe, es macht Ihnen nicht zuviel aus, wenn ich Sie allein lasse«, sagte Gatzke und folgte Hanne. Bevor Stamm eine witzige Antwort einfiel, war der persönliche Referent außer Hörweite.

17

Dienstag

Obwohl die Decke am Fußende des Bettes zusammengeknüllt war, lag ein Schweißfilm auf Stamms Körper. Im Halbschlaf drehte er sich um und streckte seinen linken Arm aus. Er bekam keine weiche Schulter zu fassen, sondern eine zottelige Mähne. Er streichelte sie träge, bis ihm aufging, daß es sich nicht um Evas Haar, sondern um den Teddybären Eddy handelte. Er öffnete die Augen und sah, daß die andere Hälfte des Bettes leer war. Das Display des Radioweckers zeigte 7.31 Uhr. Stamm lauschte nach Geräuschen in der Wohnung. Als er nichts hörte, sprang er auf und lief aus dem Schlafzimmer. Eva saß aufrecht auf dem Teppich im Wohnzimmer. Ihre Beine waren leicht gespreizt, die Knie angewinkelt. Ihr Rücken beschrieb eine senkrechte Linie zum Fußboden. Die Arme nach oben gestreckt, angelte sie nach imaginären Kirschen.

»Ich werde allmählich hysterisch«, murmelte Stamm und wischte sich mit dem Unterarm über die Stirn. Er ließ sich neben Eva auf den Boden sinken.

»Etwas Gymnastik täte dir gut«, sagte sie. »Streckt die Knochen, dehnt die Muskeln und bringt den Kreislauf auf Touren.« Ohne die Arme zu Hilfe zu nehmen, stand sie auf, als würde sie sich aus einem Stuhl erheben. Sie trat hinter ihn und forderte ihn auf, die gleiche Position einzunehmen wie sie vorhin. »Drück den Rücken durch«, sagte sie. Er versuchte es, aber sie war mit dem Ergebnis nicht zufrieden. Sie faßte ihn an den Schultern und drückte ihm ihr Knie in den Rücken. Er folgte der unmißverständlichen Aufforderung und versuchte, sich mit geradem Rücken nach oben zu strecken. »Ganz gut«, munterte sie ihn auf. Sie trat zur Seite und beobachtete ihn. Zwei Minuten ließ sie ihn so hoch wie möglich in die Luft greifen, bis er vor Schmerzen anfing zu stöhnen. »Okay«, gab Eva das Zeichen zum Aufhören, »ich will dich ja nicht umbringen. Leg dich auf den Rücken, jetzt sind die Bauchmuskeln dran. Ich zeig's dir.« Sie legte sich neben ihn, die Beine wieder mit angewinkelten Knien aufgestellt, die Arme hinter dem Kopf verschränkt. Sie hob und senkte die Schultern. Stamm drehte sich auf die Seite, stützte den Kopf auf die linke Hand und streichelte mit der rechten ihren Bauch. Allmählich wurden seine Kreise größer, er berührte ihr Schamhaar und ihre Brüste. Sie ließ ihn gewähren, bis sie dreißig Situps geschafft hatte, dann setzte sie sich auf und entwand sich seiner Hand. »Nachmachen!« befahl sie. Er gehorchte. Bei zwanzig fing er an zu japsen, bei fünfundzwanzig gab er auf und blieb keuchend liegen.

»Schlaffi.« Eva sah ihn mitleidig an und begann, mit leichten Handkantenschlägen seine überanstrengten Bauchmuskeln auszuklopfen. Mit einem schnellen Griff umfaßte er ihre Handgelenke und zog sie zu sich herunter. Sie verlor das Gleichgewicht und lag halb über ihm.

»Schlaffi?« fragte er. Er versuchte, sich unter sie zu drehen, hob das Becken, um sie taktil davon zu überzeugen, daß von Schlaffi keine Rede sein konnte. Sie schloß die Beine und rollte sich abrupt weg. Er ließ ihre Handgelenke los, um ihr nicht weh zu tun.

»Ich verstehe nicht, wie du daran denken kannst, nach ... nach all dem«, preßte sie hervor.

Er starrte ihren Rücken an, legte sich auf die Seite und stützte seinen Kopf in die Hand.

»Ich dachte, wir hätten das geklärt«, sagte er.

»Was heißt denn geklärt?« fauchte sie und drehte sich um. »Du machst es dir verdammt leicht. Als würdest du es aus den Kleidern schütteln. Bei mir geht das jedenfalls nicht so einfach!« Sie stand auf und ging ins Bad. Als sie nach einigen Minuten wieder herauskam, trug sie seinen Bademantel. Sie ging in die Küche. Stamm stand ungelenk auf, ging ins Schlafzimmer, zog sich eine Sporthose an und folgte ihr. Sie saß am Tisch, starrte durchs Fenster den Himmel an und rauchte. Er zündete sich auch eine an und stellte sich vor das Fenster in ihr Blickfeld. Sie sah durch ihn durch. Er versuchte, ihren Blick auf sich zu lenken, machte den Mund auf und gleich darauf wieder zu. Schließlich durchbrach sie die Stille, die sie allmählich in zwei getrennte Welten einhüllte.

»Was hast du jetzt vor?« fragte Eva.

»Den Killer erledigen und dann mit dir in Urlaub fahren.«

»Ich hatte so etwas befürchtet.«

»Was hast du gegen Urlaub? Oder gegen mich?« Er versuchte, aufgekratzt zu klingen.

»Darüber reden wir ein andermal. Dieses ›erledigen‹ macht mir Sorgen. Wir haben eine Polizei.«

Er machte eine wegwerfende Handbewegung.

»Was wollen die Schu schon nachweisen? Schon daß er ein Motiv gehabt haben könnte, ist eine reine Vermutung. Er steht auf einer Liste, die Pfaff auf einer Diskette versteckt hat. Na und? Hundert andere stehen dort auch drauf. Daß der Fall Agger etwas mit den Morden zu tun hat, ist eine reine Vermutung, und eine vage dazu. Daß Schu Dreck am Stecken hat, weil er möglicherweise einem der Mafiosi in Kurdistan Biowaffen geliefert hat, ist wieder eine Vermutung. Und wenn sie tausendmal von einer Ministerin ausgesprochen wird, es bleibt eine Vermutung.« Stamm machte eine Pause und atmete durch. »Okay«, fuhr er fort, »was haben wir an Hinweisen? Der Penner im Hafen hat einen Benz mit einem Kennzeichen, das mit M anfängt, gesehen. Paßt. Paßt aber genauso auf zigtausend andere. Gut, jetzt wird's ein wenig interessanter, wobei ein Richter sich über ein solches Indiz wahrscheinlich köstlich amüsieren würde: Schu hat sich am Mittwoch abend im Preminger herumgetrieben. Da bin ich mittlerweile ganz sicher. Er kam kurz nach Nadja und setzte sich allein an einen Tisch. Ich erinnere mich an ihn, weil er Zigarillos rauchte. Das kann kein Zufall gewesen sein. Und es gibt noch einen Hinweis, der eindeutig zeigt, daß Herr Schu äußerst neugierig ist. Ich hatte ihn ja erst am Freitag angerufen. Da hat er mich kurz angebunden abgefertigt und gesagt, er müsse übers Wochenende nach New York fliegen. Am Montag rufe ich wieder an, er will sich immer noch nicht mit mir treffen, mit der Begründung, er hätte nichts, was das Magazin interessieren könnte. Ich habe ihm nie gesagt, daß ich beim Magazin arbeite. Beim ersten Gespräch weiß ich hundertprozentig, daß ich nicht einmal meinen Namen genannt habe. Schu muß sich über mich erkundigt haben, wahrscheinlich hat er sich meine Telefonnummer aufgeschrieben. Einer, der seine Mitarbeiter abhören läßt, hat mit Sicherheit ein Telefon, bei dem im Display die Nummer des Anrufers erscheint. Und der hat auch Leute an der Hand, die eine Telefonnummer mit einem Namen, einer Adresse, einem Arbeitgeber verbinden können. Die Frage ist allerdings: Warum interessiert er sich so sehr für mich, daß er einen solchen Aufwand betreibt? Antwort: Er muß seine Gegner kennen in dem gefährlichen Spiel, das er treibt. Und hier liegt auch der Grund, warum er schnell erledigt werden muß. Er kennt mich. Wenn auch nur die Hälfte von dem stimmt, was ich über ihn vermute, schwebe ich… und du genauso, in Gefahr, solange er frei herumläuft.«

Eva drückte ihre Zigarette aus und zog die Füße auf den Stuhl. Sie umfaßte ihre Knie, stützte ihr Kinn auf und sah nachdenklich zu Boden. Schließlich sagte sie bestimmt:

»Du kannst das nicht allein durchziehen.«

»Das weiß ich selber«, entgegnete Stamm gereizt. Nach einer Pause fuhr er sachlich fort: »Ich brauche Rademacher.«

Eva sah ihn erstaunt an.

»Wieso nicht Korn?«

»Weil das für Korn 'ne Nummer zu groß ist. Der kann so was nicht durchziehen, ohne eine Staatsaktion daraus zu machen. Hier helfen nur unorthodoxe Methoden. Ich bezweifle, daß Korn sich darauf einläßt. Wohingegen Rademacher wohl genau deshalb eingesetzt wurde. Ich brauche hier einen Spezialisten für Sondereinsätze, keinen Beamten. Und außerdem«, Stamm zündete sich eine neue Zigarette an, »muß mich Rademacher aus irgendeinem Grund schützen. Jedenfalls ist Meinhardts Manöver, das gerichtsmedizinische Gutachten von störenden Hautfetzen zu befreien, irgendwie ins Leere gelaufen. Wie du siehst, laufe ich frei herum. Ich sehe das so: Meinhardt wollte einen Sündenbock aufbauen, und Rademacher hat es verhindert.« Abrupt drehte er sich um und verließ die Küche. Eva öffnete den Mund, um etwas zu sagen, doch dann ließ sie es bleiben und klammerte sich wieder an ihre Knie.

Im Wohnzimmer schnappte sich Stamm das Telefon und tippte Rademachers Nummer ein. Der BKA-Mann ging selbst dran.

»Stamm«, meldete sich Stamm. »Ich habe was für Sie.«

»Aha«, machte Rademacher.

»Ich könnte Ihnen den Killer ans Messer liefern«, fuhr Stamm fort.

»Aha.«

»Sie kommen am besten zu mir, dann erzähle ich Ihnen alles. Kommen Sie allein, und sagen Sie vorerst niemandem etwas davon.

Vor allem nicht Meinhardt.« Rademacher schwieg. Stamm machte der Stille in der Leitung ein Ende: »Sie könnten wenigstens noch mal ›aha‹ sagen oder ›warum‹ fragen.«

»In einer halben Stunde«, sagte Rademacher und legte auf.

Rademacher trug hellblaue Jeans von Boss, ein graugrün gemustertes Hemd, die Ärmel zweimal aufgekrempelt. Auf Sakko und Krawatte hatte er heute verzichtet, nicht aber auf eine Sonnenbrille – groß wie immer. Sie war getönt. Im Halbdunkel des Wohnzimmers wurden die Gläser heller, man konnte Rademachers Augen erahnen, und damit auch seinen schnell und routiniert im Raum umherschweifenden Kontrollblick. Er verharrte jeweils kurz auf den halboffenen Türen zur Küche und zum Schlafzimmer. Eva war nicht zu sehen. Sie mußte sich auf den Balkon im Schlafzimmer gesetzt haben. Stamm machte eine einladende Geste in Richtung Couch. Rademacher ignorierte sie. Er spazierte durch den Raum und blieb vor der hinteren Wand stehen, tat so, als würde er den verfremdeten Frauenakt betrachten, der dort hing, das Original eines mittelbekannten Neusser Künstlers, zu dessen Kauf für »lächerliche« fünfzehnhundert Mark Eva Stamm überredet hatte. Stamm beobachtete Rademachers Show, ohne etwas zu sagen. Schließlich drehte sich der BKA-Mann zu Stamm.

»Ein bißchen neugierig haben Sie mich schon gemacht«, sagte Rademacher. »Man kriegt nicht alle Tage einen Killer frei Haus geliefert.«

»Ganz so bequem ist die Sache dann auch wieder nicht. Sie müssen sich Ihr Gehalt schon noch verdienen. Wenn auch nicht durch Ermittlungen, sondern durch Aktion.«

»Klartext!« forderte Rademacher.

»Okay. Ich sage Ihnen, wer Pfaff, Nadja Winter und Brax umgelegt hat, sage Ihnen auch, warum ich das glaube, und helfe Ihnen auch noch, den Beweis zu beschaffen.«

»Mit anderen Worten, Sie haben keinen Beweis«, stellte Rademacher sachlich fest.

Stamm sah ihn herablassend an.

»Dann bräuchte ich Sie nicht. Sie haben sich ja bisher nicht gerade so benommen, daß ich mich verpflichtet fühlen müßte, Ihnen einen Triumph zu verschaffen.«

Rademacher tat, als würde er aus allen Wolken fallen.

»Was meinen Sie? Ich kann...«

»Sparen Sie sich die Show. Ihre Einschüchterungstour gegenüber Frau Vossen, die miese und völlig überflüssige Geschichte, mit der Sie die Bildzeitung gefüttert haben, die Drohungen, die dieses voreingenommene Arschloch von Meinhardt ausgesprochen hat...«

»Ach, deshalb wollten Sie, daß ich ihn aus dem Spiel lasse?« unterbrach ihn Rademacher und lachte.

»Auch«, erwiderte Stamm und beobachtete Rademacher scharf. Wenn dem diese Antwort auffiel, dann ließ er es sich jedenfalls nicht anmerken.

»Wo ist eigentlich die schöne Frau Vossen?« fragte er.

Stamm sah ihn mit zusammengezogenen Brauen an. Er hatte Lust, den Märtyrer zu spielen.

»Keine Ahnung. Nach Ihrer beschissenen Show hat es ihr bei mir nicht mehr gefallen. So gesehen, haben Sie und vor allem Meinhardt ganze Arbeit geleistet. Sie schulden mir noch was, und ich biete Ihnen ein Geschäft an, bei dem für Sie eine Menge Ehre und eine garantierte Beförderung abfällt. Verdient haben Sie es weiß Gott nicht.«

»Und für Sie?« fragte Rademacher ungerührt.

»Eine Story und das schöne Gefühl, abends einigermaßen gefahrlos auf die Straße gehen zu können.«

Rademacher schlenderte heran und ließ sich nun doch auf die Couch fallen.

»Na dann los!« forderte er Stamm auf. »Wenn eine Beförderung winkt, kenne ich keine Kollegen mehr.« Er grinste. Stamm blieb stehen und blickte auf ihn herab.

»Sie haben den Mörder dokumentiert. Auf der Diskette.«

»Welcher von den achtundsiebzig ist es denn?« fragte Rademacher zurück. »Oder sollte es gar eines der armen prominenten Erpressungsopfer sein?«

Stamm lächelte.

»Neben dem Namen von Frau Agger standen nur fünf«, sagte er. »Erzählen Sie mir nicht, daß Sie sie nicht überprüft haben.«

»Wir haben«, bestätigte Rademacher. »Es hat nichts gebracht. Ich gebe aber zu, daß wir nicht gerade Himmel und Hölle in Bewegung gesetzt haben, um ihnen den Arsch aufzureißen. Wo soll das Motiv sein?«

»Vier hatten keins«, erwiderte Stamm und machte eine Kunstpause. »Schu schon.« Rademacher nickte, als hätte er diesen Namen erwartet. Er sagte aber nichts. Stamm fuhr fort: »Ich nehme an, Sie wissen, was abgelaufen ist. Pfaff hat Frau Agger mit ihren angeblichen Belästigungen erpreßt. Er wollte von ihr aber kein Geld, das holte er sich bei den Unternehmern. Die Agger sollte nur dafür sorgen, daß die Firmen lukrative Aufträge oder andere Vorteile bekamen.«

»Genau«, sagte Rademacher. »Und Sie glauben, Schu hat Pfaff umgebracht, weil es in seinem Fall vielleicht nicht geklappt hat?« Stamm schüttelte den Kopf.

»Nicht ganz. Ich glaube, in Schus Fall lief die Sache etwas anders. Ich nehme an, er hat Pfaff eine Stange Geld bezahlt…, aber nicht etwa, damit dieser bei der Ministerin etwas erreicht, sondern für die heiße Information. Schu hat die Agger selbst erpreßt. Er wollte in ein fettes Förderprogramm des Landes hineinkommen, und hatte es auch schon so gut wie geschafft.«

Rademacher blickte auf einmal sehr interessiert.

»Lassen Sie mich raten«, sagte er. »Plötzlich ist er wieder rausgeflogen, und zwar, weil seine heißen Infos nichts mehr wert waren, nachdem sie in ›Extra‹ standen.«

»Bingo!« lobte ihn Stamm. »Pfaff hat seine Infos einfach noch mal versilbert, indem er sie Nadja Winter verkauft hat. Pech für Schu, daß die Fördermittel noch nicht geflossen waren. Irgendwie verständlich, nicht wahr, daß Schu sich ein bißchen verschaukelt vorgekommen ist. Er konnte ja seine Fünfzigtausend, oder wieviel es auch immer war, schlecht vor Gericht zurückfordern.«

Rademacher lehnte sich zurück und verschränkte die Hände am Hinterkopf. Er lächelte mit einer Spur Ironie.

»Prima Geschichte für Ihr Magazin«, sagte er. »Wo hatten Sie übrigens die dritte Diskette versteckt.«

»Es gibt keine«, sagte Stamm. »Mir war von Anfang an klar, daß die Morde in Zusammenhang mit dem Fall Agger standen. Deshalb habe ich mir nur diese Namen und die Telefonnummern gemerkt.«

Rademacher lachte jetzt laut heraus.

»In Ihrem Zustand können Sie sich keine fünf wildfremden Namen gemerkt haben, geschweige denn fünf Telefonnummern mit Vorwahl. Nehmen Sie mich nicht auf den Arm, Herr Stamm, ich will diese Diskette haben.« Den letzten Satz sprach er leise und drohend aus.

»Mein Gott«, rief Stamm aus, »Sie sind vielleicht borniert. Passen Sie nur auf, daß diese Scheißdiskette Ihnen nicht den Schlaf raubt. Es gibt keine, kapieren Sie das endlich! Wenn Sie's genau wissen wollen, ich habe in der Nacht zu Hause angerufen und die Namen und Telefonnummern auf meinen Anrufbeantworter gesprochen. Die fünf hinter ›Agger‹, das war's. Der restliche Klatsch hat mich überhaupt nicht interessiert.«

Rademacher winkte ab.

»Okay, vergessen wir das. Sie wollten mir ein Mordmotiv liefern. Noch haben wir keins. Was Sie mir bisher erzählt haben, ist schön und gut, mag auch alles so gewesen sein. Schu war sauer, d'accord, aber legt er Pfaff deshalb gleich um? Wohl kaum.«

»Schu ist ein ausgemachtes Arschloch«, wandte Stamm ein. Rademacher zuckte die Schultern.

»Nach der Logik hätten wir in Deutschland vierzig Millionen Killer.«

»Sie verstehen mich falsch«, sagte Stamm. Es gelang ihm nicht ganz, seinen Triumph zu verbergen. »Ich meine, Schu hatte als Arschloch vom Dienst so viel Dreck am Stecken, daß Pfaff auch bei ihm eine Erpressung versucht hat. Darin war er ja schließlich Profi. Was er nicht bedacht hat: Er hatte bis dahin noch nie mit einem Schwerverbrecher zu tun. Er hat sicherlich nicht damit gerechnet, daß ihn Schu kurzerhand umpustet. Pfaffs frühere Opfer haben wohl davon geträumt, aber für die Tat reichte die kriminelle Energie nicht.«

»Schwerverbrecher?« fragte Rademacher.

»Illegaler Waffenhandel. Schu produziert in der Ukraine Milzbrand-Bakterien und liefert sie der PKK, Hussein oder wem auch immer.«

Rademachers Miene nahm einen irgendwie verklärten Ausdruck an, die Reaktion eines Mannes, der eine richtig gute Geschichte zu hören bekommt. Er hatte sich jedoch schnell wieder in der Gewalt, fragte sachlich:

»Woher wissen Sie das?«

»Aus einer erstklassigen Quelle«, sagte Stamm. »Damit Sie sehen, daß ich ehrlich bin, sage ich Ihnen gleich, wo der Pferdefuß ist: Ich weiß nicht, ob Pfaff davon wußte. Aber wenn er es wußte, haben wir eine wunderbar runde Geschichte... Ach ja, noch was: An dem Abend, an dem Nadja Winter ermordet wurde, war Schu in der Kneipe, in der wir uns getroffen haben.«

Rademachers Sonnenbrille rutschte auf die Nasenspitze. Über die Gläser hinweg fixierte er Stamm.

»Sie glauben, er hat auch Nadja Winter auf dem Gewissen?« fragte Rademacher. Stamm zuckte die Schultern.

»Die logische Folge. Sie ist ihm wahrscheinlich auf die Pelle gerückt. Weiß der Geier, was sie herausgefunden hat. Aber so viele Zufälle auf einmal kann es gar nicht geben. Schu ist unser Mann. Wir müssen es ihm nur beweisen.«

Rademacher rückte die Sonnenbrille wieder zurecht, sah Stamm aber weiter an.

»Was heißt ›wir‹?«

»Mir schwebt da eine erneute Erpressung vor, diesmal aber abgesichert. Sie sitzen, womöglich mit ein paar Scharfschützen, auf der Lauer, verkabeln mich, und sobald ich ihm ein Geständnis aus den Rippen geleiert habe, nehmen Sie ihn fest.«

»Sie sind verrückt«, sagte Rademacher. »So eine Aktion kriege ich nie genehmigt.«

Stamm lachte verächtlich auf.

»Dann hätte ich ja gleich Korn fragen können.«

Rademacher schüttelte langsam den Kopf.

»Das ist Wahnsinn. Da kann so viel schiefgehen. Ich wüßte nicht einmal, wo so was über die Bühne gehen könnte.«

Stamm stand auf, ging zum Bücherregal und griff nach einer Zeitung, die auf den Krimis lag. Er legte den Ratinger Boten auf den Couchtisch, klopfte mit dem Finger auf den Aufmacher und sagte:

»Hier!«

Rademacher las den Artikel über die verlassene Gießerei. Er lehnte sich mit der Zeitung zurück und ging einige Passagen noch einmal aufmerksam durch.

»Das klingt nicht schlecht«, räumte er ein.

»Mein ich doch auch.« Stamm gab sich sichtlich Mühe, seinen Eifer im Zaum zu halten. »Einsam, unübersichtlich, wahrscheinlich reichlich Stellen, wo sich Ihre Leute verstecken können.«

Rademacher stand auf.

»Ich laß es mir durch den Kopf gehen. Vielleicht fällt mir doch noch eine Möglichkeit ein, wie man Schu auf weniger gefährliche Weise überführen kann. Ich bin nach wie vor nicht begeistert von Ihrem Plan.«

Stamm erhob sich ebenfalls.

»Überlegen Sie nicht zu lange. Ich fühle mich nicht besonders gut, solange Schu frei herumläuft.«

Rademacher baute sich vor Stamm auf und sah ihn durchdringend an.

»Keine Alleingänge!« trichterte er ihm ein. »Wir finden einen Weg. Ich melde mich. Heute noch.«

Der Anruf kam schon anderthalb Stunden später. Gerade rechtzeitig, bevor sich das Schweigen zwischen Stamm und Eva zur Feindseligkeit hochschaukelte. Sie lag auf dem Bauch und tat so, als würde sie Max Goldt lesen, lachte aber nie. Er lief im Zimmer auf und ab, setzte sich hin, schaltete den Fernseher ein und zappte, stand wieder auf, ging in die Küche, holte sich was zu trinken, stellte das Glas auf dem Couchtisch ab und lief wieder auf und ab.

Er ließ es viermal klingeln und hob ab.

»Der Platz ist gut«, sagte Rademacher ohne Einleitung. Am besten kommen Sie sofort, damit wir die Dramaturgie abstimmen. In zwanzig Minuten müßten Sie es schaffen.«

»Wo?« fragte Stamm.

»Gehen Sie vom Kleingartenparkplatz, von dem im Artikel die Rede ist, auf den Bahndamm. Nach hundert Metern ist ein größeres Loch in der Mauer. Von da aus sehen Sie die Halle. Ich warte dort.«

»Okay«, sagte Stamm. Er legte auf und drehte sich zu Eva.

»Rademacher macht mit.« Sie hob nicht einmal den Kopf. »Hast du gehört?« hakte er nach.

Sie legte die Hand auf das aufgeschlagene Buch.

»Soll ich in Jubel ausbrechen? Ich finde das ganz schön verantwortungslos.«

Er blieb stehen und schüttelte heftig den Kopf.

»Verantwortungslos wäre, wenn dieses Schwein weiter frei herumlaufen würde«, preßte er hervor.

»Wieso macht das denn keiner vom BKA?« fragte Eva. »Wieso brauchen die für so eine Falle einen Laien?«

»Schu ist auf mich eingestellt«, dozierte Stamm. »Jede neue Figur im Spiel würde seinen Verdacht erregen.«

»Blödsinn«, stieß sie hervor. »Bisher sind doch immer wieder neue Figuren aufgetaucht. Schu muß sich um jeden kümmern, der irgendwas weiß.«

»Es sei denn, es werden zu viele. Dann verliert er den Überblick und flieht vielleicht. Einer mehr, nämlich ich, könnte dagegen wirklich der letzte sein, der was weiß. Ich werde mir zumindest diese Gießerei mal ansehen. Rademacher wartet.« Er ging in die Diele und zog sich Turnschuhe an. Er stand auf und wollte ins Wohnzimmer zurückgehen, um sich von Eva zu verabschieden. In der Tür stießen sie fast zusammen. Stamm umarmte sie und hielt sie fest. Sie versteifte sich.

»Sei vorsichtig«, murmelte sie.

»Noch beginnt die Aktion nicht«, lachte er.

Unterwegs las Stamm an roten Ampeln den Artikel im Ratinger Boten noch mal. Die Gießerei lag ganz in der Nähe der Autobahnabfahrt Ratingen-Schwarzbach. Voisweg hatte einst die offizielle Adresse der Firma Phönix gelautet, aber Freddy Lang vom Boten hatte die Schwachstelle der Phönix-Mauer am anderen Ende geortet.

Stamm fuhr in Oberrath auf die A 44 und verließ sie schon nach zwei Kilometern wieder, um den Schildern in Richtung Ratingen-Mitte zu folgen. Der Stadtplan lag aufgeschlagen auf dem Beifahrersitz. Er wählte den längeren Weg über die Industriestraße, fand die Formerstraße problemlos und den gleich vornean gelegenen Kleingartenparkplatz ebenso. Unter der Woche mittags waren trotz der Hitze einige Plätze frei. Stamm stieg aus und sah sich um. Ein Trampelpfad führte die Böschung hinauf zum Bahndamm: die Gleise der S-Bahn von Düsseldorf nach Essen, wenige hundert Meter vor dem Bahnhof Ratingen-Ost. Er stieg die Böschung empor und ging in die einzig mögliche Richtung weiter, links die Gleise, rechts die Mauer, die das Gelände der Gießerei umgab. Nach knapp hundert Metern sah er, was Freddy Lang gemeint hatte. Die Mauer war eingerissen, und zwar nicht nur ein bißchen, sondern auf einer Länge von mehr als zwanzig Metern komplett. Irgend jemand hatte den rührenden Versuch unternommen, das Gelände durch NATO-Drahtrollen zu sichern. Doch die abenteuerlustigen Jugendlichen, die wohl den RAF-Stern und »Revolution« auf die Mauer gesprüht hatten, hatten die stacheligen Rollen einfach beiseite geschafft. Jetzt hatte man nicht nur freie Sicht auf den offenen Schlund der verfallenen Produktionshalle, sondern auch einen Zugang, den man bei Mondlicht mit dem Fahrrad nehmen konnte. Bis zur Halle waren es noch etwa achtzig Meter.

Stamm ging durch die Mauer. Die Natur hatte sich darangemacht, das Gelände zurückzuerobern, mit bisher durchwachsenem Erfolg. Brennesseln, Löwenzahn und Nelkenwurz wucherten in Clustern, aber dazwischen konnte man bequem durchgehen. Je mehr er sich der Halle näherte, desto deutlicher hörte er ein gespenstisches Ächzen und Klappern. Eine leichte Brise ließ lose Blechabdeckungen an die Hallenwände schlagen. Allmählich konnte er das Chaos in der Halle erkennen. Schrotthalden hier, umgestürzte Werkbänke dort, schwere Eisenstreben auf dem Boden, Schutt. Links führte eine verbogene, steile Eisentreppe bis fast unter das Hallendach und endete vor einer geschlossenen Stahltür. Auf der rechten Seite befand sich ein Trafohäuschen. Die Tür war offen, die Schaltkästen alle herausgerissen. Eine noch steilere Eisenleiter führte auf das Dach des Häuschens.

Stamm sah sich gründlich um, konnte Rademacher aber nirgends entdecken. Zögernd machte er einige Schritte in die Halle hinein, blieb wieder stehen. Links von ihm war ein zwei Meter tiefes, planschbeckenbreites Loch, gefüllt mit einer türkisfarbenen Brühe. Stamm ließ seinen Blick in alle Himmelsrichtungen schweifen, nach oben und sogar ins Becken, aber von Rademacher keine Spur.

»Hier kann man eine Armee verstecken, und Sie sehen sie nicht.« Stamm zuckte heftig zusammen und drehte sich reflexartig um. Daß Rademacher irgendwann ein Lebenszeichen von sich geben würde, darauf war er vorbereitet. Nicht aber, daß er keine fünf Meter neben ihm aus dem Nichts auftauchen würde. Er stand neben einer riesigen Öltonne und grinste. »Da, wo Sie jetzt stehen, wäre der ideale Platz für Ihre Unterredung mit Schu. Er kann Publikum nicht gebrauchen... Sie sind sich doch im klaren darüber, daß er Sie mit einiger Wahrscheinlichkeit töten will?«

»Einer mehr macht den Kohl auch nicht fett«, stimmte Stamm zu.

»Außerhalb der Halle kann man Sie aus der vorbeifahrenden S-Bahn sehen. Möglicherweise auch aus den Häusern hinter den Gleisen. Das wird Schu nicht behagen. Die Dunkelheit in der Halle kann dagegen niemand durchdringen.«

»Wahrscheinlich nicht einmal Ihre Scharfschützen«, wandte Stamm ein.

»Falsch. Die sitzen im Dunkeln. Schauen Sie sich um. Sie können doch wunderbar sehen. Und unsere Zielfernrohre sind ziemlich lichtstark. Durch die sehen Sie besser als mit bloßem Auge.« Er zeigte zur linken Hallenwand. Unterhalb des Daches verlief eine vergitterte Empore, wahrscheinlich das Ziel der steilen Treppe am Eingang. »Da oben postiere ich zwei Mann. Rechts oben auf dem Schalthäuschen wird noch einer stehen. Weitere zwei oder drei ebenerdig. So haben wir auf jeden Fall einen sicheren Schuß, egal, wo er steht... Äh, natürlich nur, wenn er ausflippt. Irgendwo werde auch ich stehen, mit Kopfhörern und Aufnahmegerät. Sie kriegen ein Mikro auf die Brust geklebt. Ich bekomme also alles mit und kann den Einsatz steuern.«

Stamm sah sich um. Er konnte nicht aufhören, über seinen Zweitagebart zu streichen.

»Wann können wir die Aktion durchziehen?«

»Jederzeit«, sagte Rademacher. »Ich kann meine Truppe sofort zusammentrommeln. In drei, vier Stunden wären wir soweit.«

»Es wäre mir lieb, wenn wir es heute noch schaffen würden«, sagte Stamm leise. »Ich will das nicht noch weiter mit mir herumschleppen.«

Rademacher nickte.

»Gut.« Er sah auf die Uhr. »Zehn nach zwölf. Bestellen Sie Schu für irgendwann zwischen fünf und... sagen wir, halb sieben hierher. Ich habe dann meine Leute beisammen. Rufen Sie mich an und sagen Sie mir die genaue Zeit durch. Wenn ich bis zwei nichts von Ihnen höre, ist die Sache für heute abgeblasen.« Stamm nickte gedankenverloren. Schließlich wandte er sich Rademacher zu und sah ihm tief in die Augen.

»Ich verlasse mich auf Sie.« Der BKA-Mann lächelte. »Gehen wir!« sagte Stamm.

»Ich bleibe noch ein paar Minuten, um das Gelände genauer zu erkunden.«

Stamm nickte wieder.

»Ich ruf Sie an.«

»Alles klar.« Stamm machte sich auf den Rückweg.

»Ach übrigens, Herr Stamm«, rief ihm Rademacher hinterher. »Hängen Sie die Sache nicht an die große Glocke. Ich kann hier keine ungebetenen Zuschauer gebrauchen.«

Stamm hob den Arm zum Zeichen, daß er verstanden hatte.

Eva war nicht da, als er nach Hause kam. Er lief ins Schlafzimmer und atmete auf, als er ihr T-Shirt auf dem Bett und ihre Tasche in der Ecke sah. Er ging zurück ins Wohnzimmer und setzte sich auf die Couch, bettete den Hinterkopf auf die Lehne und schloß die Augen. Nach fünf Minuten setzte er sich mit einem Ruck wieder auf und sah auf die Uhr. Er ging zum Schreibtisch und kramte aus einer Schublade die Namensliste hervor. Er setzte sich wieder hin, atmete tief durch und tippte Schus Nummer ein. Nach dem dritten Läuten ging Schu dran.

»Ja, bitte.«

»Stamm. Magazin.«

Einige Atemzüge lang war es still. Dann blaffte Schu:

»Sie stören beim Essen.«

»Sie können sich gleich wieder hinsetzen…, wenn es Ihnen dann noch schmeckt. Ich wollte nur einen Termin vereinbaren.«

»Wie oft soll ich Ihnen eigentlich noch sagen, daß ich Ihnen nichts zu sagen habe«, sagte Schu.

»Das liegt natürlich ganz bei Ihnen«, sagte Stamm. »Ich dachte nur, es käme Ihnen nicht so gelegen, wenn ich am Telefon von der Fudrex anfange…«

Die Stille war lang.

»Was soll das sein?« fragte Schu schließlich, deutlich leiser als vorher.

»Ach, Herr Schu«, machte Stamm. »Lassen wir das Theater. Ich schlage Ihnen vor, daß wir uns ganz ungestört darüber unterhalten, wie wir diese leidige Geschichte zur beiderseitigen Zufriedenheit aus der Welt schaffen können.«

Stamm ließ ihn nachdenken. Endlich ein Räuspern.

»Nun ja, Sie haben mich ein bißchen neugierig gemacht. Vielleicht sollte ich mir doch anhören, was Sie zu sagen haben.«

»Sehr vernünftig«, lobte Stamm. »Heute um halb sechs?«

»Wo?«

»Ich will Ihnen keine Weltreise zumuten. Kennen Sie die ehemalige Gießerei Phönix am Voisweg? Dort gibt es einen Kleingartenparkplatz, ich glaube, an der Formerstraße. Von da gehen Sie auf einem Trampelpfad hoch zum Bahndamm, dann an der Mauer entlang, bis zu einer Stelle, wo sie eingestürzt ist. Dort gelangen Sie auf das Grundstück und blicken auf die offene alte Halle. Gehen Sie bis zur Halle. Dort sind wir völlig ungestört.«

»Ein seltsamer Treffpunkt«, sagte Schu.

Stamms Hand krampfte sich um den Hörer.

»Ich hatte zunächst den Düsseldorfer Hafen ins Auge gefaßt..., aber dann dachte ich, das macht Ihnen zu viele Umstände, in der Rush-hour quer durch Düsseldorf zu fahren.«

»In Ordnung«, sagte Schu.

»Ich wünsche Ihnen noch einen gesegneten Appetit«, sagte Stamm und legte auf. Er atmete tief durch, stand auf und ging im Zimmer auf und ab. Dann setzte er sich wieder und rief Rademacher an. Meinhardt ging ans Telefon.

»Ich möchte Rademacher sprechen«, sagte Stamm.

»Was wollen Sie von ihm?« Meinhardt paßte sich problemlos seinem freundlichen Ton an.

»Das sag ich ihm schon selber. Ist er da?«

»Zu Tisch.«

»Dann richten Sie ihm doch bitte aus, er möchte mich sofort zurückrufen.« Er verabschiedete sich nicht.

Stamm ging in die Küche, öffnete den Kühlschrank und beschloß nach einem kurzen Blick, daß er doch keinen Hunger hatte. Er blätterte in der Zeitung, versuchte, einen Artikel über die Tour de France zu lesen. Als er am Ende feststellte, daß er immer noch nicht wußte, ob Jan Ullrich noch das gelbe Trikot trug, legte er die Zeitung weg, stand auf, zündete sich eine Zigarette an und drehte wieder Runden in der Wohnung. Nach einer Viertelstunde rief Rademacher endlich an.

»Er kommt um halb sechs«, sagte Stamm.

»Sehr gut. Das kriegen wir hin. Jetzt passen Sie mal auf. Stellen Sie Ihren Wagen am Voisweg ab. Zwischen der Mauer der Gießerei und der Kleingartenanlage gibt es einen Trampelpfad, der bis zum Parkplatz führt. Wir sollten uns kurz nach fünf in der Mitte treffen. Dort sind wir ungestört, und ich kann Ihnen das Mikro montieren. Wir nehmen dann unsere Positionen ein, und Sie spazieren von vorn zur Halle. Alles nur für den Fall, daß Schu früher kommt, um das Gelände zu inspizieren.«

»Alles klar«, sagte Stamm. Er hörte den Schlüssel in der Wohnungstür. Eva kam herein.

»Die Decke ist mir auf den Kopf gefallen«, sagte sie. Er nickte.

»Um halb sechs ist Showdown«, sagte er tonlos. »Die Gießerei ist optimal. Schu wollte erst nicht, aber ich mußte nur die Fudrex erwähnen, und er hat seine Meinung geändert. Wir haben ihn am Wickel.« Er sah Eva erwartungsvoll an. Aber sie blickte an ihm vorbei. Dann drehte sie sich um und ging in Richtung Küche.

»Ich habe Hunger«, sagte sie.

18

Um 17.01 Uhr stellte Stamm seinen Peugeot auf dem verwaisten Voisweg ab. Er ging die paar Meter zurück bis zum Ende des Gießereigrundstücks. Zwischen der Hallenmauer und dem Zaun, der hinter den Lauben das Kleingartengelände umfaßte, fand er leicht den zugewucherten Trampelpfad. Er war nicht der erste, der das hohe Gras niedertrampelte. Dennoch blieb er gelegentlich mit den Schnürsenkeln seiner Joggingschuhe und den Jeans an Brombeerzweigen oder Kletten hängen. Er tastete sich langsam vorwärts. Von den Kleingärten stieg ihm der Duft etlicher Grillfeuer in die Nase. Der Zaun war nur halb zugewachsen, trotzdem sah er niemanden. Die Kleingärtner wollten sich ihre Feierabendidylle nicht durch das heruntergekommene Industrierelikt verschandeln lassen. Sie hatten die letzten Meter bis zum Zaun brachliegen lassen, nur der eine oder andere hatte seine Laube mit der fensterlosen Rückwand bis an den Zaun herangebaut. Das Leben spielte sich, optisch abgeschirmt, ausnahmslos zur anderen Seite hin ab. Stamm hatte das Gefühl, alle kehrten ihm den Rücken zu, weil sie lieber nicht wissen wollten, was jenseits des Zauns passierte. Nur für ihren Müll war diese andere Welt gut genug. Die Hallenmauer nahm kein Ende. Die Backsteinmonotonie wurde nur durch schwarze Fensterlöcher unterbrochen. Nicht einmal die leeren Metallsprossen hingen mehr gerade in ihren Verankerungen. Wer auch immer die Scheiben eingeschlagen hatte, er war mit großer Gründlichkeit vorgegangen. Einige wenige Reste stumpfes Glas hielten sich mit letzter Kraft im Rahmen. Nach hundert Metern kam eine Reihe von Einstiegsluken – Fensteröffnungen auf Bodenhöhe, durch die man in knapp einen Meter tiefer gelegene Werkstatträume gelangen konnte. Stamm suchte die Löcher nach Rademacher ab. Als er die dritte Luke erreichte, sah er ihn. Zwischen Scherben und Schutt kletterte Stamm vorsichtig ins Verlies hinunter.

Er schlug die Handflächen aneinander, um sie vom Sand zu befreien, und sah sich um.

»Wo sind denn Ihre Scharfschützen?« fragte er.

»Schon auf Posten«, sagte Rademacher. Mit seinen weiten schwarzen Hosen und dem schwarzen T-Shirt sah er existentialistisch aus. Die Sonnenbrille machte ihn zum Papagallo. »Schu könnte sich früh hier herumtreiben, um die Lage zu sondieren.« Er hob die Hand und zielte kurz mit dem Zeigefinger auf Stamms Oberkörper. »Gut übrigens.«

»Häh?«

»Das rote Hemd. Wären Sie so gekleidet wie ich, hätte ich Ihnen was gegeben.« Er wies auf ein rotes Sweatshirt, das zusammengelegt auf einer verstaubten Werkbank lag. »Wir brauchen ein gutes Ziel.« Stamm starrte ihn an.

»Wenn mich Ihre Scherze auflockern sollen, erzählen Sie mir lieber 'nen Blondinenwitz.« Rademacher sah ihn einen Moment verständnislos an, dann lachte er auf.

»Ich meine natürlich, die Jungs müssen Sie erkennen, um *nicht* auf Sie zu schießen.« In Stamms Blick hielt sich ein Rest von Zweifel.

»Ich hoffe, den… Jungs passiert im Fall der Fälle kein solches… Versehen.« Rademacher schlug ihm aufmunternd auf die Schulter.

»Dann machen Sie sich mal frei!« forderte er Stamm auf. Der knöpfte sein Hemd auf und zog es aus. Er stützte sich auf die Werkbank und beobachtete Rademacher. Aus einem Ledertäschchen holte Rademacher ein Mikrofon, nicht größer als eine Knopfzelle. Er setzte es oberhalb der rechten Brustwarze auf und befestigte es vorsichtig mit Leukoplast. Dann forderte er Stamm auf, sein Hemd wieder anzuziehen. Er kramte ein Aufnahmegerät mit Ohrknopf aus dem Täschchen, hängte es sich um den Hals und kletterte aus dem Verlies heraus.

»Quatschen Sie ein bißchen drauflos«, sagte er und entfernte sich langsam.

Stamm fing an zu zählen. Bei zwanzig wurde es ihm zu blöd, und er fing an, »Die Glocke« vorzutragen. Er wunderte sich, wieviel er noch auswendig wußte. Rademacher kam zurück.

»Halten Sie Schu auf zwei bis drei Meter Abstand. Dann kriegen wir alles mit, was er sagt, und Sie sind nicht in Gefahr, wenn wir schießen müssen.«

»Okay«, sagte Stamm.

»Na, dann woll'n wir mal.« Rademacher fixierte Stamm über die

Ränder seiner Sonnenbrille. »Alles klar?« Stamm nickte. »Dann gehen Sie den Weg hier weiter durch. Sie kommen am Parkplatz raus. Den Rest kennen Sie ja.«

Stamm nickte noch einmal und hievte sich durch das Fenster hoch auf den Weg.

Er ging langsam. Er blickte sich betont aufmerksam um, als wolle er sich dazu zwingen, seine Außenwelt bewußt einzusaugen. Er murmelte vor sich hin, um sich von seinen Gedanken abzulenken, die ihm in ihrem Pessimismus eine Last waren.

Er erreichte den Parkplatz und sah sich um. Er sah sich noch einmal um, aber er konnte keinen Mercedes mit dem Kennzeichen ME-RU was weiß ich entdecken. Mit zwei kräftigen Anlaufschritten katapultierte er sich die Böschung zum Bahndamm hinauf. Er sah auf die Uhr. 17.20 Uhr. Er blieb stehen und sah sich um. Als sich partout nichts bewegen wollte, machte er sich auf den Weg.

Beim Mauerloch machte er erneut halt, betrachtete eingehend das Gießereigelände. Schu hatte sich nicht in die Brennesseln gelegt. Stamm betrat das Gelände. Vorsichtig näherte er sich der Halle. Er starrte in den Schlund, um die Augen an die Dunkelheit zu gewöhnen. Ohne Aussicht auf Erfolg versuchte er, Rademachers Jungs auszumachen. Daß er keine Spur von ihnen entdecken konnte, beunruhigte ihn gegen jede Logik. Er konnte immer mehr von den Eingeweiden der Halle erkennen. An der Schwelle blieb er stehen und blickte sich um. Er versuchte, jeden Winkel zu durchdringen. Als seine Augen eine Runde gedreht hatten, zündete er sich eine Gauloises an. Es war völlig windstill. Anders als bei seinem ersten Besuch schwieg die Ruine.

Er inhalierte tief. Nach kurzer Pause zog er noch einmal. Beim dritten Mal verschluckte er sich. Die Schrittgeräusche hinter ihm hatten ihn erschreckt. Hustend fuhr er herum. Er versuchte, den Reiz in der Lunge in den Griff zu bekommen, während Richard Schu langsam auf ihn zuschlenderte. Er hatte die Hände in den Taschen eines legeren sandfarbenen Blousons vergraben. Anderthalb Meter vor Stamm blieb er stehen und betrachtete ihn schweigend.

»Schön, Sie zu sehen, Herr Schu«, brach Stamm das Schweigen.

»Das Vergnügen ist nicht auf meiner Seite. Ich nehme an, Sie sind Stamm.«

Stamm schaffte es, seinen Gesichtsausdruck in Bewunderung erstarren zu lassen.

»Ihre Kombinationsgabe ist beängstigend. In der Tat, mein Name ist Stamm … Vom Magazin, wie Sie am Telefon ganz richtig geraten hatten.«

Schu war irritiert. Stamm grinste, um seine Unsicherheit zu verstärken. Schu ließ sich aus der Fassung bringen. Es war ihm anzusehen, wie angestrengt er nachdachte, wo er sich eine Blöße gegeben haben mochte. Er kam auf die Schnelle zu keinem Ergebnis und fragte ärgerlich:

»Was wollen Sie?«

»Viel Geld«, sagte Stamm. Das wiederum hatte Schu erwartet.

»Gehen Sie zur Sparkasse und nehmen Sie einen Kredit auf.« Stamm lachte.

»Sie sind ein Komiker, hat Ihnen das schon mal jemand gesagt? Nun, ich fürchte, die Sicherheiten, auf die ich baue, sind ausschließlich bei Ihnen etwas wert. Die Sparkasse würde mich entweder auslachen oder mich verhaften lassen.«

»Letzteres wäre vielleicht die beste Lösung«, knurrte Schu.

Stamm seufzte.

»Schluß mit dem Theater«, bellte er unvermittelt. »Sie wissen, daß die Polizei für Sie keine Lösung ist. Und ich weiß, daß sie mir nichts bringt. Ich bin kein Moralapostel. Ich will ein bißchen von Ihren schmutzigen Geschäften profitieren. Gehen Ihre Biowaffen eigentlich an Saddam? Oder an die PKK?« Schu studierte Stamms Gesichtsausdruck. Bevor er etwas sagen konnte, fuhr Stamm fort: »Ich will noch etwas erwähnen, was sich eigentlich von selbst versteht. Aber sicher ist sicher. Mein gesamtes Wissen inklusive der logischen Schlüsse habe ich bei meinem Anwalt und an einem weiteren sicheren Ort deponiert. Hatte Rainer Pfaff das etwa versäumt?«

»Offensichtlich«, grinste Schu.

»Armer Kerl«, sagte Stamm.

»Er war eine Ratte!« widersprach Schu. »Genau wie Sie!«

Stamm nickte.

»Wieviel wollte Pfaff eigentlich von Ihnen haben? Zweihunderttausend?« Schu lächelte. »Armer Kerl«, sagte Stamm wieder. »Er wußte gar nicht richtig, was er da in der Hand hatte. Wahrscheinlich wollte er nur hunderttausend, und das hielt er noch für den großen Wurf.« Er fixierte Schu. »Hat es sich wirklich gelohnt, ihn für so eine Lappalie umzulegen? Sie wären richtig billig weggekommen. Mir schwebt da eher ein halbes Milliönchen vor.«

Schu sah ihn entgeistert an.

»Sie haben 'ne Meise. Sie haben nicht die Spur eines Beweises.«

Stamm lächelte.

»Wenn Sie sich da mal nicht irren. Können Sie sich an den Penner erinnern, der Sie im Hafen aufgeschreckt hat? Er hat Sie akkurat erkannt, als ich ihm Ihr Foto gezeigt habe. Hat mich übrigens 'nen schlappen Fuffi gekostet, die Aussage. Das sind bittere Preise, was?«

Schus Blick flackerte.

»Wer glaubt schon einem Penner?« fragte er.

Stamm zuckte die Schultern.

»Wir können es ja drauf ankommen lassen, was den Staatsanwalt interessiert. Vielleicht der Mordanschlag im Duisburger Hafen? Wollten Sie mich auf die Entfernung eigentlich wirklich treffen oder nur erschrecken?« Schu sah ihn ausdruckslos an. »Ach, das wissen Sie gar nicht mehr«, fuhr Stamm fort, »aber vielleicht erinnern Sie sich noch, wie Sie von diesem Rendezvous erfahren haben. Haben Sie mein Telefon angezapft, oder sind Sie mir gefolgt?«

Schu grinste irritiert.

»Ich weiß wirklich nicht, warum ich überhaupt hergekommen bin. Für all diese Behauptungen haben Sie nicht den Hauch eines Beweises.«

»Was Sie nicht sagen«, entgegnete Stamm. »Ich weiß auch nicht, wie weit der Humor des Staatsanwalts reicht, wenn es um dreifachen Mord geht. Das war überhaupt Ihr entscheidender Fehler. Daß Sie bei Nadja Winter versucht haben, mir den Mord in die Schuhe zu schieben, hat mich erst richtig motiviert weiterzugraben...«

»Langsam!« rief Schu. Er wirkte plötzlich hysterisch. »Was sagen Sie da?« Er zappelte, machte einen Schritt auf Stamm zu und wieder zurück, riß die Hände aus den Taschen seines Blousons, hob sie hoch. »Moment...«

Stamm nahm das Zischen erst bewußt wahr, als es schon verklungen war. Als es längst von einem dumpfen Klatschen abgelöst worden war. Schu starrte ihn mit aufgerissenen Augen an. Er öffnete den

Mund, versuchte noch, seinen Satz zu beenden. Beim zweiten Mal hörte Stamm das Zischen nicht mehr zeitversetzt. Schus Körper wurde herumgerissen. Er krachte zu Boden, als hätte man ihm die Beine weggerissen.

Stamm versteifte sich. Er konnte sich nicht bewegen. Er starrte auf Schu hinunter. Schu lag auf dem Bauch und rührte sich nicht mehr. Schwerfällig hob Stamm den Blick und sah Kriminalrat Arndt Rademacher zu, wie er die letzten Stufen der Eisentreppe hinuntersprang, das Gewehr mit Zielfernrohr lässig in der rechten Hand. Als er Schu erreicht hatte, zielte er mit dem Lauf auf den leblosen Körper und drehte ihn mit dem Fuß um.

»Das war zu früh«, krächzte Stamm. Er spürte, wie sein Blutdruck in den Keller stürzte. Seine Knie wurden so weich, daß er sich auf den Boden setzen mußte.

»Sie wären wohl lieber an seiner Stelle«, knurrte Rademacher, ohne aufzublicken. Er betastete Schus Körper.

»Ist er tot?« fragte Stamm tonlos.

»Sicher«, sagte Rademacher kalt. Stamm sah ihn müde an.

»Er war gerade dabei, ein Geständnis abzulegen.«

»Das brauchen wir nicht mehr«, sagte Rademacher und erwiderte Stamms Blick.

»Ich versteh trotzdem nicht, wie Ihre Leute so die Nerven verlieren konnten. Er hatte doch gar keine Waffe.«

»Und was ist das hier?« Rademacher hob eine Pistole hoch, die er aus Schus Blouson-Tasche geholt hatte. Er behielt sie in der Hand. Stamm protestierte:

»Aber die hatte er doch gar nicht gezogen. Ich hatte Ihre Leute wirklich für professioneller... Wo sind die Scharfschützen überhaupt?« Er fühlte sich wieder kräftiger. Er stand auf. Rademacher erhob sich ebenfalls. Er hatte die Mundwinkel zu einem Lächeln verzogen. Aber die Augen blickten wach und kühl. Stamm fiel plötzlich auf, daß Rademacher keine Sonnenbrille trug. Gleich unter dem linken Auge hatte er eine häßliche verschorfte Schramme. Einen Zentimeter weiter oben, und er hätte bei dem Unfall, bei dem er sie sich zugezogen hatte, sein Auge verloren.

Stamms Knie wurden wieder weich. Aber er widerstand der Versuchung, sich wieder auf den Boden fallen zu lassen.

»Es gibt gar keine Scharfschützen«, murmelte er.
Rademacher grinste breiter.
»Ich wollte Sie nicht unnötig nervös machen. Aber so eine Kleinigkeit erledige ich schon noch allein.«
Stamm lachte auf. Er versuchte, es bewundernd klingen zu lassen.
»Gute Schüsse«, sagte er kläglich. Er mußte sich räuspern. »Aber jetzt sollten wir Ihre Kollegen benachrichtigen.«
»Sollten wir«, stimmte ihm Rademacher zu. Er rührte sich nicht.
Stamm starrte ihn an.
»Haben Sie ein Handy?« fragte er schließlich.
Rademacher schüttelte den Kopf. »Sie?«
Stamm schüttelte ebenfalls den Kopf. Er konnte seinen Blick nicht von Rademacher lassen. Der erwiderte ihn mit seinem starren Lächeln.
»Der Fall ist gelöst«, sagte Stamm schließlich. Er versuchte ein Lachen. »Sie haben einen dreifachen Mörder ausgeschaltet. Ihre Beförderung ist gesichert.«
Rademacher stimmte in das Lachen ein. Dann schüttelte er den Kopf.
»Leider kommt man in unseren Kreisen erst ab vierfachen Mördern voran.« Sein Grinsen wurde wieder breiter.
Stamm hatte das Gefühl, sein Puls würde seine Halsschlagader sprengen.
»Ich habe alles, was ich weiß, bei meinem Anwalt deponiert… Wissen Sie doch! Sie haben doch mitgehört. Der wird den Fall aufrollen, wenn mir was passiert«, stammelte Stamm.
»Um so besser«, feixte Rademacher. »Alle Indizien deuten auf Schu.«
Stamm zwang sich zu einem überlegenen Lächeln.
»Das stimmt. Aber mein Anwalt weiß auch, was wir hier für eine Aktion geplant haben. Die Ursprungsversion! Er wird sich fragen, wieso Sie allein hier waren.« Beim Reden hatte er Hoffnung geschöpft. »Ich bin Ihre einzige Chance! Begreifen Sie das eigentlich nicht? Sollte mir etwas zustoßen, wird es eine genaue Untersuchung geben. Es ist undenkbar, daß dabei nicht die Hautfetzen unter Nadja Winters Fingernägeln mit Ihrem Kratzer unter dem Auge in Verbindung gebracht werden. Auf der anderen Seite bin ich mit Schu als

Sündenbock zufrieden. Ich werde alles bestätigen, was Sie wollen.«

Rademacher war immerhin das Lächeln vergangen.

»Sie bluffen!« sagte er.

»Wenn Sie meinen!« machte Stamm. »Ich kann Sie wohl nicht daran hindern, mich zu erschießen. Ich kann mir schon vorstellen, wie Ihr Plan aussieht. Sie erschießen mich mit Schus Pistole. Konnten Sie leider nicht verhindern, so schnell ging das. Leider kam Ihr Schuß auf Schu zu spät. Sie müssen aber noch erklären, warum Sie hier eine One-Man-Show abgezogen haben. Sie bauen darauf, daß ich vorher niemandem von unserem Rendezvous inklusive Scharfschützen erzählt habe... Habe ich aber.« Rademacher war anzusehen, wie angestrengt er nachdachte. Stamm redete weiter: »Und glauben Sie ja nicht, ich hätte mich voll darauf verlassen, daß Schu alle Morde begangen hat. Das gerichtsmedizinische Gutachten konnte er nicht fälschen. Das habe ich natürlich auch in meinem Bericht erwähnt... Äh, den beim Anwalt, meine ich. Ich frage mich nur: Wieso haben Sie das getan?« Er hatte sich Hoffnung eingeredet, gestikulierte lebhaft.

Rademacher legte mit Schus Pistole auf ihn an. Stamm hob abwehrend die Hände.

»Haben Sie sich nie gefragt, von wem Rainer Pfaff die ganzen Informationen über die kleinen Verfehlungen unserer Starpolitiker hatte?« fragte Rademacher. Stamm nickte, als habe er sich so etwas gedacht.

»War Ihnen Nadja Winter auf der Spur?« Rademacher sah ihn fast traurig an. Stamm redete schnell weiter: »Ich verstehe ja nicht, warum Sie die Diskette nicht mitgenommen haben, nachdem Sie die Winter umgebracht haben. Ohne die wäre ich keinen Schritt weitergekommen.«

»Klugscheißer!« fuhr ihn Rademacher an. »Das Luder hat doch tatsächlich bis in den Tod gepokert. Hat mich mit einem Ausdruck der Liste abgespeist. Ich hatte keine Zeit, die ganze Wohnung zu durchsuchen.« Stamm erlaubte sich ein Grinsen.

»Scheiße auch, daß sich Nadja so gewehrt hat, was? Sie müssen sich ja in den Arsch gebissen haben, daß Sie plötzlich ihren Sündenbock mit aller Macht schützen mußten, damit bloß keiner auf die Idee kam, die Hautfetzen unter ihren Fingernägeln mit meinem genetischen Fingerabdruck zu vergleichen. Solange es in diesem Fall keinen

Verdächtigen mehr gab, hatte das Gutachten keine Bedeutung, und der Gerichtsmediziner hätte wohl nie erfahren, daß die Hautfetzen aus seinem Bericht verschwunden waren ... Richtig?«

Rademacher hörte nur mit halbem Ohr zu. Er ließ seinen Blick in der Umgebung der Halle kreisen. Dann verharrte er auf Stamm. Seine Augen flackerten unstet. Stamm redete schnell weiter. »Aber jetzt funktioniert das ja nicht mehr.«

Der BKA-Mann straffte seinen rechten Arm.

»Aber sicher funktioniert das. Hier liegt doch der Mörder. Wofür brauchen wir so ein Scheiß-Gutachten?« Er zielte zwischen Stamms Augen. Stamm schielte und schloß die Augen. Gleichzeitig brabbelte er drauflos:

»Eins würde mich noch interessieren ...« Seine Stimme überschlug sich. Er öffnete die Augen wieder, sah, daß Rademacher bereit war, ihm noch eine Gnadenfrist zu geben. »Woher wußten Sie eigentlich von der Fudrex?«

»Häh?«

»Schus Firma in Odessa«, half ihm Stamm.

»Ich habe von Ihnen zum erstenmal davon gehört«, sagte Rademacher.

»Woher wußte Pfaff dann davon?« versuchte Stamm, noch ein paar Sekunden zu gewinnen. Der BKA-Mann hatte jedoch das Interesse verloren.

»Mein Gott, wie kann man in seinen letzten Sekunden nur so neugierig sein«, sagte er und krümmte den Finger.

Stamm wich einen, zwei, drei Schritte zurück. Rademacher folgte ihm. Die Mündung gähnte keinen Meter vor Stamms Augen. Er starrte hypnotisiert darauf. Mit letzter Kraft löste er seinen Blick und sah Rademacher flehend in die Augen. Er wollte etwas sagen, aber die Stimme versagte ihm. Die Welt um die Mündung und Rademachers Augen blendete ins Off ab. Doch schlagartig war das Gesamtbild wieder scharf. Die schneidende Stimme wirkte wie ein stufenloser Focus.

»Laß die Waffe fallen, Arndt!« Stamm riß den Kopf herum. Aber Arndt Rademacher war schneller. Bevor Stamm die Quelle der Hoffnung orten konnte, war der BKA-Mann hinter ihm. Riß ihm den Kopf zurück und preßte den Pistolenlauf an seine Schläfe.

»Bleib, wo du bist!« schrie Rademacher in Stamms Ohr, »sonst blase ich ihm das Gehirn raus.«

»Na und?« hörte Stamm Meinhardt sagen. »Wär kein Verlust für die Menschheit. Aber du, du kommst hier auf keinen Fall weg. Ich habe dich im Visier.«

Stamm spürte, wie Rademacher seinen Kopf bewegte, um das Versteck seines Kollegen zu erspähen. Er verstärkte den Druck auf Stamms Adamsapfel. Stamm röchelte. Instinktiv griff er nach dem Unterarm des BKA-Mannes. Er ließ wieder los, als Rademacher den Pistolenlauf fester gegen seine Schläfe preßte. Der Druck an der Kehle ließ etwas nach.

»Mach keinen Scheiß, Meinhardt!« krächzte Stamm. »Er bringt mich um!«

»Waffe runter!« bellte plötzlich eine zweite Stimme hinter ihnen.

Rademacher ließ sich keine Sekunde beirren. Blitzartig ließ er Stamm los, drehte sich um und feuerte zweimal. Stamm warf sich sofort auf den Boden. Rademacher war ihm schon zuvorgekommen. Während Stamm benommen von seinem Sturz nach Orientierung suchte, hörte er, wie Rademacher davonrobbte. Von der anderen Seite hörte er Schüsse aufpeitschen. Einen, zwei, drei, kurze Pause, wieder zwei. Als er es wagte, seinen Kopf zu heben, konnte er im Inneren der Halle nur noch einen Schatten ausmachen, der hinter einer der verrosteten Eisentreppen in der Halle verschwand. Meinhardt hatte seinen Chef offenbar verfehlt. Stamm blickte zum Trafohäuschen, von dem aus der zweite Mann Rademacher angegriffen hatte. Halb offen, halb von der Wand des Häuschens verdeckt, lag ein Körper im Staub. Stamm kroch auf allen vieren dorthin. Unwillkürlich atmete er auf, als er am Trafohaus ankam. Nicht nur, weil er es lebend geschafft hatte, sondern auch, weil der Körper sich bewegte. Hauptkommissar Walter Korn stöhnte und hielt sich das Bein. Aus dem Oberschenkel quoll Blut in einem bedrohlich dicken Strom.

»Hat Meinhardt ihn erwischt?« preßte Korn hervor.

»Ich glaube nicht«, sagte Stamm. Er hockte hilflos neben dem Hauptkommissar und sah ihn an.

»Jetzt rufen Sie schon den Notarzt!« blaffte ihn Korn an.

Stamm sah sich hektisch um, war aber nicht in der Lage, etwas zu unternehmen.

»In meiner Hosentasche ist ein Handy«, sagte Korn. Er drehte sich ein wenig zur Seite, so daß Stamm die Gesäßtasche erreichen konnte.

Plötzlich hörte er eilige Schritte im Rücken. Er fuhr herum. Eva rannte von dem Loch in der Mauer über das offene Gelände auf sie zu. Stamm wollte sie warnen, doch seine Stimme versagte. Eva hatte sie erreicht und kauerte sich neben sie. Sofort schob sie Stamm zur Seite, machte sich an Korns Bein zu schaffen. Sie löste die dünne Sommerhose vorsichtig von seinem Bein, riß sie auf und legte die klaffende Fleischwunde frei. Ohne zu zögern, zog sie ihr T-Shirt aus, knüllte es zusammen und preßte es in die Wunde. Stamm tippte die 110 ein. Seine Gedanken wurden klar, als sich ein Beamter meldete.

»Schießerei in der verlassenen Gießerei am Voisweg, Eingang vom Bahndamm der S-Bahn«, gab er seinen Bericht durch. »Ein Schwerverletzter, der Täter ist in die Gießerei geflüchtet.«

»Beschreiben Sie die Zufahrt genau!« forderte ihn der Polizist auf. Stamm beschrieb den Weg vom Parkplatz der Kleingärtner. Der Polizist war sofort aus der Leitung, gab offenbar den Einsatzbefehl. Stamm blieb dran. Nach ewig langen Sekunden war der Polizist wieder da. »Was ist passiert?« fragte er. Stamm schilderte ihm die Situation, so genau er konnte. Der Polizist stellte immer neue Fragen, wollte alles doppelt wissen, befahl ihm schließlich, die Verbindung aufrechtzuerhalten und ruhig in Deckung zu bleiben. Stamms Hand zitterte. Er ließ das Handy sinken und sah sich um. Von Meinhardt und Rademacher keine Spur. Eva drehte ihm den Rücken zu. Sie kniete im BH über Korn und drückte ihr T-Shirt in die Wunde.

»Meinhardt hätte keine Sekunde später kommen dürfen«, murmelte Stamm. Er ließ sich auf den Boden fallen. Da Eva nichts sagte, redete er weiter: »Wieso seid ihr hier?«

»Um einem armen Idioten das Leben zu retten«, knurrte Eva, ohne sich umzudrehen. »Korn und Meinhardt sind in die Wohnung gekommen, um mit dir zu sprechen. Die Sache mit den Hautfetzen hat Korn keine Ruhe gelassen.«

Stamm warf einen Blick auf Walter Korn. Er lag unbeweglich da. Stamm kroch zu ihm hin und betastete seine Halsschlagader. Sie schlug. Korn war nur ohnmächtig. Stamm blieb eine Zeitlang sitzen, dann erhob er sich und sah sich in der Halle um. Keine Bewegung erkennbar. Er machte einen Schritt zurück und stolperte über einen

Stein. Im Straucheln erkannte er, daß der Stein Korns Pistole war. Er bückte sich und hob sie auf.

»Wann kommen die Bullen endlich?« murmelte Stamm ungeduldig. Nach kurzem Schweigen fuhr er fort. »Weißt du, daß dieses Schwein Nadja und Brax ermordet hat? Auf Schus Konto geht nur Pfaff.«

»Die Nachricht haut mich nicht um«, entgegnete Eva.

»Er hat auch Schu erschossen, es sollte so aussehen, als hätte er ihn töten müssen, nachdem Schu mich abgeknallt hatte.«

Eva sagte nichts.

»Verdammte Scheiße«, fluchte Stamm wieder, »ich bin Meinhardt was schuldig.«

»Hans…«

Stamm war schon weg, auf dem Weg in die Halle. »Blöder Idiot«, hörte er Eva noch rufen.

Stamm huschte in die Halle, überbrückte die helle offene Fläche ohne Deckung schnell. Als er das Halbdunkel im Inneren erreicht hatte, hechtete er hinter einen Schrotthaufen. Er blieb eine Zeitlang schwer atmend hocken und starrte in die Dunkelheit, um seine Augen daran zu gewöhnen. Weit weg hörte er Martinshörner jaulen. Die Eisentreppe, wo er Rademacher zuletzt gesehen hatte, mündete in eine Tür, die den Zugang zu einem Gang wenige Meter unterhalb des Hallendaches versperrte. Der Gang war ein Metallrost, überwiegend frei einsehbar, nur am Treppenaufgang war er verbaut. Im Abstand von mehreren Metern war der Gang durch klobige Aufbauten mit dem Boden verbunden. Rademacher konnte überall in diesem Durcheinander sein. Vielleicht ermöglichten die Aufbauten auch den Abstieg zum Boden. Und wo war Meinhardt?

»Scheiße«, murmelte Stamm. Er betrachtete die Pistole in seiner Hand, versuchte herauszufinden, ob sie geladen und entsichert war. Aber er hatte keine Ahnung von Waffen. Einen Probeschuß hatte er nicht.

Fünfzehn Meter weiter in der Halle stand eine verbogene Werkbank für Arbeiter mit Gullivermaß. Von da aus mußte die Sicht auf den Gang unter dem Dach viel besser sein. Er ging in die Hocke und spurtete los. Er war kaum zwei Meter weit gekommen, da explodierte der erste Schuß, dann alle zwei Schritte ein neuer. Stamm stolperte kurz vor der Deckung, warf sich ohne Rücksicht auf Schlüsselbein und Halswirbel nach vorn. Im Fallen hörte er, wie sich zwei Schüsse überschnitten, die unmöglich aus einer Waffe stammen konnten. Es folgte noch ein Knall, bevor Stamm nach oben blicken konnte. Gleich neben dem Verbau am Aufgang nahm er eine Bewegung wahr. Ein Schatten trat immer deutlicher, wie in Zeitlupe, aus der Deckung hervor, hielt kurz inne und gewann mächtig an Fahrt, als er der Erdanziehungskraft frei ausgesetzt war. Ein Platschen, das fast so laut wie die Schüsse war, und dann war es still.

»Meinhardt?« rief Stamm mit brüchiger Stimme. Endlose Sekunden war es still. Dann hörte er die Stimme.

»Wenn Sie eine Knarre haben, schießen Sie um Gottes willen nicht auf mich. Und bleiben Sie, wo Sie sind. Er ist vielleicht noch nicht tot.«

Auf dem Metallgang löste sich Meinhardts Silhouette aus dem Schatten eines Pfeilers.

»Wenn Sie ihn nicht erschossen haben, hat er sich den Hals gebrochen«, rief Stamm zurück und stand auf.

Die Sirenen wurden immer lauter. Sie mußten bald hier sein.

Stamm ging zu der Grube mit der türkisfarbenen Brühe, in die Rademacher hineingefallen war. Er erreichte sie vor Meinhardt, der erst die Eisentreppe runtersteigen mußte. Langsam näherte er sich dem Rand, die Pistole im Anschlag. Er ließ sie sinken, als er Rademacher mit dem Gesicht nach unten in dem Giftcocktail schwimmen sah. Er hörte, wie Meinhardt zu ihm trat. Er hielt ihm die Pistole hin.

»Prüfen Sie, ob sie entsichert ist! Ich will nicht aus Versehen noch jemanden erschießen.«

Meinhardt nahm ihm die Pistole aus der Hand. Stamm sah ihn an. »Danke«, murmelte er.

»Halten Sie einfach die Fresse!« sagte Meinhardt.

Epilog

Donnerstag

»Hanne, Hanne«, murmelte Stamm. »Wozu hast du dich bloß hergegeben?«

Das aufgeschlagene Magazin lag vor ihm auf dem Küchentisch. »Ich muß meine Familie schützen« lautete die Schlagzeile. Stamm trank einen Schluck Tee und überflog die Zwischenzeilen in dem Interview mit der Exministerin Dr. Sigrun Agger, lauter Zitate: »Etwas bleibt immer hängen«, »Das hat mit Journalismus nichts zu tun«, »Ist man als Politiker vogelfrei?« und ähnliches. Stamm las genauer. Das Interview bestand daraus, daß das Magazin Frau Agger Stichworte vorlegte, die sie dankbar mit einer Breitseite nach der anderen auf die Murray-Presse aufgriff. Die Ministerin erhielt ihren Abgang erster Klasse. Stamm verzog das Gesicht und schob das Magazin weg.

Im Radio wurden die Neun-Uhr-Nachrichten angejingelt. Die Spitzenmeldung war natürlich der Rücktritt. Er wurde einfach vermeldet, mit einer kurzen Begründung, die aus Hanne Lohmeyers Interview herausdestilliert worden war. Die Stellungnahmen und Kommentare würden im Laufe des Tages folgen. Die Schießerei in Ratingen kam kurz vor dem Wetter. Die Erkenntnisse, daß Richard Schu ein dreifacher Mörder war, hätten sich laut Polizei verdichtet. Während die Sprecherin anhaltende vierunddreißig Grad ankündigte, klingelte es. Stamm stand auf und ging barfuß zur Tür.

»Wer ist da?« fragte er durch die Sprechanlage.

»Die Zeitung«, antwortete eine verzerrte Männerstimme.

»Bitte?« fragte Stamm.

»Ich bringe die Zeitung, auf die Sie sicherlich schon sehnsüchtig warten«, kam die Antwort. Stamm lächelte und drückte den Türöffner.

Der Fünfzigjährige mit den streichholzkurzen Haaren hatte einen Packen Ratinger Boten auf dem Arm, als er am Treppenabsatz erschien. Er strahlte über das ganze breite Gesicht und gab den Blick frei auf die Lücke zwischen den beiden Schneidezähnen.

»Das nenne ich Service, zu so nachtschlafender Zeit«, sagte Stamm, als Franz S. Kaiser oben angekommen war. Er trat zur Seite und ließ den Verleger hinein.

»Sie sind der letzte auf meiner Runde«, sagte Kaiser. »Ich düse schon seit drei Stunden durch Düsseldorf. Gar nicht so einfach, wenn man sich fast jede Adresse im Stadtplan heraussuchen muß. Und alles in der Innenstadt. Nur gut, daß wir Sommerferien haben.« Stamm sah ihn verständnislos an. Kaiser grinste. »Das hätten Sie sich nicht vorgestellt, daß ich auch als Zeitungsbote tätig bin, was? Aber was nützt Ihnen die beste Zeitung, wenn die Leute, auf die es ankommt, sie nicht lesen? Wenn Sie den Gesprächsstoff bestimmen wollen, reicht es nicht, nur schöne Geschichten zu schreiben.«

Stamm lud ihn in die Küche ein und bot ihm einen Stuhl an.

»Und auf wen kommt es in diesem Fall an?« fragte Stamm.

FSK zählte auf. »Wirtschaftsministerium, zwanzig Zeitungen, Staatskanzlei, zehn, CDU und Grünen-Zentrale je fünf, jede relevante Redaktion in Düsseldorf.«

Stamm lachte auf. »Auch unsere?«

»Selbstverständlich«, sagte Kaiser.

Stamm wies fragend auf die Teekanne. Kaiser nickte. Während Stamm einschenkte, überflog der Verleger die Schlagzeilen im Magazin. Sein Grinsen zog sich von Ohr zu Ohr.

»So ein schöner Knüller«, sagte er. »Wie schade, daß er schon überholt ist. Wenn Ihre Bosse rauskriegen, daß sie diesen Reinfall Ihnen zu verdanken haben, möchte ich nicht in Ihrer Haut stecken.«

Stamm zog die Augenbrauen hoch.

»Na ja«, sagte Stamm und trank einen Schluck Tee, »ob der Knüller im Magazin wirklich überholt ist, müssen wir noch abwarten. Im Radio ist es noch die Top-Meldung. Aber mit Ihrer Verteilungstour werden Sie die Ereignisse sicherlich etwas beschleunigen. Bin mal gespannt, wer darauf anspringt.«

Franz S. Kaiser zog die Schultern hoch und schob ihm einen Ratinger Boten rüber. Stamm las die Überschrift: »Zwei Tote bei Schießerei in der ehemaligen Gießerei Phönix. Ratinger Musterunternehmer als dreifacher Killer entlarvt. Welche Rolle spielte Wirtschaftsministerin Agger im Geflecht aus Erpressung und Mord?«

Er überflog den Artikel, in dem die Zusammenhänge Pfaff/Nadja Winter/Brax ausführlich dargestellt wurden. Dann sprang er zum entscheidenden Teil:

»Staatsanwalt Dobermann ging ebensowenig auf eine mögliche Verflechtung ein, die nach Erkenntnissen des Ratinger Boten mit der Wirtschaftsministerin des Landes Nordrhein-Westfalen, Dr. Sigrun Agger, besteht. Pfaffs Journalistenbüro war offenbar nur eine Tarnadresse für Geschäfte höchst dubioser Art. Er versilberte heiße Informationen. So gibt es Hinweise darauf, daß der Sex-Skandal der Ministerin von Pfaff ins Rollen gebracht wurde. Kann es Zufall sein, daß ausgerechnet Nadja Winter in ›Extra‹ als erste darüber berichtete? Es wäre wohl angebracht, Rainer Pfaffs gefährliches Spiel näher zu beleuchten. Daß er Richard Schu erpreßte, steht fest. Doch scheint er zunächst auch die sexuellen Eskapaden der Ministerin Sigrun Agger für Erpressungen genutzt zu haben. Vor dem ersten Artikel in ›Extra‹ wäre es für die Ministerin eine große Erleichterung gewesen, von ihrem Erpresser befreit zu werden. Plötzlich befand sich Pfaff im Besitz von hochbrisanten Informationen über einen Menschen, der sich mit seinem Biowaffen-Deal als völlig skrupellos ausgewiesen hatte. Außer Sigrun Agger wußte vielleicht eine Handvoll Menschen vom eigentlichen Zweck der Fudrex, Menschen, die mit Pfaff nichts verband. Wer hat Pfaff informiert? Eine Frage, die den Staatsanwalt brennend interessieren sollte. Denn ohne diese Erpressung würden Richard Schus vier Opfer noch leben.«

Stamm schob die Zeitung beiseite, trank einen Schluck und sagte:

»Ich habe die Nacht kaum geschlafen, weil ich das Gefühl nicht los wurde, daß wir irgendwo doch eine Schwachstelle übersehen haben. Aber ich finde auch jetzt keine.«

»Mein Anwalt ist der beste Presserechtler weit und breit«, sagte Kaiser. »Wenn der einem grünes Licht gibt, dann können Sie unbesorgt fahren.«

Das Telefon klingelte. Stamm entschuldigte sich und ging ins Wohnzimmer.

»Stamm.«

»Diese Schweinerei wird Ihnen nicht gut bekommen!« fiel eine schneidende Frauenstimme mit der Tür ins Haus.

»Sind Sie das, Frau Doktor Agger?« rief Stamm so laut, daß er einen Moment lang fürchtete, daß die Ministerin mißtrauisch werden könnte. Gleichzeitig drückte er die Lauthörtaste.

Kaiser kam schnell aus der Küche und setzte sich auf den Sessel. Er strahlte über das ganze Gesicht. Er zog den Telefonsockel mit dem eingebauten Lautsprecher so nah zu sich heran, wie es das Kabel zum Hörer erlaubte.

»Wir hatten etwas ausgemacht!« polterte die Nochministerin. Kaiser legte die Hand schalldämpfend auf den Lautsprecher. »Glauben Sie wirklich, Sie könnten mich verarschen und ungeschoren davonkommen?«

»Entschuldigung, Frau Doktor Agger«, sagte Stamm, »ich verstehe Sie nicht ganz. Ich habe gerade noch einmal das Interview von Frau Lohmeyer gelesen, und ich finde...«

»Verkaufen Sie mich nicht für blöd!« unterbrach ihn Sigrun Agger. »Sie wissen genau, wovon ich rede.«

»So?« machte Stamm.

»Der Artikel in diesem Anzeigenblatt aus Ratingen kann nur auf Ihrem Mist gewachsen sein. Da stehen Dinge drin, die ich nur Ihnen unter vier Augen erzählt habe.«

Stamm streckte den Daumen hoch und zwinkerte Kaiser zu.

»Ach soo«, sagte Stamm. »Diesen Artikel meinen Sie. Ich kenne ihn zufällig. Dieses Anzeigenblatt... wie hieß es nur gleich... ist ja auch egal, jedenfalls hatten wir wohl heute früh eins in der Redaktion. Unsere Sekretärin hat mir den Artikel gefaxt. Ich habe ihn erst einmal überflogen..., aber da stehen doch nur Fakten drin, die der Staatsanwalt bekanntgegeben hat.«

»Und Schlußfolgerungen, die nur jemand machen kann, der über Ihren Wissensstand verfügt«, bellte die Ministerin.

»Ja? Ich weiß nicht. Da sind doch nur Fragen. Eins stimmt allerdings. Sie sind sehr scharfsinnig. Ich müßte lügen, um zu sagen, daß ich mich ihnen nicht anschließen kann.«

Es war eine Weile still in der Leitung. Sigrun Agger mußte sich wohl sammeln, um die unerwartete Wende in Stamms Ausführungen zu verdauen. Schließlich sagte sie:

»Sie haben die Regeln verletzt.«

»Welche Regeln?« fragte Stamm.

»Sie haben sich nicht an unsere Abmachung gehalten. Sie haben mir den Abgang vermasselt.« Sie klang fast weinerlich.

Stamm hielt die Luft an.

»Haben Sie sich denn an die Regeln gehalten?« fragte er.

»Natürlich«, brauste die Agger wieder auf. »Ich habe Ihnen alles erzählt, was Sie wissen wollten.«

»Sie haben etwas ausgelassen«, widersprach Stamm. »Um genau zu sein, haben Sie mich sogar angelogen, als Sie mir weisgemacht haben, Sie hätten Pfaff nicht über die Fudrex informiert.«

»Das können Sie mir nicht beweisen«, rief Sigrun Agger.

»Natürlich nicht«, bestätigte Stamm. »Will ich aber auch gar nicht. Die Hauptsache ist doch, daß wir beide wissen, daß Sie Pfaff ins Bild gesetzt haben. Wie können Sie da auf die Einhaltung unserer Abmachung pochen? Außerdem: Was nützt mir eine Abmachung mit einer abgehalfterten Exministerin?«

Die Agger schwieg wieder. Kaiser zwinkerte Stamm lobend zu.

»Das kommt Sie teuer zu stehen«, sagte sie. »Ich habe immer noch genug Verbindungen. Glauben Sie nicht, daß Sie noch von irgend jemandem vertrauliche Informationen bekommen, wenn ich verbreite, daß ...«

»Also, das wird ja jetzt zur Posse, Frau Agger. Kapieren Sie endlich, daß Sie wirklich am Ende sind! Seien Sie lieber froh, daß Sie schon Ihren Rücktritt angekündigt haben. Sie haben nämlich Ihren Instinkt verloren. Die Wut macht Sie unvorsichtig. Ich mache Sie darauf aufmerksam, daß zufällig Herr Franz S. Kaiser, der Herausgeber des Ratinger Boten, bei mir sitzt. Er hat unser gesamtes Gespräch mitverfolgt.« Er machte eine Pause, doch die Exministerin schwieg. »Sind Sie noch dran?« fragte Stamm. Obwohl keine Antwort kam, fuhr Stamm fort: »Ich gebe Ihnen einen guten Rat: Ziehen Sie sich für ein paar Monate in Ihr Landhaus in der Toskana zurück und lassen Sie Gras über die Sache wachsen ... Und danken Sie Gott, daß Sie nur Ihren Ruf verloren haben.«

Wieder war es eine Weile still. Dann knackte es in der Leitung, und das Besetztzeichen ertönte.

Kaiser schob ihm den Telefonapparat hinüber, und Stamm legte den Hörer auf.

»Was glauben Sie?« fragte Stamm.

»Sie wird sofort ihre Siebensachen packen und sich in ihr Landhaus in der Toskana zurückziehen ... Sind Sie sicher, daß sie eins hat?«

»Sie ist ein hohes Tier in der SPD«, sagte Stamm.

Stamm rührte sich nicht, als er die Wohnungstür hörte.

»Gut, daß du kommst«, sagte er, als Eva ins Wohnzimmer trat. »In zehn Minuten hätte ich den Sekt ohne dich aufgemacht.«

»Gibt's was zu feiern?« fragte sie und warf ihre Umhängetasche auf den Boden.

»Den Sieg der Gerechtigkeit«, antwortete Stamm. Beim Versuch, Ironie einzubauen, versagte ihm kurz die Stimme.

»Sieht so aus, als wäre er schon ausgiebig gewürdigt worden«, sagte Eva und zeigte auf die beiden Flaschen Montepulciano d'Abruzzo auf dem Tisch. Eine war noch halbvoll. Sie setzte sich in den Sessel, nahm sein Glas und trank einen guten Schluck. Dann stellte sie das Glas wieder hin und lehnte sich zurück.

»Wenn ich die Nachrichten von gestern und heute richtig interpretiert habe, ist Rademacher eine Art Held, der im Kampf um Gerechtigkeit den Tod fand. Meinst du diese Gerechtigkeit? Und wenn ich euer Magazin nicht völlig falsch verstanden habe, ist Frau Agger ein armes Schwein, das durch Medienintrigen abgeschossen wurde und sich jetzt endlich reinwaschen konnte. Ist das ... ?«

Stamm unterbrach sie, indem er ihr den Ratinger Boten rüberschob. Sie verschluckte den Rest der Frage und begann zu lesen. Unterbrach sich nur gelegentlich, wenn sie sein Weinglas leerte. Am Ende legte sie die Zeitung langsam auf ihrem Schoß ab und sinnierte.

»Du hast keinen Beweis dafür, daß die Agger alles ins Rollen gebracht hat. Dagegen wird sie angehen.«

»Wird sie nicht«, sagte Stamm und goß Rotwein nach. Er berichtete ihr von seinem morgendlichen Telefongespräch mit der Exministerin. »Und Rademacher«, schloß er wichtig und machte eine entsprechend seiner Betrunkenheit zu lange Pause, »... Rademacher ist immerhin tot.«

Eva stand auf und ging in die Küche. Kurz danach kam sie mit einem frischen Glas zurück und schenkte sich den Rest des Weines ein. Sie setzte sich wieder.

»Deshalb war er trotzdem ein Mörder und kein Held«, nahm Eva den Faden wieder auf. »Ich verstehe dich nicht. Er hätte dich um ein Haar umgebracht.«

Stamm stierte lange vor sich hin. Schließlich sagte er: »Ich hätte ihm weiß Gott gern den passenden Nachruf geschrieben. Die Herren in Hamburg haben... es mir ausgeredet.«

Eva ließ das Weinglas sinken.

»Moment, ich dachte, die Geschichte läuft wegen dem Redaktionsschluß noch nicht.«

»Dachte ich auch. Bis vorhin. Perschke hat mich netterweise angerufen. Damit ich mir nicht unnötig Arbeit mache.« Er machte eine längere Pause und schloß die Augen. »Killer aus dem BKA«, fuhr er endlich fort, ohne die Augen zu öffnen. »So ein Knüller wird einfach in die Schublade gelegt. Der Krieg gegen Murray ist wichtiger.«

»Versteh ich nicht«, sagte Eva.

»Die Herren meinen, Nadja Winter würde endgültig zur Märtyrerin werden, wenn ihr Mörder aus dem BKA kommt. Eine tote Heldin des Journalismus bei Murray, das hat gerade noch gefehlt. Außerdem könnte die Agger beschädigt werden, wenn die ganzen Hintergründe beleuchtet werden. Und die hat doch gerade eine so schöne Breitseite gegen die schäbige Murray-Presse abgeschossen. Das will man sich doch nicht entwerten lassen.«

Stamm hatte den Hinterkopf auf die Sofalehne gebettet. Eva schüttelte angewidert den Kopf.

»Und wieso habt ihr es im Ratinger Boten nicht aufgeklärt?«

»Weil es, grundsätzlich, viel schlimmere Jobs gibt als den beim Magazin. Außer uns beiden wissen nur Korn und Meinhardt, was passiert ist. Und die Bullen haben scheinbar beschlossen, daß Rademacher besser ein Held als ein Killer ist. Die Herren werden schon wegen der Agger-Demontage an die Decke gehen. Aber da können sie mich nicht packen.« Stamm öffnete die Augen wieder und suchte sein Weinglas. Er trank einen Schluck.

»Bist du dir überhaupt sicher mit der Agger?« fragte sie. »Ihr Ruf ist ruiniert; sie hat Familie.« Stamm nahm die Weinflasche in die Hand und klopfte mit dem Zeigefinger mehrmals aufs Etikett.

»Die Frau Exministerin trinkt so ein billiges Gesöff nicht. Wenn sie Kummer haben sollte, tröstet sie sich in der Toskana mit Brunello. Das ist auszuhalten... Apropos Toskana: Wie sieht's mit Urlaub aus?«

»Toskana?«

»Toskana, Mallorca, Bayrischer Wald, wohin du willst.«

»Pyrenäen«, sagte Eva.

»Abgemacht. Wann?«

»Am liebsten sofort. Ich müßte rechtzeitig vor Beginn des Semesters zurück sein.«

»Hast du dich eingeschrieben?« fragte er.

»Ja.«

»Wo?«

»Bochum.«

»Und welches Fach?«

»Romanistik.«

»Wieso Romanistik?«

»Das Institut liegt im zehnten Stock. Von da hat man eine Superaussicht aufs Ruhrtal.«

Er nickte verständnisvoll. Dann fiel ihm was ein.

»Und wieso mußt du frühzeitig wieder da sein?«

»Ich muß mir eine Bude suchen.« Er sah sie lange an.

»Bochum ist nicht so weit«, sagte er.

»Du kannst mich gern besuchen«, sagte sie. Sie stand auf und setzte sich neben ihn auf die Couch. Sie lehnte sich an ihn und trank einen Schluck Wein.

Düsseldorf Krimi

TOTE ROSEN von Edgar Noske
In einem ausgebrannten Wohnanhänger in der Urdenbacher Kämpe werden zwei verkohlte Leichen gefunden. Wer der Mann war, steht schnell fest: Heiko Tänzer – Alkoholiker, Sportinvalide und einst gefeierter Fußballstar der Fortuna. Aber wer war die Frau? Rosa Quist, wie ihre Schwester Verena behauptet? Eigentlich unmöglich, denn Rosa kam bereits sechs Monate zuvor beim Absturz eines Privatflugzeugs ums Leben.
Besteht etwa ein Zusammenhang zwischen dem Absturz und den irritierenden Vorgängen auf Schloß Elbroich, wo die renommierte Privatklinik von Professor Epp untergebracht ist? Und warum findet Rosemarie Nitribitt auch 39 Jahre nach ihrem gewaltsamen Tod keine Ruhe in ihrem Grab auf dem Südfriedhof?
Fragen, auf die Johannes ›Gino‹ Hoffmann, der Düsseldorfer Detektiv wider Willen, seiner Ex-Frau Verena zuliebe nach Antworten sucht. Eine Suche, die ihn in einen alptraumhaften Abgrund aus Gier, Neid, Haß und Mord führt. Eine Suche mit absolut tödlichen Konsequenzen.
Düsseldorf Krimi 1, Paperback, 200 Seiten, ISBN 3-924491-84-4, 16,80 DM